Library

マグナ・グラエキア

Magna Graecia

平凡社ライブラリー

Heibonsha Library

マグナ・グラエキア

Magna Graeciar

Wanderungen durch das griechische Unteritalien

ギリシア的南部イタリア遍歴

グスタフ・ルネ・ホッケ著
種村季弘訳

平凡社

本訳書は、一九九六年十月、平凡社より刊行されました。

私たちが立ち会っているのは、さまざまの物事の帰結と終幕の大詰めの諸事件の生起する日々であって、昔ながらに大切にされ歳月に耐えてきたものを継続してゆく日々ではない。私はそう確信している。戦争や革命によって惹き起こされるはずの、いくつか、かけがえなく重要なことどもはとうに達成され、証明済になり、いやというほどたたき込まれている。いまさら喉を嗄らして呼号するまでのことはないのである。いまだに多くの無用な、生命を終えた政治的、審美的、その他もろもろの形式や反形式を忠実に墨守している芸術家や思想家が私にはどうにも不思議でならないのである。なにしろ三十年戦争の戦後やタタール人支配失墜後の田畑や苗床もさながらに、問題はまさにもっぱら新しい、皆目意味の分からない、芽の出たばかりほやほやの内容だけなのだから。新しい時代が台頭しているのである。

――ボリス・パステルナーク

アドリア海
マンフレドニア
フォッジャ
カノーザ・ディ・プーリア
バルレッタ
トラーニ
ビシェーリエ
モルフェッタ
ビトント
バーリ
アンドリア
カステル・デル・モンテ
ルーヴォ・ディ・プーリア
カラーブリア
アプーリア
プーリア州
アルベロベッロ
ブリンディジ
イアピュギア
ポテンツァ
フランカヴィッラ・フォンターナ
オーリア
マンドゥーリア
レッチェ
メタポント(メタポンティオン)
ターラント
(タラス)
ガラティーナ
オートラント(ヒュドロス)
ルカーニア
バジリカータ州
ガリポリ
カサラーノ
トリカーセ
ポッリーノ山
トレビザッチェ
ガリアーノ・デル・カーポ
カッサーノ・アッロ・
イオーニオ
コシーレ河
サンタ・マリーア・ディ・レウカ岬
シーバリ(シュバリス)
スキアヴォーニア
トゥリオイ
イオニア海
クラーティ河
チロ
カラーブリア州
ロリアーノ
クロトーネ(クロトン)
コロンナ(ラキニオン)岬
カタンザーロ
スクイラーチェ
ラウレアーナ・
ディ・ボッレッロ
ブルッティウム
ロザルノ(メドマ)
カウロニア
ジョイオーサ・マリーナ
ジェラーチェ
シデルノ
ロークリ(ロクロイ・エピゼピュリオイ)
シーナ
レッジョ・ディ・カラーブリア(レギオン)
(レオンティーニ)

マグナ・グラエキア全図
(　)内と斜体は古名

目次

著者によるまえがき

学生時代を後にしたばかりのことだが、私が最初にかなり大がかりなイタリア旅行に出た先は、マグナ・グラエキア、すなわち南イタリアのいにしえの大ギリシア植民地帯であった。それ以来私は、この今日でも比較的知られていないイタリアの美と精神的富に惹かれて、何度となく同地へと立ち戻ってきた。するうちに初回の体験も知識もその度ごとに内容豊富なものになった。カラーブリアでもプーリアでも多くのものが変わった。ということは、私が主としてくり返し訪れた地域、都市や村々で多くのものが変わったということだ。新たな発掘は同地のギリシア的過去の在来のイメージを本質的に拡張してしまった。文美術館もそれ以後のものが新設されたり、古くからのものが規模を拡大されたりした。文献も新しい諸事実や新しい諸関連を参照するよう指示されている。かてて加えて、何百年間も見向きもされないできた一つの地域に、ようやくにして今日の先進文明的な生活様式のいちじるしい進歩の数々が迫ってきている。これも注目に値するのである。それは、古代ローマの侵略の諸結果がこの古い文化国土に加えてきた不正を、今日のイタリアが多くの観点において、いかにしていわば匡正せんとしているかを示している。

私の第一回の知られざるイタリアをめぐる旅の成果は、『消え失せた顔』という本となって結実した。それは一九三九年にカール・ラウホ社で出版された。ギュンター・ビルケンフェルトに国際文化交流のための出版社、ホルスト・エアトマン社から新版を出さないかと誘われたとき、私はさまざまな理由から長らく躊躇していた。旧版のテクストはいまの私には、文体的にも思想的にも不充分に思える。当然のことながら旧版テクストには、当時から現在までに仕入れた重要な諸要素はまだ入っていない。にもかかわらず最初の報告のういういしさは当時のまま保たれているように思えるし、発見のよろこびや体験の緊張の数々は依然として手に取るように感じられ、それどころかこうしたロマンティックな体験の仕方こそが、いまなお正当な体験法だとすら私には思われるのである。

つくづく考えた末のことだった。旧版テクストを通例のやり方や通例の規模で改定した新版を出そうという気にはなれなかった。だからたんなる「改作」ではすまない、それ以上のものでなければならなかった。七面倒くさい書き直しが必要になった。旧版当時にはなかった、テーマからして重要ないくつかの章が挿入された。こうして事実上《デ・ファクト》一冊の新しい本が成立した。こうしたことが『マグナ・グラエキア』という新たなタイトルを正当化してくれるように思われた。だから「体験の担い手」という、いかにもあの当時のものらしい、同じくロマンティックな芸術的手段、ということはマンフレートなる人物にしても、出版社も私自身も手放すつもりは毛頭なかった。

新しい報告の経過中に、気がついてみると私は現代のいくつかの根本問題の論議に誘われていたが、このいまだに汲めども尽きせぬ文化の超時間的魔術を同じような仕方で具体的に味わっているか、幻視者的《ヴィジョネール》に経験しているかするギリシアやイタリアの友人たちのような方々なればこそ、これはご理解頂けるだろう。この文化の本質的諸要素に肉薄せんとする人は、何度となく、私たちの現代に対しても判断の尺度を提供し、未来に対しては目的を設定してくれるヨーロッパ精神の諸原則に逢着することになるであろう。

ローマ、一九六〇年夏　　　　グスタフ・ルネ・ホッケ

距離が置かれる

神は神々を欲し給う。
――ノヴァーリス

都市《まちまち》や海に神々がましますように、地域の風景にもまたその一つひとつに固有の神々がましますます。ときにはそれが人を怠惰にし、毅然とした決断を促すことをしない、蒼ざめた神々である場合もあろう。ナポリ湾を統《しろ》しめすのはしかしこれとは別の神、魔王《サタン》的な美に装われた神である。プロテウスのように変幻し、地球内部の紅焰を制圧し、酔いしれてポシリッポの園《その》〔ナポリ湾南西の沿海地帯〕に踊る色彩の精霊である。それが、サイレン〔セイレン〕がむせび泣く波止場の上、酒場のボーイや馭者、マドロスや兵士たちのわめき声のさなかで踊っている。散漫にやってくる入船と出船の緊張の間、世界の道のさまざまの線が交差するここで、くだんの精霊が埃と悪臭のなかで笑う声が聞こえるような気がする。

飢餓、渇き、快楽、金銭の、歴史もなければ顔もない神だ。往き来の間にこの神はその交換する力を割り込ませる。そこで生じてくるのが、つまりは他愛のない冒険、あるいは概して飲み食いの満足をめぐるせわしない格闘という今も昔も変わらぬことの体験である。こんなところでこそ人は印象のちがう遠方の手に、精神と感覚の興奮を和らげてくれ、別世界の消息を知らせてくれる、つねになく深い水平線の夢の手に落ちやすいのである。

マンフレートはナポリ発ターラント行き列車に乗っていた。ポシリッポのほとりの都市のざわめきはなおもしばらく背後に残っていた。彼は人気《ひとけ》のない食堂車に腰を下ろして、カンパーニアの野に舞う木の葉にながめ入った。食堂車の隅ではボーイたちがトランプをしていた。マンフレートのことはまるで気にしていなかった。マンフレートには、自分と知人たちみんなの間にどんどん距離が大きくなってゆくという感覚が、気持ちのいい満足感にまで高まってきた。

マンフレートには果たさねばならぬ義務や拘束がいくらもあった。しかしいかに好意たっぷりの列車も、さすがにその一切から彼を引き離してくれるほど気前がよくはなかった。マンフレートは背後に、ヨーロッパ諸国の押しひしめく現存を、硬質の閃光を放つエネルギーをむさぼって回転する歯車装置を意識していた。すべてのものがいまにも跳躍しそうな構えだった。猫も杓子も測定盤にひたと目を凝らしていた。都市《まちまち》は変貌し、耕地や森はすっかり造作を変えた。何百万という人びとが梃子《レバー》やスイッチに手をかけて操作している間にもずっと、精神は張りつめたままだった。ある人びとには、いや、かなりの数の人びとのすくなくとも個人個人にはしかしながら、このあまりにも硬直した注目のまなざしがもっぱら固有の活力の機械的続行と見られる一点にまで視界をひたすら押し縮めてしまったように思われた。そして生きる願望のひろがりが生の強制というこの一点にまで収縮するにつれて、行為の後の静けさのなかで奇妙にイメージのない意気消沈がいよいよ苦痛になってきた。この押し縮められた活力は、まるであべこべの一「点」にまで、それを押しさえすれば地球をその生に飢えた生き物すべてからとことん解放してくれる、あのつとに伝説となった「ボタン」の一点にまで凝縮してしまったかのようだった。もはやいかなる陶酔によっても覆い隠せない精神の病像がひろがっていた。意味の付与などはとうに阻止されていた。持続的な行為や義務や当為への衝動も、未知のウィルスにかき乱されるようにしだいに動揺をきたした。マンフレートはこの怪物《モンスター》の吸引力からしばらく解放されて、これとは異なる不穏に、あるいは異なる静けさにめぐり遭いたかった。すくなからぬ人びとが彼と同様、山小屋や北海の漁村、でなければ森の一隅やイタリアの海浜の農家に逗留するなりして、同じことを求めた。つまりはすこぶる通俗的な願望であった。だがマンフレートはどんな精神の冒険にめぐり遭うかも露知らずに、その願望に一つの目標を与えたのである。

短い回想

数々の追想の海、
あまたの愛人のなかの愛人……
——シャルル・ボードレール

フィレンツェの厳しい優美のなか、ローマの華麗とナポリのめまいのなかで、ドイツ生まれの青年マンフレートは「マグナ・グラエキア」というさほど知られていない、かつてのギリシア的南部イタリアの地域を旅する決心を固めた。それに好奇心にも駆られていた。マンフレートはヨーロッパ生まれのドイツ人として、ということは今日風の、あまりにも美辞麗句ずくめであることが珍しくないヨーロッパ修辞学がまかり通るずっと以前に、親戚関係を通じて生まれ故郷の国境のあちら側にマグナ・グラエキアの存在を感じていた。今日のずたずたに内部分裂をきたしたヨーロッパ論議のおかげでいやがうえにも不快な気分を掻き立てられさえしなければ、本来はマンフレートもそれにふさわしい観念を思い浮かべていたにちがいない。そうしていたら生来の控えめな態度を裏切らないでもいられた。だが何がヨーロッパの本質かという知識の細部は穴だらけではあったけれども、ヨーロッパの本質と想像しているものがそれだけにますます彼を魅了した。のみならず子供の頃のある記憶が影響した。祖父の絵本のなかで見た南部イタリア地中海沿岸のあの古ギリシア諸都市の名がはじめて念頭に浮かんできた。ロクロイ〔現ロークリ〕、クロトン〔クロトーネ〕、シュバリス〔シーバリ〕、メタポンティオン〔メタポント〕、タラス〔ターラント〕！黄ばんだ銅版画が突然久々に記憶に押し寄せてきて、山頂の家々、羊の群れや羊飼いのいる悲歌風《エレジアック》の平原、砕けた列柱や、ものみなを祝福するように美しく照らし出す夕日を浴びた、どっしりした城塞のある、とても小さな港を見せてくれた。そこには生からあの夕暮れの微光のみを浚ってきたあれらの銅版画のメランコリーにもかかわらず、冒険の光輪の只中にその種のこっそりと背を向けたものを出現させる魅惑的な効果の充分にあるある規範なき法則が、むき出しになっているように彼には見えた。メランコリーから力が流出していた。それ以外のもの、けたたましいもの、近くのもの、現存しているものは、いまや亡霊のように音もなく沈んでいった。同時代の通俗スローガンの響きがしだいに鳴りやみ、さまざまの「イデー」は収縮し、ことばや意見の姿をした幽霊の群れは、気を惹くように心なごませる風の近みにはためいて消えていった。銅版画の思い出からは新たなかけがえのないイメージがいくつも浮かんできた。とりあえずはあれら諸都市の名の明るくまた暗い響きに魅せられ、青い海浜のきらめきに魅せられ、また我が身の胸もときめく欲求に魅せられて。

最初の出会い

消え去りし諸関連からそのかなたへ……
——R・M・リルケ

ターラントにきて——ナポリ湾の熱い色彩はあいかわらず目前にあった——マンフレートは、ここを統《しろ》しめすのは別の守護霊だと感じた。この守護霊は商業神ヘルメスのまめまめしさや悪党ぶりでしつこく迫ってはこない。それは市場の真ん中にはいなかった。見つけ出さなければならなかった。マンフレートは、とりあえず無視されているように感じた。この猛暑の都市に、外国からきた人間のために用意されているものは何もない。遠くのほうにカラーブリアの海岸が静かに白く光っていた。海には、ギリシア本土のほうにかけて、ひらべったいテラ・ドートラント［オートラント地方］が溶け込んでいた。

マンフレートはあてどもなく市内をほっつき歩いた。オリーヴ色の路面電車が狭い街路をギシギシ通った。風に髪を乱した棕櫚の葉蔭に豆型の辻馬車が何台か客待ちしていた。ぼろ服を着た少年の新聞売り子が時期遅れのニュースを大声で呼ばわっていた。午前刻《ひるまえどき》の店舗は客であふれ返り、うす暗い店内にきびしく値付けをする眼がきらりと光った。値を掛け合う女たちの声が怒声のようにわんわん響いた。白い防暑帽をかぶった警官が一人、溶けかかった雪だるまみたいにうす笑いを浮かべていた。猛烈な土埃を上げて取っ組み合う子供たちが転げ回っていた。太陽が汚れた薔薇色がかった屋根屋根を無慈悲に灼いた。マルメロ色の家々に囲われた立方体形の広場にマンフレートはレストランのオープンテラスを見つけた。オレンジジュース、入荷ほやほやのシガレット。隣りのテーブルには、二十歳位の若者がワインのデカンターと新聞紙に包んだ一ダースほどのムール貝と前腕大の楕円形のパンの塊を前にしてすわっていた。若者はまっすぐ前を向いて黙々と口を動かしていた。赤い貝をずるっとすすり込む。と、空に向けてパチパチ眼をしばたたかせ、それから深く息を吸い込んで赤ワインを一口きゅっと飲《や》る。ときおり彼は、マスカーニのオペラの書割もどきにバルコニーの窓枠に囲われて野菜の殻を剝いている一人の娘のほうに笑いかけた。この白日の盛りの月光場面《クレール・ド・リユヌ》は、帽子をあみだに、香水のにおいをぷんぷんまき散らしている肥満紳士が、オニオン料理の朝食を注文したので邪魔が入った。紳士の足下には小型トランクがいくつも飼犬みたいにうずくまっていた。

マンフレートはその青年と言葉を交わした。話は通じにくかった。若者は、アラビア語のようにもギリシア語のようにも聞こえる、ひどく訛りの強いイタリア語を話した。いずれにせよそれで分かった。彼は漁師だった。さる漁師グループの頭《かしら》の下で働いており、余暇には『トスカ』のアリアを暗誦するのだそうだ。若者の顔はきびしい線で鋭角的に刻まれていた。ほど遠からぬエペイロス〔ギリシア北西部地方〕の人種の明確な特徴を帯びた、バルカン系の顔立ちであった。会話が通じにくいのは方言のせいばかりではなかった。さなきだにたえず口を動かしている若者はそのうえ東プロイセンの農夫のように口数がすくなかった。それでいて丁重で気取りがなく、何か質問されると、マンフレートが別の漁師グループの頭の若い衆ででもあるかのように受け答えをした。マンフレートは相手にシガレットを一本提供した。当然のことながらやがて相手はくしゃくしゃに丸めたシガレットの箱を差し出して、今度は自分のを一本取ってくれないかと丁重に薦めてきた。それからまもなく、内海《マーレ・ピッコロ》をひとめぐり周航する契約が成立した。これは、イオニア海から水門で分割されている、ターラントの旧市街東方の古い内海である。海岸には薄茶色の網をひろげた上に子供や老人たちがしゃがんでいた。小舟は塗装してあった。マンフレートはボートに乗った。外国人の素姓を聞き出すと、アントーニオ親方《カーポ》——それが若い漁師の名であった——がそれ以上何も聞かずに空けてくれたボートだった。

世界の頭《カプト・ムンデイ》のヘアバンド

我らの悲しみの谺……
——ノヴァーリス

アントーニオはぐいと漕いで白緑色に泡立つ海にボートを乗り入れた。旧市街が一目で全貌の見渡せるまでに押し詰まった。家々が大聖堂のまわりに助けをもとめる群衆のようにひしと集《つど》い寄った。浜辺がひろびろと開け、旧市街は空の青みがかった気息のなかでいよいよするどいプロフィールを見せた。燕の群れの稲妻のような線が空を切り裂いた。

と——ゆたかな魚類を抱いた海の波の上に——はるか遠景にようこそとばかり陸地が両の腕《かいな》をひろげた。果てしもないオリーヴの杜《もり》の雲母ガラスのようにきらめく樹冠が、沸き立つ泡のようにカラーブリア山地の手前の平原を一面に覆っている。その山々の中腹の緑あざやかな牧草地とたなびく雲のヴェールの間のそこここに、粟粒のようにちっぽけな都《まち》市《まち》が懸かっている。このそれ自体雲のまにまにふわふわ漂う葡萄の房のような家々の遠い窓々に太陽の光が砕ける。そんな火の矢がキラリと当たると、窓々は予言する遠方に手を伸ばしてでもいるように見える。窓々はバラバラにされた過去とひしめき合う生命とを匿《かく》まっている。外部からの視線に我関せずを極め込むこの自足しきった居ずまいにお目にかかりたければ、薔薇に覆われた祭壇のある教会の内部《なか》に戻るしかない。浜辺はオデュッセウスの海の縁《へり》から、なおも世界の頭《カプト・ムンディ》に巻いたヘアバンドのようにくねくねとうねり続ける。

ボートが向きを変えると漁師町は灼熱のなかで押し黙った。それは、かつて古代都市のアクロポリスが聳え立っていた平らな岩の上に怠惰な優美の風情を見せてひろがっていた。正面から見たところでは、町は日影に漁師たちの休息を匿まっていた。家々の窓には緑や赤や黄色のジャケットが吊るしてあった。路地路地は、魚と子供、タールと油のごっちゃになった異臭で煮えたぎっていた。単調さが強い感銘を与える家並みがずっと向こうまで延びていた。家並みは、サン・カタルド大聖堂のきらめく円蓋の頂にいたるまでの一個の混沌たる建築の丘を指してゆるやかに登っていった。その手前、この立方体とサイコロをぶちまけた斜面の前にはしかし、海面があたかも水玉模様を描くように無数の空《から》のボートをまき散らしていた。ヨーロッパの港町でもこの種の奥ゆかしさを見せているところはごくわずかしかない。そう、ネッカー河畔のラウフェン、パリのサン＝ルイ島、フランドルのブリュッへ、南仏のアルル。

アントーニオは「内海」の貝と牡蠣の売り台にボートを向けた。何本もの束ねた棒に海綿や海苔が吊るしてあった。ここの水中には、もじゃもじゃに繊毛の生えた軟体動物だの、愛の女神の象徴的持物として与えられた優美な魚体だのがうようよしていた。このデモーニッシュに旺盛な水面下の生にこそ古代ギリシア都市タラスの輝かしい繁栄の秘密が隠されているのである。この大ギリシア諸都市最強の都市の一つの、いにしえの偉大さを偲ばせる面影はほとんど残っていない。だがプラトンの友人の哲学者にして数学者、アルキュタスの時代に、このイタリアのギリシア人世界都市《メトロポリス》が富創出の手段にした巻貝も絹貝も、この水底のパニックめいた生命力のなかにこそひそんでいるのだ。何世紀もの間ターラント人はそれらの貝殻から、しなやかな、だが堅牢な織物を紡ぎ出し、それをすくなくともテュロス産のそれに匹敵する巻貝の紫で染色したのだった。薔薇の島ロドスの高級娼婦たちはそのにおやかに透き通る美衣を着飾り、その贅美な衣裳はアテナイやタラスで踊るオ

長衣の踊り子。テラコッタ，前2世紀，ターラント美術館

リエントの踊り子たちをも包み込んで、哲学者たちに質料に対する不信の念を植えつけたものだ――そんな快楽の名残がプーリアの陶器工房産のテラコッタにいまも見られる。往時の地上世界《オルピス・テラルム》を魅惑した踊り子にして女優タイスもなおおそらくはこのにおやかな亜麻織物《ビュソス》を、魚のシンボルを描いた金貨銀貨鋳造の素材たる金銀の延べ棒をタラスの贅沢三昧の旦那衆にたっぷりとはずませた紫絹のモスリンを、身にまとっていたのだ。

甲烏賊の墨のインキで描いたようなブルーが地《じ》を隠している。大理石の列柱の連なる会堂、別荘、ブロンズの人像、浴場やモザイクや噴水のある庭園、ドリス式の神殿、コンパスで描いたような幾何学的広場、イオニアとの、エペイロスとテッサリアとの、シチリアからアフリカ海岸にまで及ぶ交易をこなしている街道と市場……それらすべてが、この夜の青《ミッドナイト・ブルー》の闇のなかから浮かび上がる。

ボートの龍骨が牡蠣の殻をこじ開ける歯のように砂利だらけの水底にやわらかくきしり、こまかい砂粒にぶつかった。アントーニオは金貨を一枚受け取ると、丁重にお辞儀をした。彼もまた、外来者がもっぱら稼ぎの源《もと》であるだけではない、プーリア人独特の慇懃なひとなつこさの持主だった。アントーニオは、ロープの束のなかで昼寝をしている裸の男の子をぐいとわしづかみにすると空中に放り投げ、落ちてくるところをまた捕まえて、男の子の怒った眼にキスをした。マンフレートは否応なく、それがアントーニオの息子で八人いるなかの一人と知るはめになった。息子たちもみんな漁師になるのだ、とアントーニオ親方は言った、一家が先祖代々そうだったように。別れぎわにアントーニオはマンフレートの日記帳に、ぎごちない字でギリシア＝イタリア語方言の詩を二、三落書きしてくれた。

それは、ターラントの魚スープが愛の力を絶倫にさせる効能を伝えている詩であった。

羽根の比喩

見てくれは豊かながらも、
すべてが虚ろ、すべてが無。
――ヨーハン・ヴォルフガング・ゲーテ

暑さに麻痺してマンフレートは路地の雑踏で道に迷った。彼はとあるショーウィンドーの前で立ち止まった。きれいに頭を調髪して頬を薔薇色に染めた蠟製の胸像がこちらを見つめた。凝然たる蠟の眼に愛らしくも永遠に微動だにしない姿勢で見衛られたこの古い邸館《パラッツォ》と顔を突き合わせている、内的前提のまるでない造形力の絵に描いたような象徴だ！ 理髪店からは安香水がプンプン臭った。店内には何人もの理髪師が働いていた。日曜日の朝の理髪店は小さな教会もさながらに押すな押すなの盛況であった。

木のベンチに石のテーブルの居酒屋でマンフレートはオリーヴ油とレモンを添えたこっ

てりのハタを食べ、辛口の、ルビーのように赤いプーリア産の地ワインを飲んだ。出入口のガラス扉の枠が街頭の一角を囲んでいる。進歩も、時代時代の断絶もまるで認められない。変わったのは服装だけだ。性交をする、食べる、産む、眠る、こうした「本《もと》のままのもの」の変わらなさには歴史がない。それは本《もと》のままではなくて、生き物みたいなのだ。最初の日のそのものとちっとも変わりがなくて、遺伝形質をそっくり受け継いで、笑い、惨めで、悲劇的で、神に祝福されて、人間動物誌のこれらすべての這行、歩行、跛行を庇護してくれるような大聖堂のなかの祈りのように絶望さえして。メッシーナやナポリの街頭と同じように、永続的な状態を作り出さない人間性の経験的性格がここではむき出しになっている。この入り組みあった集団《マス》の孵化熱から歴史の前に個人として残るのはどんな人間なのか？　アルキュタス、レオニダス、エンニウス、その他数人だ！

居酒屋は、古タラスの岩場のいちばん高い場所の一角の邸館《パラッツォ》のなかにあった。マンフレートは店の亭主と話をした。顔色の蒼白い、働き疲れたようなその男は、マドロスだった時分にハンブルクとブレーメンに行ったことがあって、ブロークンなドイツ語をしゃべり、息子が一人バーリの船員学校に行っていて、サン・フランシスコには親戚がいた。食事が済むと、亭主はマンフレートの手を取って屋上に連れていった。ここからは新市街と旧市街の海が両方とも見え、オリーヴの杜《もり》のある平坦な風景が見えた。ぐるりは四方に、ふるえる地平線に囲まれたやせ地がひろがっていた。するどい、同時になごやかな光が、蒼穹のたっぷり詰まった中身から流れていた。アッティカでも、シュラクサイ（現シラクーザ）やレムノスやアクラガス（アグリジェント）でも、傘松や草を食む牛や神殿を空間の覇者としてあざやかに出現させている、あの光である。樹々や建造物は真っ赤に灼けた線で輪郭をなぞられていた。海の息吹の通ったこの土地の透明度は、その創造にまで、宇宙理性《ロゴス》にまで連れ戻してくれた。

マンフレートはここで、ゆくりなくもプラトンのある対話のなかの美しい比喩の一つ、羽根の力の比喩を思い浮かべた。ちなみにこの世のもっとも聡明な治者の一人アルキュタスは、このプラトンの教説にしたがってタラスを統治したのであった。プラトンによれば、世には羽根の生えた魂と羽根のない魂とがある。羽根の生えた魂ははるか天の上を浮遊している。羽根の生えた魂の力は、神々の一族のましますところへ重さを連れていってやることにある。魂の羽根はしかし、美しいもの、賢いもの、善きものを通じて養われ、成長する。しかし糧となるのが出来損ないや悪その他、美しいもの、賢いもの、善きものに対立するものであれば、それはやつれ果てて衰えてしまうという。

ターラントの屋根屋根のかなた、しだいにゆらめきの消えゆく遠方に眼を投じているうちに、それが奇妙なまでにこの羽根の力を具えているのが明かされたように、マンフレートには思えてきた。

ユノの上なるマリア

ささやかな水が
アクセントを変える……
——R・M・リルケ

マンフレートが居酒屋を出たとき、にぶい余韻を引いてサン・カタルドの鐘が鳴った。マンフレートは一隅で足を留められた。葬列が教会を後にして、お祈りを唱えながら墓地のほうへ足を引きずっていった。修道服を着た、きまじめな目つきの男の子が何人か蠟燭を捧げ持っている。眼まで頭巾で顔を覆った修道女たちはロザリオをたぐっていた。暗く探るような眼の神学校の生徒たちは周囲に群がった群衆に目を遣っていた。その顔色は蒼白く、硬くきびしい動きには幼い頃からの修徳が現れていた。乳香の匂いがした。パステル・ブルーの煙がたなびいて、棕櫚の公園のなかに消えていった。年取った女たちが耳をつんざくような声を上げて歌った。貧しげな服を着た男たちは疲れ切ったようにまっすぐ前を見つめていた。

祭服、赤い繻子、海泡石色のレース、青い絹！　沈み去った世界の瓦礫の上にある別世界がここ、悲しみ、恭順、希望の行進に花開いている。だがここでも古いものはすっかりは消え去っていない。魔術実践の強壮な官能性、オリュンポス山の聖体行列への変身《メタモルフォーズ》、ミネルウァの上なるマリア、ユノの上なるマリア、ドリス式神殿の瓦礫の上なるキリスト教の聖母像――ここでは神秘的アナロジーが、歌い、祈り、呪文を唱えながら、日々行われているのだ。幸運の祈願、雨乞い、金運、子宝、忠誠、息災を願う祈り、それらすべてがとりとめもない嘆願のつぶやきから、顔は変えても本質を変えることはできない、神の原像にまで高まってゆく。

マンフレートはおしゃべりをしながら三々五々散ってゆく人波を押し分けて、アントーニオと知り合ったあの広場まで歩いていった。教会に通じる階段の段に腰を下ろした。マドンナの顔の漆黒の髪をした十歳ばかりの女の子が二人、すぐそばにしゃがんでいた。天使の静けさで、身のこなしも慎重にやさしげに、二人は黙々としてたくさんの花の絵を並べていた。階段の一段ごとに一列の花が並んだ。イタリアの庭園の植生がそっくり並べられていった。マンフレートは女の子たちが花を配置するさまを見ているのがたのしかった。しばらくの間マンフレートは、女の子たちがどんなふうに花を並べているかよく分からなかった。おしまいにようやく気がついた。女の子たちは、数や種別で花を選別しているのでもなければ、何かの遊戯の決まりで選別しているのでもなかった。色や陰影《ニュアンス》が合うかどうかで分けているのである。そのセンスときたら抜群で、芸術家に一部始終をお手本に学ばせてもいいくらいだった。石階段の上のこの遊びにマンフレートは思わず大はしゃぎした。彼が笑い声を上げたので、やさしい優美女神《カリテス》の女の子たちは、子供っぽい驚きを見せて彼の顔を仰ぎ見た。

二本の柱

各瞬間の思想が、この形を造るのに注ぎ込まれた精神の全体を担っている。
——ヴィルヘルム・フォン・フンボルト

ローマの友人たちはこの若いドイツ人に、故郷の歴史にとりわけくわしい、タースラント生まれの一人の若い商人に会うように薦めてくれた。茨姫のお城にそっくりの郵便支局で、マンフレートはピエートロ・Bに電話を掛けた。たいそう好意的に、よろこんでお会いしましょうとばかり、晩方に落ち合う場所が取り決められた。もう一人、話に加わりたがっている男を一緒に連れてゆきますよ、ということだった。まだ時間があったので、マンフレートはどこかにターラントの大ギリシア建築遺跡はないかと尋ねた。のっけに聞かされたのは嘲笑だった。ドイツ人はいまだに考古学の悪徳を清算しきれないのですか？ターラントにはマグナ・グラエキアの見学用建築遺跡などもうありはしませんよ。大美術館ならありますけどね、プーリア郷土美術館。それにマッジョーレ街道沿いのオラトーリオ・トリニタ・マッジョーレの列柱遺跡。こちらは五十年前にはじめて発見されたものです。

マンフレートは郵便局を出て、一人の婦人に道を尋ねた。マッジョーレ街道までは遠くなかった。旧タラスの大街道の一つなのである。ヴェールになかば顔を隠した婦人は、無意識に疲れた眼を窺うように伏せながらマンフレートに同行し、いわば外国人案内人としての自分の義務に念を入れるように、見かけのパッとしない一軒の家の戸口を鋳鉄製のノッカーでノックし、それからメランコリックな微笑《ほほえ》みを浮かべて彼を置き去りにした。

老人が一人現れた。アリストパネスの劇中人物。気難しい顔で老人は言った。「何用かな？　今日は日曜日じゃて！」マンフレートは説明をした。自分は旅行中の身で、御宅の近くにある「オラトーリオ」の庭を見学させて頂ければ有難いのですが。老人はもう一度ぶつくさ文句を言い、しかし結局は勤勉かつもの珍しげに門を開けてくれた。

マンフレートは板石を敷きつめた庭園に入った。みすぼらしい植物が石灰モルタル塗りの塀際にしょぼしょぼ生えており、階段が上のほうの教会まで通じていた。

と、そこに煉瓦とモルタルに包み込まれ、四方から後代の建築物に圧迫されながら屍体じみた石灰色の只中に、きらめく銀灰色の柱がさながらなおもユピテルの天空を支えているように、生きいきと、壮麗にも誇らしげにそびえ立っていた。弓形に湾曲したドリス式の頭部のある煉瓦とモルタルに包み込まれた胴部は、大ギリシア的タラスの美の衝動をほとんど無傷のままに物語っていた。そこからさらにやや離れたところに、この柱の見栄えのしない妹分がさらに人目に立たずに、死者たちの国から、何世紀もの暗がりから、はにかんでほとんどさし覗くようにしている。別の場所には市民広場《フォルム》、劇場、公衆浴場、競技場がある。一つの不壊のファンタジーが塀に囲い込んだこの遺跡は、魔術的喚起力においてて断じてそれらのものに劣りはしない。空間におけるこの安定性、世界の重荷を不動のまま担っている精神的威容はこの遺跡独特のものだ。背伸びする身体のように、それはおのれを抑えようとする抵抗をことごとく押しのける。それも、かつて圧倒的なサイズのギリシアを目にもの見せた、歩幅の大きいダンスの悠揚たる身ごなしをもってするのだ。

小刳《カヴエット》のある柱、すべてのもののなかでももっとも典型的なドリス式の柱は、質料の力を嘲笑うかのように柱頭のところでくびれ、解放する吐息とともに重さを突き破って、いわば頭上にアーチをなしている天空にまで伸びてゆくのである。

小さな歴史

冒頭に私はイタリアの文化史に関してお話ししました。このイタリアの文化史は、もっぱらその南端部のことで手間取らせる最初の部分がいちじるしく神話的な文化に割り振られている、と理解してもよろしいでしょう。――レオ・フローベニウス

道路の上では影が長くなり、燕たちの飛び方は低くなり、夕方の最後の買い物に急ぐ婦人たちの数もめっきりすくなくなった。怒れる案内人《チチエローネ》、マッジョーレ街道沿いの家の例の老人は、マンフレートを案内して車道を渡った。老人はすんなりと対話相手になりにくかった。打ち解けなくて、もうなかば善悪の彼岸《アディアポラ》とばかりの、あの人生から遊離した人間の無関心の境地に入っていた。老人はため息をついて自宅の前の椅子に腰を下ろし、家父長的に鷹揚な身ごなしでマンフレートに隣りの椅子にくるように招いた。この時刻になると道路の上いたるところに椅子が持ち出された。男たちは煙草を吸って黙りこくり、女たち

はおしゃべりをしながら腕を十字に組んだ。

老人は話をしはじめた。ターラントではよく聞かされる話とかで、マンフレートは忘れなかった。一八八一年に大ギリシアに関する本を公刊したフランスの学者ルノルマンは、十九世紀の半ばにターラントで出土した紀元前五世紀の完璧に形式の整ったブロンズ像を見た。つい最近発見されたものだ、とルノルマンは聞かされた。ローマのさる有名な美術商に買われたのだそうである。ルノルマンはローマに行って、くだんの古美術商をたずねた。商売になりそうな気配に鼻をうごめかせた古美術商はいろいろと骨董品を見せてくれ、戸棚から一体のブロンズ像を持ち出してきた。古美術商はそれをほめちぎりながらこう言った。「ご覧下さいな、アテネで掘り出したほやほやものです。文句なしのアテネ出土品ですとも。」ターラントの産物に「アテネ」のレッテルが貼られているのだった。ターラントだと「市場価格」がないからである。

マンフレートは老人の家を辞してホテルに移ると、この話のことを考えた。大ギリシアの伝承が誤認されている消息を如実に物語る話である。古典的なイタリア旅行ルートから外れている一地方の特筆に値する運命である。ゲーテはナポリまで行って、それからパレルモのほうに逸れた。スタンダールは、当人の言うには、ターラントとオートラントに行ったことがあるというもっぱらのふれこみである。スタンダールはその『ローマ、ナポリ、フィレンツェ紀行』で愛すべき騙りの手口で、彼自身は当地で一度も何か醜聞らしいものを耳にしたことがないのに、いかにもまことしやかでおもしろい細部をしこたま捏造している。スタンダールがこんな旅行をしたことがないことは、いずれにせよ諸研究で実証済である。おそらく彼の知識は、他の剽窃と同様、彼が評価していた『エディンバラ・レヴュー』の二番煎じであって、この雑誌は、一握りの権力ある少数者たる極端に旅行嫌いのイギリス人たちに、むろんしこたま空想的な文献から世界知識を仕込むのが目的だったのである。これは、ようやく後にはじまる科学的記述において――グレゴローヴィウスがその先駆者の一人であり、また私たちはモムゼン、コルデヴァイ、プフシュタイン、ド・リュイヌ、ルノルマンのような人びとの名を偲んで感謝したい――、なぜテラ・ドートラント（オートラント地方）がこの地方の手前で東と西に分かれる外国人旅行者の流れのなかで一つの島のような位相にあるか、ということをも説明してくれる。テラ・ドートラントは、いまはない古代布ビュソスのごとき都市国家の失われた宮廷の二本のドリス式の柱と同じ運命をたどったのである。その都市国家は、情欲のために、またひたすら平俗な享楽に仕える富のために、シュバリスと同様没落してしまったという。数世紀の書物の山になかば覆い隠されて。

属州《プロウィンキア》がその魅力を示す

すべてが遠い昔のようになるであろう……
――ダヌンツィオ

挑発的なまでに明るい星々がターラントの空の上に輝いた。新市街ではこれ見よがしに張り出した飾りのある窓々から光の滝が迸り出ていた。魅力的に明るい人びとが夜の〈楽しき無為《ドルチエ・ファル・ニエンテ》〉や月光性の〈楽しき多為《ドルチエ・ファル・モルト》〉へと歩道に殺到した。自動車、辻馬車、新聞売り子、音楽、色とりどりの絹の夏服を着て大胆なお化粧をした女性たちを引き連れて孔雀のように闊歩する将校たち、騒音いっぱいの窓を開け放ったレストラン、真っ白なテーブル掛け、ピカピカの食器、山盛りの果物！　一軒のカフェからパセティックな音楽が聞こえてきた。プッチーニだ。物見高い連中が正面扉の前にきて、おなじみのメロディーを一緒にハミングした。イタリア人の属州の生活。イタリア人の活力《アッティヴィタ》とイタリア人のお祭《フィエスタ》、そのどちらも昔より速くなったリズムが、二人のイタリア人と落ち合う場所をマンフレートに教えてやるためにハミングしていたアリアを中断せざるをえなかった、大きな時計の金鎖を身につけたふとっちょのブルジョワをさえ捕えていた。

夕暮れのターラント新市街では、魚と貝と巻貝の都市《まち》の住民たちの官能とエロスの生きるよろこびのなかで大気さえもが熱かった。海軍士官の男性的な角ばり、何やら救いがたく世間知らずで同時にがむしゃらに要求してくる、ハイヒールをはいた女たちの小躍りするような歩き方、オレンジの花盛りと夾竹桃のかぐわしい匂い、それらのすべてがこの新市街の繁華街の只中にあって如実に心地よい刺激を形作っていた。繁華街は八〇年代のパリの建築を思わせたが、しかしそれよりも線の使い方がはるかに大胆で、まじりけがなく、モダンだった。主調は銀灰色ではなく暖色の黄金色で、そこに太陽の残光がまだほの見えているようだった。

観客がはちきれんばかりの胸のセックスアピールにさらされている映画館があった。イタリアで今日たいそう人気のあるテレビの馬鹿騒ぎ場面に、そこでなら傍若無人に興じてもかまわないカフェがあった。けれどもマンフレートにはすぐに分かった。この人を惑わすような熱っぽさも情熱的な甘美も、ある深い悲しみに、あるまさしく戦慄的なままならなさに由来しているのだと。マンフレートはこんなふうに想像したのだった。快楽をたのしむ能力が大きいのである。ところが大多数の人にとって相互の性的満足には……対話がないのでどこまでいっても限界がある。だから南には二日酔いが多いのだ。たしかに南でこそ人はわきまえている。「どんな動物も」性愛の後では悲しくならざるをえないから悲しいのだ、と。つまりもしも「その後に」当の動物が悲しくなかったら、とめどがなくなってしまう。くだんの動物は自分自身をむさぼり食い、あまつさえ望まれざる子供たちをさえ産むだろう。これらの都市に路地の枯葉のように、くたびれ、飢え、目に不安をたたえて舞いただようている、あれらの子供たちをだ。だから愛の後の悲しさは自然の賢明な自己修正なのだ。

だが、ほかでもない大ギリシア系イタリア人の憂鬱に明るい目に宿るメランコリーには、それ以外の理由もありはすまいか？　マグナ・グラエキアは古代ローマ人たちによってまさしく古典的に政治＝犯罪的に壊滅せしめられて以来、ヨーロッパから忘れられた。私たちの世紀においてさえ、専制主義的ファシスト的イタリアはその最古の精神的風土の一つを「左に」置いてきた〔無視した〕。ムッソリーニが自国とヨーロッパを奈落の淵に追いつめたのは、自国のなかで数世紀来ないがしろにされてきた風土たる大ギリシアを国内植民地化という意味で活性化しようとせず、かわりにひたすら中央アフリカの制覇をもくろんだからである。かりにそうしていたらムッソリーニは古代ローマの歴史的罪業を埋め合わせることができたかもしれない。ムッソリーニのファナティックなローマ神格化がそうすることの妨げになった。時あたかもムッソリーニ時代にローマでは街路のギリシア語名が「ラテン化」されたのである。これをもってするだけでも、あらゆる独裁主義政治の愚劣さが見てとれはしないか？　だが、大ギリシア的南イタリアは、近代においてすでにイタリア統一以来ないがしろにされていたのだ。処置を間違った聖職者たちが大ギリシアに、深い意味のある啓蒙主義の諸潮流をも阻止してしまったのである。泡沫会社乱立時代のお偉方たちは「文盲の《アナルファベット》」南方人を軽蔑したものである。

マンフレートは一軒のバーで立て続けにカンパリを二杯飲み、ピエートロ・Bとの約束の時刻までにはまだ一時間あったので、かくも情熱的に悲しいこの街の渦巻く流れに拐《かどわか》されるがままになった。彼は見た。ホーエンシュタウフェン朝城塞様式の鈍重で巨大な政府建造物を、超モダンな郵便局の建物を、はなはだ印象的な枝付き柱頭式街灯をずらりと連ねた海浜のきれいに舗装した築堤を。何もかもが「偉大」に見えた。だがそれはせいぜいのところが、私的＝家族的なものの魅力、つまりはミニ・サイズの古代世界の魅力を行使しているだけだった。あまりにも貧窮した人びとの悲惨、過剰な絶望ゆえの悲しみが、晴れやかな夢を見る者に悪しき打撃を加えた。メランコリックな眼は人を魅しやすい。その魅惑は、メランコリックな眼の悲しみが物質的窮乏に鈍重に服従するしかないとき、おもむろに忍び寄る毒のように効いてくる。

ピエートロとジュゼッペ

太古、そこでは感覚が炎と燃え上がりやすかった……
——ノヴァーリス

マンフレートが友人たちに薦められていたピエートロ・Bに会うはずのレストランには、とりわけ士官たちが女連れでたむろしていた。ボーイたちが銀の盆を抱えて右往左往していた。全体としてすべてがこうもやかましくなかったら、スイスの高級ホテルにいるような感じでもあったろう。

マンフレートがまだあたりをよく見回す暇もあらばこそ、ピエートロ・Bが立ち上がって、こちらに会釈をした。「外国のお方はここではすぐに分かります」、ピエートロ・Bは微笑みを浮かべて言った、「ミラノとはちがってね。」

一同で食事のメニュを頼みながらもう刺激的な会話がはじまっていた。

ピエートロが一緒に連れてきたジュゼッペ・Rは弁護士で、ドイツ語を話した。ジュゼッペはミュンヒェン大学で学び、パリの国立図書館では初期刊本《インクナブラ》を繙き、マドリードではオルテガ・イ・ガセットとジェイムズ・ジョイスについて議論をしたことがある。ピエートロはドイツ語を話さない。そこでフランス語、イタリア語、英語の何やら面妖なちゃんぽん語を使うことに衆議一決した。三人ともこれにはたちまちめきめき腕を上げた。

ピエートロ・Bは貿易商なので、むろん口数は多くなかったが、そのかわり注意深い聞き手で、しかも巧みに質問の合の手を入れた。彼の身辺には、ことばをよく吟味し、その場で口に出したことより知識に含蓄がある、成功者の賢明な控えめさがあった。ジュゼッペとは対照的に、彼はレストランにいる女たちには興味がなかった。かわりにマンフレートに自分の妻の写真を見せた。マグナ・グラエキアに関する会話は、マンフレートがマッジョーレ街道沿いの家を見学したことに対する、ジュゼッペの正面攻撃にはじまった。

「イタリアの骨董品にはあんまりのめり込まないほうがいいですよ」、とジュゼッペは言った。「われわれは博物館の番人役にうんざりしています。ここへいらしたら新しいターラントをご覧なさい！　世界最大の水道設備のアクアドット・プリエーゼ（プーリア水道）

を研究なさい。カッラやアフロのような現代画家の絵をご覧なさい。ウンガレッティやカッチャトーレの詩をお読みなさい。病院や学校、シーラの行政機構の建物を、メタポント周辺の湿地の干拓を見学なさい！　技術がどんなにこの国を変えているか、この地にどう活力にふるえる世界が生まれて、それが東地中海で決定的な役を演じはじめているかがお分かりになれましょう。あなたは実践的知識を殖やさずに、役立たずのがらくたに関わっておられる。現代の人間をちゃんとご覧になることです……」

「そういう新しい業績を指摘しながら、翻って古い運命をも示唆されておいでなのですね」、とマンフレートは応じた。「私がこれまでこの南部イタリアの蒼古たる大ギリシア地帯のいわば現代生活について見てきたことは、しかしながらどうやら二十世紀の新たな植民地化の波の一つの表現にほかなりません。植民地化といっても、今度はむろん北方からのそれですが。現代のさまざまの技術的手段による植民地化です！　しかしご当地で土台から踏み固められようとしているこの新しい世界のイメージは、いみじくもすべての植民地化というものの性格を打ち明けています。新しい世界がまだその上に立脚している古い世界の、外面的な生活法則を再建するのに、ここに一つのお手本があります。港湾が何度も改築され、新たな経済の道が開発され、都市の新たな街区が構築されます。ということは新奇なものへの相も変わらぬ欲求が見られます、あらゆる植民地化開発段階の建設欲ですね。おそらく移住してきたドリス人たちが土着のイアピュギア人やメッサピア人の集落の近傍に自分たちの新市街をいくつか建設したように、今日も、概して中世の城塞で分離されている旧市街に隣り合って、人びとを田舎から惹き寄せて新しい経済的諸関係を創出する新市街が生まれているのです。」

「そうした回顧的な視点についてはおっしゃる通りです」、とピエートロは言った。「またそうした回顧的視点がなかったら、われわれはここで平板な技術主義に関わり合うほかはなかったでしょう。運命のおかげで幸いそういうことにだけはなりませんでしたが。私は、自分自身に問いかけるように見つめている、プーリアの諸都市のこの二面性が好きです。」

「その二面性がここターラントをかくも魅力あるものにしているのですが」、とマンフレートは言った、「この二面性には特別の意味がある、と私は思います。私はこう自問することさえあります。後期大ギリシアが没落しなければならなかったのは、金銭のむき出しの力によって根元のより深い結びつきが忘れられ、ついにはもっぱらただのメカニズムが破滅を迎えたためではなかったか、と。」

「マグナ・グラエキアの外面的な歴史のことで言えばおっしゃる通りでしょう」、とピエートロは言った。「おことばを間違って受け取っているのでないかぎり、今日のヨーロッパ諸民族の問題化した精神状況に関して、おそらくこの海浜王国の歴史は警鐘を鳴らすことにもなりかねません。一つの力、つまり悟性や意志や他者のための感情を強調するばかりではない、人間の創造的普遍性という形象、まず見出されるのはそれです。短い間にもせよ、ここで人間に幸福な感覚の充実をもたらしたものは、特別な性質の叡智だったにちがいありません。あなたのおっしゃる、植民地化されたこの地帯から何か異様な力が流出したものにちがいありません。それが後々まで何世紀もの間影響を及ぼしたのです。」

「これでようやくこの地域の古代史の話になりますね」、とマンフレートは言った。「私はそこらをもっと知りたいのです。」

「まあ」、ジュゼッペがよろこんで応じた、「外面的な歴史ならすぐにも要約できます。本来の古ギリシア入植地は長靴の靴底、レッジョ・ディ・カラーブリアからターラントにいたるまでの、ロクロイ、クロトン、シュバリス、メタポンティオンのような、いにしえのもっとも栄えある名にしおうカラーブリア南海岸でした。その後になってから、ターラント、ブリンディジ、レッチェ、オートラント、ガリポリをふくんで、古代のプロモントリウム・イアピュギウム、つまりイタリア南東端のサンタ・マリーア・ディ・レウカ岬までの、長靴の踵をなしているテラ・ドートラント（オートラント地方）ができました。そこの白い石灰岩の上にサンタ・マリア・デ・フィニブス・テラエ教会が建っています。地の涯《はて》の聖母《マリア》。ここからも、オートラントからも、エペイロスの山々が望まれます。紀元前の二十世紀にギリシア人が浮上して、そこから南方と東方に進出していった、あの伝説的な山脈が。ブリンディジからマンフレドニアにいたる東海岸に入植したギリシア人はさほど多くはありません。バーリを中心とするこれらの地方の歴史的運命に主として刻印を残したのは、ローマ人、ノルマン人、シュタウフェン朝人です。この最初の植民地開拓がはじまったのは紀元前八世紀でした。第二の波は、最新の研究の想定するところではシチリアへ向かいました。第三の波はナポリ湾内に入り、また今日の南フランス海岸に沿って展開しました。それから数百年経っても、特にテラ・ドートラントは、ビザンティンの支配下にあってすらギリシア的性格を具えていました。十四世紀になってさえ、トルコ人支配の地域から逃亡してきたギリシア人たちがテラ・ドートラントにやってくると、人びとは本式の新たな植民地化を云々しかねません。ノルマン人たちやホーエンシュタウフェン朝人、のみならずアンジュー家の支配下にあってさえ、そこではギリシア語的成分のすくなくない方言を話していました。ここからも、また南部のいくつかの海岸都市からも、ローマは西暦以前の敗北した者たちのギリシア文化を継受しました。宗教、文学、軍事技術、裁判、スポーツ遊戯は大ギリシアからローマに渡来したのでした。ターラントは、いわば放射作用の中心だったのです！　世界史における偶然の出会いというだけではすまない美しい象徴の一つがここにあります。ギリシア語教師ペトラルカとボッカッチョはいにしえの大ギリシア地域からやってきました。古代文化のヨーロッパにおける再生《ルネサンス》も、ですからマグナ・グラエキアと無関係ではありません。」

「二十世紀も後半の今日でも、まさしく古代文化の新たな再生《ルネサンス》について語り得るかもしれません」、とピエートロがジュゼッペのことばをさえぎった。「それもマグナ・グラエキアが出発点です！　考古学者たちが最近になって発見したものだけでも、充分に資料を提供してくれます。すくなくとも古代文化の新たな歴史を語るためにはね。」

「タ一ラントの話に戻りましょう」、マンフレートが請うた。「タ一ラントの有史以前はどうなのでしょう?」

「いにしえの年代記作者はいうまでもなく、翻って新しい年代記作者も、それぞれの国民に対して応えなければならない問題はそれです」、ジュゼッペが笑いながら言った。「よく観察されることですが、近代人には自民族の起源を神秘的な暗部から導き出すという病的な嗜癖がありますね。外科手術や美容術の器具のきわめて重要な形態、それに宇宙論や舞台造形や選挙スローガンと同じく、これも近代人が古典古代と共有しているものです。自民族の起源を神秘的な暗部から導き出すといっても、むろん今日では地図作成の技術を駆使したり統計学を援用したり、さらには発掘を通じて、そうします。ギリシア人にもローマ人にも、こうした洗練された方法は持ち合わせがありませんでしたけれども、いい加減さという点では彼らも近代人とどっこいどっこいでした。むろんこの手の古代の物語は美しいですよ。なにしろ理想化してありませんからね。それにこれらの物語は喜劇のモティーフのようなはたらきをしたものです。神々も冗談を愛して、オリュンポス山(の神々)

がタラスのテラコッタのゼウス神のカリカチュアにどっと哄笑の声を上げたと思われているくらいなのですから。ことほどさようにタラスの入植物語にもある伝説が下敷きにされています。

くだんの伝説によれば、メッセニア戦争時代のスパルタでは、男たちが戦争に行っている間に大量の私生児ができてしまったのだそうです。彼らはパルテニアイ（処女の子）と呼ばれて、市民権を持ってはいましたが蔑視され、たいそう冷遇されました。成人した私生児世代は蜂起を試みました。しかし挫折して追放されました。途方に暮れた彼らがデルポイの神託に訊ねると、アポロンは、彼らには故郷の一部という気がしたタラスの豊饒な湾を彼らの居住地として指示したのです。故郷の一部のように思われる場所、そう、ギリシア的な光の下なるギリシア的糸杉、地中海の乳のような色調、空のサファイア・ブルーの青。こうして東と西、すなわちオートラントとガリポリの海岸入植とともにタラスが成立したのでした。」

レストランは客がだれもいなくなっていた。窓はすっかり開け放たれていた。風が熱のこもった室内にそよそよと入ってきた。女将《おかみ》が勘定をした。外を歩く通行人の足音は間遠になった。客のいなくなったテーブルの上にひろがる鈍重な空虚に挑発的な対照をなす、ある晴朗な冴えを三人の男は感じた。海岸を散歩しよう、とピエートロが提案した。三人の男は人気のなくなった街を通ってゆき、やがて水の暗い敷物を見た。そこには星々が、巨人的なチェス盤上の駒のように、謎めいてすばやくとび跳ねるように動かされていた。燈台の投げかける光の円錐が、この何度となく明滅する光の点のたわむれのなかで青白く光った。それは空間をさっと掃くと力なく頽《くずお》れるのだった。三人は海浜のせまい道の上をメタポントのほうを指して歩いた。音という音が聞こえなかった。鉄道列車の轍の響きも、夜の都市の立てるベルや車の警笛の音も。波だけが砂浜をぺちゃくちゃなめ、星々を陸《おか》の際《きわ》に投げつけた。砂が、陸と海との間にひろげた淡黄色の絨緞のように足音を吸収した。あたかも砂が、無限の歩行と目標のない遠方へと誘惑してゆくかのようだった。

マンフレートがふたたびターラント旧市街の通りに入ってゆくと、朝が空の上に最初の光のヴェールを張りめぐらせ、それにこんぐらかった暗闇の糸玉のように家々の屋根屋根が懸かっていた。ホテルの車寄せには悲痛な薄明のなかでランプが一つ燃えていた。突然、胸を締めつけるようなメランコリーがまたしても襲ってきた——あれほど心弾ませてくれた会話の後というのに！　この土地ではものみなが突然輝きはじめてファンタスティックな生命と化するかと思うと、同じくすみやかに冷却して生命なき地下牢の寂寥ともなりかねないのである。

メタポントに花咲くもの

我が紺碧の網に捕われたまさしく二人の証人……
——ポール・ヴァレリー

次の日、マンフレートはピエートロのお供をした。二人はピエートロの車でカラーブリア海岸沿いにメタポントとシーバリのほうに向かった。彼らは長いこと、熱帯性の植物相のだれもいない谷の間を散策した。沼沢地の花々が灌木のなかで誘《いざな》っていた。見たこともない種類の鳥たちがギャッと鳴き、平地に出ると頭上にはきびしく、ほとんど白く、太陽が燃えさかった。彼らは、ワインとパンと果物しかない、箱のように小ぢんまりした居酒屋で足を休めた。よそ者を黙って見つめる人びとのいる貧しげな農家がときどき遠くに現れた。そんな農家を見ると、心はまたしても小躍りするような悲哀の気分を覚えた。ちぢかまった松が暑さに干からび、蜥蜴が茂みにざわざわうごめき、牛の群れが草地で草を食み、その牛の番をしている牧童たちだけがときおり見かける数少ない人間で、故郷を失ってどこかからこの過熱した大地に落ちてきたように見えた。

ターラントから車で一時間でメタポントの古風な集落にぶつかる。ほど遠からぬところにあるトッレマーレの名を名乗る小さな鉄道駅名はピュタゴラスが死んだ古都を思い起こさせる。入念に耕された、天災の破局《カタストロフ》と未熟な築堤に何度となく脅かされている土地が、土埃を被った道の両側に延びひろがっていた。大農場や乳業工場はその無装飾の即物性において、この豊沃な粘土地を搾取するための中心のように見える。

陶土色に茶がかったいくつもの穀物畑の間に、一つの神殿の最後のドリス式の十四本の柱が立っている。十四本の柱は赤みがかった黄色となって、バジリカータの谷々とはるかにイオニア海が見はるかせる小さな丘の上から聳立している。それはここでもクロトンでも、娘のコレー〔ペルセポネ〕とともに特別な崇拝の的となっているデメテルの神殿だ。内室で目に見える場所といえば主殿の一列の基礎だけで、どの柱も特別製のブロックの上に据えてある。屋根や天井の彩色したテラコッタ装飾がわずかに遺っており——あとはことごとく消され、破壊され、周囲の農場建設に利用された。最近の発掘がテラコッタ装飾の無数の破片を、さらには奉納彫像、厨房器具、若干のブロンズ像を白日の下にさらした。デメテルの神殿が奉献されたことは——タラスでも一神殿がデメテルのために建てられていた——デメテルの肖像《にすがた》が、ときにはあのメタポンティオンの住民たちがデルポイに贈った有名な黄金の穂のような穂が描かれている古銭を見ても明らかである。この神殿が——シチリアをも含めて——大ギリシア最古の神殿の一つであることは、ほとんど間違いない。デメテルとならんでここではアポロンも特に崇拝されており、当地の聖域址にはアポロンの神殿の一つのつつましい残骸が遺されている。一つの強大な都市が農耕と交易を通じて豊かになった昔日の場所には、いまはただいぶき麝香草が花咲き、シクラメンと苔と野花の茂みが色づいているばかり。だが農民たちはくり返し湿った木の根の下から彩色テラコッタや奉納画や花瓶を見つけるのである。

顔のない無の安らぎがこの世界喪失の風土に君臨している。はるかな海の洋々たる水の上には、人間不在の世界以前の世界の海の上を飛ぶように燕が浮遊している。かつてここで歴史的生命が自然に遭遇したことがあった。以来、もっぱら無時間性ばかりが、それ自身のうちなるざわめきが、あのかなりぞっとするもの、記憶喪失が、ぐるぐるとへめぐり

ペルセポネとハデス。墓碑，ロークリ出土，テラコッタによる浮彫，前5世紀，レッジョ・ディ・カラーブリア美術館

――どこも光だらけの大海原に盲いて消えてゆく。

C伯爵家での最初の会話

ひとり物思いて荒れ果てし野を
歩幅も大きくゆったりと歩みゆく。
——フランチェスコ・ペトラルカ

マンフレートとピエートロは、世界都市シュバリスが存在していたこの谷々の昔日の強大な運命をめぐる沈黙が、それを語るより耳も聾せんばかりの響きを立てていると思った。野生のままに繁茂した植物相のなかで、風景は耕された農地よりはむしろ原生地を思わせる。道の曲がり角に山村が次々に現れては人を驚かせる。それらの山村は、鷹どもがその上空に輪を描いて飛ぶ谷々を眼下に見下ろしている。クラーティ河とコシーレ河の間のセッラ・ポッリナーラ（ポッリーノ山脈）の尖端部、ここ密生した草の下、何メートルもの深さのローム層の下に、栄光豊かなシュバリス、頽落したシュバリスの廃墟が横たわっている。地上のいかなる場所も、いうまでもなく困難な、コストの高くつく発掘を企てる気になればの話だが、記念物や街道や広場といった富をこの土地以上にどっさり提供してくれるところはおそらくない、と数世紀来人びとは考えている。隣接する都市クロトンとのさる戦争でシュバリス人は追い払われ、彼らの都市は劫掠された。次いでこの都市は人工の洪水によって沈没せしめられた。都市の遺跡は、数世紀の経過するうちに、堆積しまさるクラーティ河のローム層によっていよいよ深く埋め尽くされた。

遺跡発掘が提供するものはポンペイをはるかに超えるだろうというふれこみである。なぜならシュバリスは属州都市でも温泉保養都市でもなく、その影響が小アジアからガリアにまで及んだ、人口三十万の住民を抱えた世界都市だったのだから。入念に覆い隠している粘土を分けて農民の急場しのぎと石工たちの実用感覚に早くから略奪された、セゲスタ（エゲスタ）やパエストゥム（ポセイドニア）の神殿よりはるかに巨大な、いくつもの神殿遺跡がローム層のなかにまどろんでいるという。色彩に酩酊した大理石の泉水があり、世界を驚嘆せしめ、その影響の及ぶ範囲がかつては地中海の岸辺岸辺を洗う神殿フリーズがあった、いまは地下に埋もれた世界都市。それが今日のシュバリスの姿なのだ！

シーバリ（シュバリスの現在名）の近傍のとある小さな町でマンフレートとピエートロは、ピエートロの知人のC伯爵の家の客となった。伯爵は、大ギリシアの諸都市について、その運命とその没落した文化の魅惑的な形姿について、またピュタゴラスについて語った。日が暮れていた。若い客たちは小体な田舎家の蔓棚《パーゴラ》に腰を下ろして、くだんの年老いた男の物語を傾聴した。彼は、郷土に関する数々の労作をみごとな書庫に一財産も集めていた。彼は、あらゆるヨーロッパの言語で書かれたこれらの書物の頁をぱらぱらとめくり、眼を輝かせていくつかの箇所を読み上げ、神殿や墓地や発掘現場の平面図を素描し、古銭を持ち出してきたり、幸福そうな微笑を浮かべて彩色テラコッタを赤みがかった蠟燭の光にたわむれさせたりした。また誇らしげに、郷土史のためになくてはならない業績をなし遂げた往々にして世に知られていない在野学者たちの、雑誌記事や学術論文や資料記録集を見せてくれた。それらはどれも、畏敬の念に満ちた思い出にふさわしかった。それらのものにとって、かつて在ったものはつねに現存しているのである。

C伯爵が古代の叙事詩の語り手のように報告し、聞き手たちは蔓棚《パーゴラ》の葡萄の蔓の間から海の岸辺に面した断崖に、雪頭巾を戴いた山々に、まなざしを投げた。話がとぎれると、その間に庭のサボテンと苔の間にいる動物たちが足掻《あが》いたり嘶《いなな》いたりするのが聞こえた。山々の石の匂いを吸い込んだ空気のなかでずんずんぶるぶるやかましい音を立てるのが聞こえた。背後には暗い翼のようにひろがるマロニエと樫の森の気配があり、はるか下の平地のほうにかけてはしかし、オリーヴ、無花果《いちじく》、月桂樹、オレンジ、扁桃《アーモンド》の樹々が見えた。

クラーティ河とコシーレ河の接近するあたりで、先端がカラーブリアの山々を突き刺す三角形ででもあるかのように、地上もっとも雄大な風景の一つがひろがっている。南にはじまって、地名でいうならスキアヴォニア、カッサーノ、トレビザッチェとから成る、この三角形の真ん中に、客たちの眼前、海のほうにかけて沈める都市シュバリスの領域が横たわっていた。原生林の蒸し暑さと太陽の灼熱が支配するこの自然の巨人的な円形劇場について、最初の発見者の一人であるド・リュイヌ公爵は言った。それは、それ自身によってすでに古代的偉大さを啓示している、と。あたかも当地で崇拝される女神デメテルが、一度聞いたら忘れることのできない暗い和音をこの自然のなかにも打ち込んでおいたとでもいうかのようだ。ここでは大地の鼓動がどもどもと鈍い狂宴のような音を立てた。

紀元前七二〇年頃、とC伯爵は語った、ということはローマ建国後三十四年のこと、アカイア人がギリシアの母国からこの土地に移住してきた。農業と交易を通じて、この植民市は周辺に二十以上の比較的小さな土地を抱えた大都市へと発展していった。これらの土地はすべてシュバリスに従属していた。タラス近傍のメタポンティオンもその一つだった。紀元前六〇〇年頃、すでにシュバリスはミレトスとならんでギリシア最大の都市であった。シュバリスはタルクイニアのローマより大きく、貴族主義的寡頭政治の支配下にあった。シュバリスはイオニアを相手に賢明な相互貿易関係を築きあげた。沼沢地干拓が行われ運河が国土に四通八達し、道々と街道が海岸部と山岳都市とを結んだ。みっしりと生い茂る小麦畑は山の中腹まで育成され、銀鉱山が採掘された。油、ワイン、皮革、毛織物、木材、蜜蠟、蜂蜜が取引された。唖然とするような私有財産が築かれ、それが小アジア風の慣習でしつけた贅沢を促した。後の諸世紀でならヴェネツィアやアマルフィがそれに相当するような、イオニア海岸のこの岸壁に当時の世界の商品を山積みにしたのは、とりわけ貿易船団であった。エトルリア人の宝石、金属製品、陶芸製品、エジプト、アッシリア、フェニキアの原料、香水、家具、カルタゴ人の象牙、イオニアのテラコッタ、スキュティアの毛皮、ウラルの金、コリントスの仮面が、ここクラーティの谷に運び込まれたのである。エトルリアとイオニアの間には、かつてはお粗末だった植民者、シュバリス人の誇り高く畏れられた船団が通った。シュバリス人の都市は南部イタリアのコスモポリタンな世界市場となった。土着民たちは圧されて、人口構成の価値ある部分に連なった。数々の古い都市が一つの新たな政治共同体に組み込まれた。緊密に構成された小王国が形成された。大ギリシアの成立である。三つの都市が自律経済を成長させ、光輝を放ちながらイオニア海岸を支配した。タラス、シュバリス、クロトンである。それにまだシュバリスに属するメタポンティオンや、またポセイドニアやロクロイやレギオンといった比較的小さめの都市がいくつか加わる。全世界の歴史にあっても、これほど天才的な、相似た植民開拓の躍進の例はまず見られない。しかもそれが一世紀以内のうちに完遂されたのである。

それから激変がきた。外面的な歴史のヒロイックな線がとぎれた。ここでいまや人間の歴史の奇妙な象徴表現が啓示されるのだ。

C伯爵は報告を続けた。ときおり典拠を手に取った。東方と西方からの諸影響のカオスを組織する術《すべ》を学んでいたシュバリス人が一般に承認されている初期の業績をなし遂げた後で、彼らはひたすら自分自身のことばかりを考え、正真正銘おのれの欲望しか念頭になかったので、いわゆるシュバリス風奢侈が成立した。すなわち風俗的堕落、没道徳的性愛生活、人工的陶酔、まやかしの華美や陳腐きわまる満足感の比喩である。あらゆる生活状態のまさしく狂気じみた人工化が目指された。女たちはミレトス産の伝説的に高価な侏儒《こびと》犬の飼育に時間をつぶすか、それとも最高にしなやかな毛織物地の、語り種《ぐさ》にまでなった刺繡入りの衣裳の絢爛たる開花を競いあった。それから百五十年後にシュラクサイのディオニュシオスがクロトンを征服したとき、同地でその種の衣裳を一着見つけた。シュラクサイのディオニュシオスはそれを百二十タラントン——これは五十万マルク以上の価格だ——でカルタゴに売った。シュバリスでは光輝燦然たる祝宴用に黄金の月桂冠が分配された。料理人でさえ、その技術が高名であれば、特別な業績をねぎらって賛美を尽くしたこうした品々を冠せられたのである。シュバリスの狂宴《オルギア》はオリエントのお手本をして顔色なからしめた。女たちが交換された。公開の場で性愛術の大家《プロフェッサー》たちが実践例を見せながら授業を行い、誘惑術の諸法則が講義された。まず何よりもうぬぼれ、詭弁術《ソピステイケ》、それにいたって浅薄な啓蒙主義が蔓延した。後代の歴史家のモラリズムがこのドラマを前にどれほど気取ったペダントリーをもって言い募ろうが、個々の症候がどう記述されようが——肝腎なのは全般的な徴候そのものである。ここにかなり本質的なある特徴がある。神々が侮辱され、その神官たちは追放され、神殿は冒瀆され、神々の画像は略奪され、神々の名は嘲笑された。人びとは神像に唾を吐くやら矢を射かけるやら、果てはサディスティックな快感とともに神像に小便を引っかけはじめた。シュバリス人はオリュンポスの最高神ゼウスでさえ、新しい自分たちの都市の神で代置することができると信じていた。初手のうちシュバリス人は、ギリシア世界を一つの全体として統一するオリンピックに参加することを好んだ。後にはこの結びつきを離れた。彼らはオリュンピアで競技が開催されるのと同時に、シュバリスで新しい競技会を創設した。それは光彩においてオリンピックを凌駕し、すべてのギリシア人をクラーティの谷に参集すべく仕向けたという。そればかりではない。報告されているところでは、シュバリスの船はギリシア本土に上陸し、シュバリス人はオリュンポス山のゼウスの財宝を劫掠したという。

C伯爵はここで話を中断した。グラスに酒を注ぎ、シガレットを差し出した。夜も晩《おそ》くなっていた。海のほうからそよ風が吹き寄せてきた。小さな町は死に絶えたようだった。長々と鳴ってやんでゆくゴングのように教会の鐘がひびいた。山々の影が月光に縁取られた雲から際立って見えた。その影のなかにフリーズ状にいろいろなものの姿がずらりと並んだ。二人一組の走者、かがり火、一つの顔、覆面を付けた祝福女神《エウメニデス》の衣裳など。

ピエートロが質問にかかった。C伯爵は謝絶した。「今日のところはこれでおしまいということになさって下さい！」と彼は言った。「明日の朝早く、車でクロトーネにお出でなさい。あの小さな町をご覧になってここへ戻ってきたら、夕方また私をお訪ね下さい！そのときまたお会いしましょう。」

C伯爵は埃だらけの窓ガラスの部屋のなかを横切って、客を外までエスコートした。玄関の間に黄色い額にはめたギリシア語の銘文が懸かっていた。メナンドロスのことばで、こう謳っていた。「人間たることはすでにそれのみで悲しみの余りあるゆえんである。」

ある研究者の肖像

きみは勉強をするには年を取りすぎている、と言ってくれた人がいる。それを聞いて、私は心中ひそかに微笑んだ、というのも私はいつか勉学中の身として死ぬ運命を、老人になったとしても勉学中の身としてお墓に入る運命を予見していたのだから。

――ハインリヒ・フォン・クライスト

約三時間の、たっぷり回り道をしてクロトーネ、つまりいにしえのクロトンへと、レッジョ・ディ・カラーブリアに向かって走るドライヴの間、ピエートロはこのドイツ人の客にC伯爵の運命のことを話して聞かせた。若き日のC伯爵はローマの社交界のもっとも輝かしい人物の一人だったという。伯爵のアヴァンチュールは、ローマっ子にもロンドンっ子やパリっ子にも意地の悪いコメントの材料を与えた。彼の賢さは褒められ、彼の軽はずみは叱責された。三十歳までに彼は次から次へいろいろな学問を修得した。エレオノーラ・ドゥーゼの全盛時代には図書館よりは高名な女流ダンサーや女優の家に出入りするほうがしきりだったが、確かな記憶力、みごとな観察の資質、諸関連に着目するするどいセンスが、彼を、他の人間なら多くの年月を要する学問の世界の巨匠たらしめた。かつては「オリエント的」とまで目された彼の財産はたちまち激減した。取り巻きにたかられた。にぎやかなお供を従えた旅行が財産をむしった。最後は国外に出た。語学教師、ジャーナリスト、演劇エイジェントとしてアメリカ合衆国で長らく暮らした。その後日本に流れ着き、そこではヨーロッパ文化史の図書館設立の委託を受けた。それからインドでアメリカの通信社のボスをつとめた。

第一次世界大戦はインドで体験した。異国での時が過ぎるうちに、C伯爵はいよいよヨーロッパへ、イタリアへ、カラーブリアの故郷へ帰りたいという憧憬に駆られた。彼は海外で多くのヨーロッパ人に出会った。ヨーロッパ人たちはよくクラブに姿を見せた。そして変化の乏しい熱帯生活のなかで、たえず我が身を食い裂きあっているこの大陸のことを話題にした。彼らはあらゆる幻滅した理想主義者の例に漏れず、憎悪愛《ハスリーベ》からこのちっぽけなヨーロッパに悪口雑言を浴びせた。しかしだれもこの世界地図の上のちっぽけなカオスの部分を忘れることはできなかった。感受性豊かな資質の、祖国を愛しているC伯爵のような男にあって、この分裂は苦しい葛藤を生んだ。戦争（第二次世界大戦）直後たまたま些少ならぬ遺産が舞い込んだのでイタリアに帰った。身寄りの人たちはもうおらず、友人たちには忘れられていた。故郷の町で家を一軒買い、社交生活から遠ざかって、自分の周囲の村々や小集落の農民や羊飼いたちとの親密なつながりを得るだけに努めた。孤独は大ギリシアの伝承の研究で埋めた。歴史にも、神話学にも、言語研究にも、同じくらい没頭した。ピエートロの説明によれば、C伯爵にとっての眼目は、自分では近代的と称するヨーロッパの混迷した精神性にふたたび明快な主要特徴を見つけ出すことだった。人間にとっての内的利益から出発してヨーロッパの精神的故郷を求める、一つの普遍的な探究の、さまざまな場所に浮上している代表者たちの一人なのである。二十世紀の二つの世界大戦の後で、学問的解明の動きのなかである特別な意味がマグナ・グラエキアにこそ帰せられるだろうと、彼は憑かれたように情熱的に信じていた。大都市の人間に関しても、多くの国家連合や芸術や文学だのの根を失った人間に関しても、彼は不治のペシミストと見なされていた。戦争中の莫大な肉体の死より、このカタストロフの後遺症たる、大戦後の巨大な精神の死のほうが悪質だと彼には思えた。彼とても良質の努力の徴候を認めないではなかったが――しかし宗教においても、哲学においても、芸術や文学においても、そのすべてに確信的な正当性の証明を欠いていた。芸術的業績として提示されるものの大部分が、なお彼には――彼に言わせれば――「あり得べき健康回復のための病理学的前駆症候」なのだ。精神の再生は数百万の人間の死の後にも起こらなかった。まず真の成育のための新しい根を見出すことだ。と、いまや戦後時代のユートピア思想を克服したらしきヨーロッパのいくつかの国々に、苦境からの脱出口が示された。この苦境は、とくり返し彼の説明するところでは、ヨーロッパのたえずよみがえる伝統への、ギリシア的古代、それもとりわけマグナ・グラエキアの神話知的人間学への新たなまなざしを私たちに授けてくれるのだ。C伯爵はファナティックな即物主義者、懐疑的神秘家であり、いわば一人の学者と一人の女神官の子、一人の女流詩人と一人の医者の孫なのである。

「そして彼のペシミズムに関しては」、とピエートロは締めくくった、「言うことをあまり真に受けないほうがいいですよ。あれは純粋性欲求の現象形態です。ペシミズムの背後には、品のいいオプティミストの平板さにおけるよりは、というか、鈍重であることはめったにない、どころか概して鋭敏な、いわば形質的ペシミストたちのイデオロギーにおけるよりは、はるかに大きな人間への信頼が隠されているものです。伯爵の家の玄関扉でメナンドロスの格言をお読みになりましたね。あれは、人間が生き物のなかでももっともしばしば、もっとも軽はずみに、おのれを裏切りたぶらかす——それもグロテスクな自恃とともに——のが悲しいと、彼が考えているからなのです。それが人間をめぐる最大の悲しみを生むのです。ところで、その人間についてですが、C伯爵は、私の思うに、『アンティゴネ』のソポクレスとまさしく見方を同じうしているのです。『途方もなく大きなものはいくらも生きている。だが、途方もない大きさにおいて人間に匹敵するものは、何一つない。』」

クロトーネ、象牙とブルー

しかしその端にほくろをつけたままだった。
——マルセル・プルースト

車はジグザグ・コースでクロトーネ周辺の物騒な道に走り込んだ。ウチワサボテンの茂みが、緑がかった黒と石灰色の岩の間のおちこちに生えていた。岩石は表面が粗く晶洞があって、太陽の輝きのなか、龍舌蘭の灰緑色の下でときおりちらちらと赤っぽい黄に光った。遠くのほうの山脈《やまなみ》に灰色の村々が原始時代の仮面のように懸かっていた。海辺には裸の砂丘がうねうねとのたくっていた。平地を横切る旅人には二人のおたがいに嫉妬深い巨人の監視人でもあるかのように、この白熱の孤独のなかでたえず海と一緒につきまとう山脈を背景に、ちっぽけな農家の庭にレモンの樹が花を咲かせていた。ときおりパセティックな乾燥ぶりで風に鞭打たれる糸杉が伸び上がっているこの草原《ステップ》状の風景の、青灰色と黒緑色の色調《トーン》のなかでレモンの樹は旗のような趣を見せた。それはデモーニッシュな土地測量師が打ち込んだ杭のように立っていた。背後には蛇行する谷の線が、からみあって頂まで伸び上がる螺旋状の葡萄の樹もさながらに山脈のなかをうねっていた。

目の前に小さな港湾都市クロトーネの、このレッジョとターラントの間にひろがる海岸沿いにただ一つしかない港の岬の丘が、そのまたずっと向こうにコロンナ岬が見えてきたとき、ピエートロとマンフレートは思わず息を呑んだ。コロンナ岬といえば、そこにはいまもあるヘラ神殿の最後のドリス式列柱の立っている、古代のラキニオン岬である。

クロトーネは、このブランコふうドライヴの後では、藻の生い茂る瑠璃青の海に浮かぶ、花飾りに装われた象牙の小函のような印象だった。薔薇色のヴェールと象牙色の斑点が家々の頭上にたわむれ、赤や青の小舟が灰色の船どまりにゆらゆらと漂い、石膏色の街路が町中を四通八達していた。城塞の甲冑が町の丘を、歳月が巧緻のかぎりに磨き込んだ石飾りのようにくるみ込んでいた。何世紀もの年月がそれにエメラルド色の野草や苔の発光点をはめ込み、輪郭を象る太陽光線が加勢をして、マネのような人が気を惹かれそうな色調をあれこれ吹き込んでいた。

都市《まち》は心地よいざわめきを立てていた。ボルツァーノやパドヴァでのように、卵形の広場から何本もの緑濃い木の下道が放射状にひろがっていた。一軒の酒屋の前に色とりどりの掛け布を掛けたテーブルと藁張りの椅子が何脚か置かれていて、カンパリを飲んだり、西洋カリンをのせたパンを食べたり、クロトーネの女独特の美しさの評判をあらためて認めさせる水運び女たちの後ろ姿をながめやったり、粗い山気の後で庭のオレンジの香りを官能にむせながら吸い込んだりすることができた。酒屋の店内では男たちがきまじめに考え込みながらつくねんとチェスの前にすわり込んでいた。商いはいい感じに清潔で、それが売り物の単純さの埋め合わせをしていた。

いくつかの商売がある。商店、酒場、倉庫が見える。家系図を大げさに古クロトンにまでさかのぼる老貴族がここではまだ申し分のない威厳をもって、概して大土地所有による、しばしば巨額に上る財産の利子を食っている。もっとも高貴な意味における都市名門貴族が珍しくない。彼らは御柳《タマリスク》や唐桑、名高い薔薇や珍種の椿を植えた自家庭園を楽しんでいる。冬場はときおりナポリに出てオペラを観たり、本を買ったり、友人知己を訪問したりもする。しかし大がかりな投資をする気はあまりない。港の往来はほとんどない。それはカラーブリアの海岸全体について言えることだ。古代クロトンの富が航海に、千客万来の港に依存し、イオニアとペロポネソスとアッティカとの交易の上に成り立っていたのは動かせない事実である。イタリアの経済的拡張力は北に移動した。あるいは近年では東のアドリア海岸のバーリに移った。けれどもイオニア海岸では多くの企業家たちがまたしても新たな「大」港湾を夢見ている。それはむろん夢想にすぎない。かくて海岸地帯は隠者にとっての理想的領域になった。プッサンの英雄的風景を愛し、ロランの非感傷的崇高を愛するような隠者にとっての。

ピエートロが踊る

幸福は、芸術とはまるで似もつかないものでありながら、それでいて芸術ととてもよく似たところのある何かを生み出す。

——キオスのヨアンネス

ギリシアの過去の——たとえばシュラクサイやアクラガスが見せてくれるような——人目を惹く記念物をクロトーネに見つけようとしても無駄だろう。市立美術館ではラキニオンの岬のヘラ神殿の列柱が見られる。ちなみにラキニオン岬では、後になると岬のマドンナ（マドンナ・デル・カーポ）崇拝がこのターラント湾の最高神崇拝の代わりをつとめた。市立美術館には、古代ギリシアのテラコッタや花瓶も、数年前にはじめて発見された古代の貨物船も収蔵されている。だがこの古都の横丁や広場でお目にかかるのは、そういうものとはまるで似もつかぬものだ。辻馬車のなかで居眠りをしている馭者はいきなりシニョール誰それではなくなり、そもそもがはじめて見る馭者という存在になる。聖職者の隣りを兵士が歩いている。この並列は奇妙な感じがする。なぜならそれは、またしてもいきなり、もはや日常的に名づけられた存在ではなく、それぞれが自分用に、双肩に明瞭に彫金されたシンボルの束を載せている、いわばはじめて創造されたばかりの存在——兵士であり、司祭だからだ！　とある街路から豆広場に出る。広場は人っ子ひとりない。果てしのない紺碧の下の非の打ちどころのない小人国方形。静寂。灼熱の太陽。塵ひとつ動かない。と突然、横道から一台の自動車がすばやく入り込み、広場を横断してさっと彗星のように消えてゆく。光に酩酊したこの純粋空間の突然の動きは、次々に世界が轟音を上げて崩れ落ちてゆく天変地異でもあるかのようだ。白昼の暑熱のなかの騒音は聞くだに耐え難い。車輪のがらがらという音の残響はいつまでも後に残り……それからやがてすべてが折り畳まれて、明白な、間違いなく身を任せられる調和が戻ってくる。間の抜けた屋根屋根、かしいだ正面《ファサード》、がたがきた鎧戸、傾いたテラス、ぼうぼう頭の子供たち、色とりどりのぼろ服、馬をつないでいない荷馬車の骨組み——それらすべてが一丸となって幾何学的プロポーションをそなえたユニークな絵を構成している。それはしかし生きているものを抹殺することはなく、むしろそれ自身のうちに受け止めた動きを一つの魅力的な秩序に高めている。こうして見とれていることの冒険に心は奇妙に呪縛されている。

ピエートロはこうした眺めにいわばつまずいた。中毒者のように彼はこうした眺めを欲しがるようだった。ピエートロは道路の真ん中に立ち止まるとマンフレートの腕をつかまえ、このプロポーションを見るがいいと教えた。人びとがピエートロを見てニヤリとした。子供たちが走り出てくる、つっけんどんに驚いて見せる、狼狽して鼻に皺を寄せる。これがピエートロをやけに陽気な気分にした。どこかの飲み屋からピアノががんがんどかどかなんとかメロディーらしいものをまとめると、ピエートロは踊りの動作《しぐさ》をしはじめ、すると子供たちの群れはご当地土着の毒蜘蛛タランチュラに咬まれるのを迷信的に怖がるように、まさに蜘蛛の子を散らすようにパッと散った。

「タランチュラの踊りの秘密をご説明申し上げたい」、ピエートロは平静に立ち返ると真顔で言った。「この蜘蛛は醜悪なやつではありますが、無害です。当地ではある原因が間違って例の周知の効果と結びつけられています。私たちはこのロマンティックな因果関係を民衆の無知のせいにしたくはありません。民衆は、それがたとえ醜くても恐ろしくても、目に見える悪霊が好きなのです。当地ではタランチュラのメルヘンが浮上してくる以前から、踊りはいつも踊られていました。ここではしかし踊りへと共振しているものは光なのです。この光を通じて思うがままに振舞う空間の調和《ハーモニー》なのです。音楽、幾何学、舞踏は、この国に原郷があるのです。それはしかしまたピュタゴラスの原郷でもあります。もっとも、ピュタゴラスの話はC伯爵からお聞きになったほうがよろしいでしょう。」帰り道でマンフレートはたちまち見破った。ピエートロの冗談は照れ隠しなのだ、と。どうやらピエートロには、何はさて大仰なまじめ臭さほど憎むべきものはなかったのである。ピエートロの自分の気持ちを伝えようとする欲求は強かった。しかし彼はそれを抑えた。彼はプーリア人には珍しくない鬱屈したタイプの男で、生まれついての深刻さを、いざそれを表現するとなるとおどけた仮面の背後に偽装するのだった。彼の性分は徹頭徹尾現実に向けられており、それが彼にいかなる感傷をも禁じた。どだいピエートロは、いまどき感傷なんぞは罪悪だと見なしていた。彼は冷静にものを考える商人気質の持主だった。それでいて彼の同職組合の守護神の翼を生やしたヘルメスのように、それがまだ発明されていなかったらフルートを発明してしまいかねなかった。アポロンはヘルメスの兄弟でもあった。そしてその点ではピエートロも、ロドス島とサモス島から工芸家、テラコッタ作家、ブロンズ鋳造工、詩人、文士を連れてきて、彼らの都市を優美な無用の長物だらけにした、美術館で熱い視線を浴びている大ギリシアの商人一族の品位ある末裔だったのかもしれない。

C伯爵家での第二の会話

相反物がゆるぎなく結合していることができる、ということは、偉大なことである。
――ニコラウス・クサヌス

客たちが夕方ふたたびC伯爵家に刺を通じる頃には、屋根に雨がぱらついていた。道路の側溝に黄土色の水が流れた。C伯爵は電気を好まなかった。ちなみに電気は、いうまでもなくそこでしか溜らないたっぷりの貯水庫から山中のすばらしい設備で手に入るのである。C伯爵は蠟燭か、さもなければオイル・ランプに執着した。C伯爵は菜食主義者をもって自認していたが、そのくせ地元産ワインを重用し、ヘヴィー・スモーカーで、この地方ではめったに見かけない大きな猟犬が大のご贔屓だった。彼は客たちにクロトーネの印象はいかがでしたかと訊ね、クロトーネは神殿、人びとはそこで風景の美しさを神に感謝する、と即興の讃歌を歌った。C伯爵は今秋の収穫について語り、また彼の家政婦が市場で果物を買っているときに起こった出来事のことを語って――彼女は農夫たちの間に一人の老人の姿を見たのである。その男は彼女の若き日に結婚を約束し、ある日姿を消したのであった――、十八世紀のさる神父の洗練されたイロニーでこの出会いをパロディー化した。ピエートロがオレンジの皮をむくと部屋はたちまちかぐわしい香りに満たされ、黄変した書物の頁の気の抜けた臭いを二呼吸《ふた》で追い払ってくれた。老伯爵が話をやめると、マンフレートは喫煙テーブルに置いてあった一冊の本の頁をめくった。それはヘルマン・ディールスのソクラテス以前の哲学者を論じた書物であった。

「ドイツ文献学のみごとなお手本です」、とC伯爵は言った。「この周到さ、この細部への目配り。驚くべき学問です、この文献学というのは！　それは、そうしなければ沈下したままだったかもしれない古代の世界を推論したのです。驚くべきは文献学が、当の古代世界を、それがまだ現存するかのように扱っていることです。この金無垢の文献学者は歴史上の個性的人物を熟知しており、それでいて個人的には自分にも自分の仕事にもちっとも違和感がありません。彼にとっては手を伸ばした瞬間に、どんな過去も机の上のペンや吸取紙や灰皿と同じように現存するのです。この過去は神秘的に現在しています、門外漢には手が届かなくても、専門家には影どころかいかにも生きいきとしている過去なのです。ギリシア人は死者のことをこんなふうに考えていました。死者たちが創った外面的な標徴はあるいは滅びるかもしれない。しかし死者たちが伝えたことばは残る。おそらく人間の意識が絶滅した時にさえも。」ピエートロが咳払いをした。

「いや、お考えの通りです」、C伯爵は寛大な微笑みを浮かべて言った。「そう、シュバリスの話を続けるべきでしょう。しかし、ちょっとお待ち下さい。」

彼は部屋を出ると、しばらくしてから戻ってきた。手には大事そうに埃だらけのラベルのないワインの罎を抱えていた。「ご覧の通り、これが」、と彼は言った、「人類に多くのものを与えて、今日ようやく全世界でまた記憶に喚び戻されているこの地方の、古い高貴なワインです。」C伯爵のことばは中断された。家政婦が部屋にきて、香りの高い薬草を盛りつけた大皿を載せたワゴンをランプの下に転がしてきたのである。家政婦が部屋を出てゆくと、C伯爵は話を続けた。「こいつはピスタシオのトルテとローズマリー入りのフレッシュ・サラダと一緒に飲《や》るにかぎります。このワインをどうか心に留めて頂きたい。銘柄はグレコ・ディ・ジェラーチェと申します。チロ、カタンザーロのマルヴァジア、ヴィーニ・ディ・ロリアーノといった名のカラーブリア・ワイン中の白眉です。グレコには人を晴れやかな気分にさせ精神を研ぎ澄まさせる、静かな火が具わっています。魂を音楽と舞踏に向けて調整するのです。グレコのなかでオルペウスのメロディーがさながら流体と化し色彩と化したかのようです。井戸水に冷却されると、我が家の葡萄棚に囲まれた園亭の影のなかで、それは固有の生命を授かってでもいるようにきらめきます。このグレコ、ターラント産の牡蠣、オリーヴ油漬けのイオニア海のアンチョビ、ガリポリの魚ラグー、八目鰻のパイ——マグナ・グラエキアのこうした物産と技術の絶品をもお忘れなく」、と彼はマンフレートのほうに向き直って言った。「にもかかわらずプーリアのもっとも単純な魚料理のしばしばじつに気のきいた料理でさえ、シュバリス人の大料理長が調理しなければならなかったものの影のうすい名残にすぎません。カラーブリアの小川で獲れた鱒のすみれで飾りつけをしたワイン煮だの、ギリシアの最高に美しい銀貨の一つであるタラントの精緻な細工の銀貨だののように、これらの都市の高度の文化の証になる、その他もろもろについてあなたがたにお聞かせできさえしたら。どうか想像なさってお考え下さい。貨幣の一個一個がすでにして芸術作品で、もっとも純度の高い銀や金で宗教的、哲学的または政治的象徴を刻印された美なのです。ですから、これらの人たちは物質的諸価値においてすら何という触覚の持主であらざるを得なかったことでしょう！　あるいはまたプーリアの花瓶！　この晴れやかな地《じ》の上に描かれた素描をご覧になってしまったら、もうこれ以上高度の技術は世界中探し回ってもまず見つからないでしょうね。これに匹敵できるのは、おそらく日本人、ドイツの祭壇彫刻家、フランスの磁器彩色画家、イギリスの装飾銅版画家、フィレンツェの宝石細工師、ペルシアの絨緞織工、それにインドの象牙細工師です。しかしこの花瓶をかくも魅力あるものにしているのは、軽快な人間性とモティーフの見極めが容易につく点です。装飾が抽象的なことはまずありません。装飾が観る者を温かさで満たし、観る者の感覚《センス》に取り入りながら、しかも素材の物質感を保持しているのです。まだみずみずしい草の香りのする新鮮な泉の水を満たしたこうした花瓶は、ピュタゴラスにとって屠殺した獣の血よりはるかに美しい、神々に奉献する贈物でした。大地はここでもっとも純粋な意味で変容せしめられました――それは神に接近するときの人間の使命の比喩なのです。」

「自然の粗野をことごとく克服した、このような生活様式にもかかわらず、シュバリス人はどうして芸術家たちのより深遠な意図をこんなに歪曲できたのでしょうか？」とマンフレートは尋ねた。「こうはお思いになりませんか？　ここには洗練過剰の、過保護による柔弱化の一例が見られる、と。」

「ルソー主義ですね。私どものいくらか古手の歴史家の見解がそれでした」、とC伯爵はちょっとした苛立ちを見せて応じた。「彼らは原因と結果を取り違えています。シュバリス人が破滅したのは、彼らが自らの神話の力のおかげでこうした生活様式を手に入れたというのに、その神話を忘れ去ってしまったからです。洗練そのものが没落の原因なのではありません。没落形態が用意されるのは、洗練されることでいわば何もかもが相手の幽霊ごっこに誘惑されるときです。シュバリスがその例だったと、昨日私はそれとなくほのめかしておきましたね。悪徳が頂点に達したとき、前五三六年にサモスからクロトンにやってきて、このシュバリスの近隣都市に暮らして教えていたピュタゴラス教徒たちは、シュバリスに道徳的改革を導入しようと試みました。彼らはそれを感傷的な、あるいは抽象的な道徳的お説教を通じてやったのではありません。彼らはギリシアの原住民たるペラスゴイ人からマグナ・グラエキアの英雄時代にいたるまで、あらゆる思想、あらゆる感性を担う根底を形成してきた偉大な神話的形象に向かおうとしました。ピュタゴラス教徒たちは一つの結社にまとまっていました。結社は、いうまでもなくきわめて現実主義的なあり方で、彼らの倫理的諸原則を精神的に規定する天体的な調和《ハルモニア》（＝音楽）を規範にしていました。この結社は大ギリシアのあらゆる都市に見られ、真の奇蹟をはたらいて生命感情を深化させました。この結社がなければ、おそらくあらゆる都市がすみやかにシュバリスから離反していったことでしょう！　タラスにあの大政治家にして大哲学者が支配した、アルキュタスの時代、どうやらピュタゴラス思想を研究するために大ギリシアの諸都市を歴訪していたらしいプラトンにいたるまで、ピュタゴラスの結社は後々にいたるまで影響を及ぼしました。プラトン哲学にはピュタゴラスの教説のすくなからぬ影響が認められます。プラトンの対話篇『ティマイオス』のタイトルは、ロクロイのティマイオスにちなんでいます。ロクロイのティマイオスは、世界の生成を論じた著作を書いたとされるピュタゴラス主義者です。」

「沈みゆく世界文化を救おうとするその試みが、どうしてシュバリスでは成功しなかったのでしょうか？」マンフレートは質問を続けた。

「すべての歴史的悲劇と同じように、これは答えにくい問題です。いずれにせよ人びとが神々をおっぽりだすようにピュタゴラス主義の説教師たちをこの都市（シュバリス）から追放してしまう、ということが起こったのです。ピュタゴラス主義の説教師たちは、不寛容、支配欲、専制政治との非難を浴びました。人びとは飲めや歌えと泰平にうつつをぬかしていたのですから、それを思えば分からないこともないように思えます。シュバリス人は精神が鈍化していました。追放されたピュタゴラス主義者は――名望ある市民五百人以上がそれでした――クロトンに逃亡しました。シュバリスの専制君主的支配者テリュスはそこに危険を見て、改革主義者どもを追放せよとクロトン人に最後通牒を突きつけました。クロトンに元老院が招集されました。ピュタゴラス自身は追放は擁護しましたが、横暴な要求は拒絶したがいいと要請しました。戦争が避けられない雲行きでした。クロトン市民たちは、三十人の市民使節団をシュバリスに派遣して合意に達すべく、なおも戦争を回避しようと試みました。ところが使節団が口を開くまもあらばこそ、全員が虐殺されました。シュバリス人はこれで彼らが象徴的形象の知識を失っていることをあらためて証拠立ててしまったのです。使節団虐殺といえばギリシアでは最大の神聖冒瀆でした。ヘラが神殿から出てきて怒りをぶちまけたと言います。その場所に突然血がはげしく噴き出し、ブロンズの板を上に被せようとしたがむなしかった、とも言われています。クロトン国内の激昂は、もはや和らげることができませんでした。」

「クロトンは、強大なシュバリスに対してあえて行動に出ましたか？」ピエートロが尋ねた。

「外的な力においてではなく、内的な力においてはね」、C伯爵は説明した。「クロトンにはクロトンなりに信念の力、脱人間化に対してクロトンを擁護するとされるイデーの強力な力がありました。この力はしばしば軍団の勢いを倍加せしめたものです。ともあれクロトン人は具体的にもカロカガティア（善と美の合一の理念）のイデーによってシュバリス人を凌駕していました。クロトン人の都市は申し分のないドリス人の運命を後にしてきました。彼らは今日のクロトーネをすでに見てしまっていたのです。今日のクロトーネにもまだギリシア的な光はありますが、ほかの点ではもはや古クロトンとはくらべものになりません。古クロトンは紀元前八世紀末頃、アカイア人によって建設されました。シュバリスにおけると同様クロトンでも、何よりも後背地や、カウロニアとか今日のスクイラーチェのスキュレティォンとかの近隣諸都市相手の貿易が花咲いたのです。船舶が建造されました。それらはティレニア海でも名高く、キュメ（クマエ）や、ポセイドニアすなわちパエストゥムに重要な碇泊地を持っていました。古代における有名な合戦の後、西方で隣接していたロクロイ・エピゼピュリオイと交えた戦争の敗北で、さしあたりこの都市の権力的な地位は震撼されました。しかしおそらく前五三六年頃、ピュタゴラスがやってきてから躍進がはじまりました。この躍進は、ピュタゴラスが人間存在に授けた新たな意味付与に刺激されたものです。」

「近代になってイタリアで組織的なマラリア殲滅戦が行われるまで、イオニア海岸は沼沢地的風土のために悪評嘖々でしたね。抜群の風土に恵まれていたという、古クロトンの評判をどう説明されますか？」マンフレートは相手のことばをさえぎった。

「ご質問はこの地方の今日の運命一般にとって重要です」、C伯爵は答えた。「地震のためにいちじるしい地質学的な地殻変位ができて、時間の経つうちにそれが往古の海岸に今日の性格を授けることになりました。山腹一帯の脱森林化が降水状況を根本的に一変させてしまいました。つねに存在する沼沢地帯——そこからすこしずつ耕地をもぎ取ってこなければならなかったのです――の隣接地がかつては花咲くアルカディアの杜《もり》だった、そういう多くの地帯がなぜマラリアに脅かされる荒廃地になってしまったかは、以上の変化によって説明がつきます。ティレニア海側では海岸を持ち上げて、イオニア海側ではそれを海中に消滅させた断層によっていくつもの港や上陸地の見かけが一変してしまいました。それ以前にはクロトンの多島海がありました。今日ではそれが消えてしまったのです。それにしてもそのことが美しさという点で風景をいささかも変えはしませんでした。」

「古代のクロトンは、有名な体育選手たちによってもマグナ・グラエキアでいわば覇を唱えていたのではありませんか？」

「ギリシアには一つの格言が流行していました」、とC伯爵は答えた。「『クロトン人のビリけつでも優にギリシア人の先頭さ』というのです。実際、紀元前七、六、五世紀のオリンピック競技の古典期には、その時代にもっとも高名な体育選手チャンピオンは大ギリシアの、特に南部イタリアのギリシア植民市の出身者でした。スポーツ史において不滅になったばかりではない、これらのオリンピック優勝者の名をここにほんの数人だけ挙げておきましょう。たとえばクロトンのダイッポス。彼は前六七二年の第二十七回オリンピックに際して絶対的勝者になりました。さらにはミロン。同じくクロトン出身です。ミロンはさなきだに古代最高の伝説的な体育家です。彼は六回連続で、ということは二十四年間にわたって、オリンピックの巨匠タイトルを獲得しました。その点ではスパルタのヒッポステネスのような、ギリシア本土の傑出した体育家に優に匹敵します。ロクロイのエウテュモスもやはり不抜の伝説的な勝者でした。イッコスとミュスまた然り。両者ともにタラスの出身です。最後にまだシュバリスのピレタスがいます。前六一六年、第四十一回オリンピックの若者の最初の拳闘競技で勝利を獲得しました。ピンダロスが『蜜の口』と名づけたロクロイのアゲディサモス。それに古代のあまたの詩人や著作家に誉め称《たた》えられたクロトンのパイロス。なぜならクロトンのパイロスこそは、アリストパネスが『アカルナイの人びと』のなかで『背中に石炭をいっぱいに詰めた袋を背負ってでさえ徒競走に勝った』と称して――オリンピックがその神話的背景を、次いで精神的背景をも失い、かつては競技の一方でスポーツ競争と同様に重視された文学と芸術とがしだいに見捨てられ、すでにたんなる肉体的な力のみが過大評価されるばかりなのを嘲罵した、当の対象になった人物だったからです。古代ローマもそのスポーツ競技をとりわけギリシア人から学びました。

ローマ人のスポーツ競技はしかし、すぐに軍事的性格の運動競技、または戦場やコロセウムにおける残忍な剣闘士の競技試合に退化してしまいました。古代ローマは後に大ギリシアの大部分の都市を残酷に破壊するか、あるいはたんに地方的なつまらない存在と判定したのでした。そこでこれに対してこれらの都市の活発で批判的な、いわば進歩的な末裔たち、すなわちグラエクリ（ギリシア人の賤称＝つまらないギリシア人）は、ティベリス河畔の新たな世界首都のあらゆる精神的諸領域を制覇したのでした。ホラティウスはヨーロッパにとって今日も重要なこの事実を、彼のもっとも人口に膾炙した詩句の一つにまとめています。すなわち、『攻略されたるギリシア人はその猛々しき征服者（ローマ人）を捕えたり。』今日のローマは、当時のギリシアの精神的優位をまぎれもなくローマ的な意味においても偉大にして不滅であった一切合財の縮小版であるとは、むろんとうに感じていません。現在の精神的ローマは、ですから古代ローマの保守主義者たちのなかの一人の狭量な空想家のマルクス・ポルキウス・カトーとは明らかに径庭があります。カトーは古代共和政ローマにおいてたえずギリシア人の脅威に警告を発していました。ギリシア人は彼にとって、思考においてはあまりに自由、哲学においてはあまりに自立的、生の享楽においてはあまりにも繊細、神々に対してはあまりにも猜疑的でした。いつぞや彼は息子への手紙に書いたものです。『私の言うことに嘘はない、この民族が彼らの文化でわれわれを破滅させることに成功したら、われわれはおしまいだ。』カトーの考え方はむろん二十世紀のローマでも完全には死に絶えていません。今日のローマ社会の多くの石化した形態のなかには、イタリア人のファシズムやドイツ人の第三帝国やロシア人の全体主義国家におけると同様、見かけこそパッとしないとはいえ、今日でも批判的なグラエクリが――もっとも精神の一典型としての、ではありますが――ティベル河の右左におります。そこで彼らはすこぶる単純に壊し屋、根無し草文士、国家敵対的不満分子とされてきたし、いまもされています。人びとは彼らを、たえず教会の、国家イデオロギーの、国家の基盤を掘り崩すことに悪魔的な喜悦を感じている悪霊《デーモン》に仕立ててしまいました。今日のイタリア精神はこのグラエクリの批判を相手に回しているのです。人びとは今日かつてよりはよくわきまえています、このグラエクリがいかに正当に、過剰に権力を意識した政治当局や精神的権威の一切の力の濫用に対して立ち向かっているかを。」

「古シュバリスの運命は、さてどうなったのですか?」ピエートロが訊ねた。

「古代ではそれについてお伽話じみたことがいろいろと語られていますが、両国の国境のさる会戦において数的にはクロトン軍を上回っていたにもかかわらず、シュバリス軍は壊滅的な敗北を喫したのです。シュバリス軍は彼らの市壁の背後に立てこもりました。人びとは僭主テリュスを打ち殺し、その一族をヘラの神殿のなかまで追いつめて祭壇の足下で虐殺しました。ヘラの彫像はこの新たな神聖冒瀆に顔を背けたということです。使節団虐殺の際に噴き出した血の流れが、またしてもアゴラの角石《かどいし》から迸りました。シュバリス市包囲は十七日間続きました。住民たちは占領後、殺されるか、捕われるか、それとも追放されました。市壁は取り壊され、公共建築物は破壊され、生き残った者たちは強制連行されました。わずか数週間後に、かつて栄光に輝いたシュバリスは廃墟の野と化したのです。タルクイニア人がローマを追放されたのも、ペイシストラトスの一統がアテナイから放逐されたのも、ほぼ同じ時期の出来事でした。これらの破局は全ギリシア世界の耳目を聳動させました。破局には政治的一貫性がひそんでいたのです。なぜなら大ギリシア諸都市の権力の一体性が震撼せしめられたからです。ローマが後に、このカラーブリアとプーリアのイオニア海岸の高価な真珠を帝国の宝庫に収蔵するはずです。だがそれによってマ

女性頭部。セリヌスのヘラ神殿遺跡のメトペから。大理石，前5世紀，パレルモ美術館

グナ・グラエキアの、あるいはギリシア人のいわゆるメガレ・ヘラスの自立性と偉大は終わったのです。」

「歴史に関してはその通りです」、ピエートロが声を上げた。「しかしシュバリスのこの滅亡をどう評価すべきなのでしょう? 私にはヘラの彫像と彼女の顔を背けた首が目に浮かびます! ここでは権力と経済的栄光のきらめき渡る光輝の只中で、神々への裏切りがまぎれもない一つの神話的イメージと化したのではありますまいか? 一つの比喩、でなければキリスト教の歴史哲学十八番のアレゴリーと化したのではないでしょうか! 古代世界諸都市の破局伝説はそういう観点で、つまり人間が神的な存在への後ろ向きの結びつきから乖離しはじめた世俗的時間のはじまった、西欧の神話形成力の最後の現象形態の一つとして評価されるのではないでしょうか?」

「この悲劇的な没落をともなった世界都市は、その根を大地から、そのまなざしを宇宙《コスモス》から切り離した共同体と見ることができそうですね」、とマンフレートは意見を述べた。「そのことと結びついた精神力の稀薄化が、絶望を、無方向性を、やみくもな欲望を、芸術のための芸術への耽溺を、金銭万能を、虚偽を生んだのです。まるで有機体を一つにまとめている結合肢がことごとく解体してしまったようです。世界との一体感が砕けたのです。」

「そうした考え方は目新しくありません」、とC伯爵は笑って言った。「過去の諸世紀のすくなからぬ年代記作者たちも、そういうあまりにもロマンティックな見方を紋切り型にまで退化させてきました。それは、かつての、いわば反『異教的』ヨーロッパ文学の小道具の一つなのです。悪くお思いにならないで下さい、お若い方、あなたの行き方が正しいのです。ただお考えをはっきり捉えていらっしゃらない。あなたは、今日の若いヨーロッパ人が皆そうであるように宗教的に動揺しており、のみならず宗教と人生の緊密な結合へのあこがれに満たされて、いみじくもヨーロッパの政治的統合の困難を訴えておられる。あなたにはスローガンをぶつけてもイデオロギー的駄弁を弄しても無駄でしょう。しかしだからこそあなたの立脚点は危険です。あなたはどうかすると、もはやいかなるいわゆる解決をも信ぜず、現代世界は永劫の罰を下されていると思いなし、いまやかくも傲慢な技術文明を根絶やしにさえしてくれる新たな世界絶滅戦争に新しい形而上学誕生の可能性を見る、あの没落ペシミストになりかねません。古代世界の神話は、理想化して考えられたペラスゴイ原世界のロマンティックな幻像とだけ見なしてはなりません。神話を、理想的な超現実として見るのではなく、現実における人間と神の遭遇と見る術《すべ》を学ばなければなりません。歴史哲学的思弁に誘惑されてはなりません。それは、この領域では知性の悲しみを、人間の不毛さを、もの悲しい渇きをしか生みません。観点を変えて見ればそんなものはシュバリス人の陶酔と同様、生命を毒しかねません。あなたは短慮にも憔悴し切って、過去やたんなる抽象の氷のように冷たい野に逃亡してはなりません。過去をあなたの今日の感覚に合致させせなくてはならないのです。絶望してはなりません。沈着であらねばなりません。明晰さ、毅然たる精神的態度こそが肝要です。私たちは現代の一面的なものと化した人間像を、神話に鼓吹された非合理主義によって拡張することも、合理主義的分析によって豊かなものにすることもできません。私たちに必要なのは、神話に拘束された人間をめぐる批判的知識であり、繊細なニュアンスの虜になった学問の仕事による、またふたたび存在の諸法則と結ばれた芸術による精神の衛生学なのです。」

「では宗教は?」マンフレートが迫った。「宗教をそんなふうに埋め合わせしようというのですか?」

「どんな宗教も埋め合わせなどできません! どうか素直な宗教的感性を大切になさっ

て下さい！　宗教は不可侵です。のみならず宗教には創造的な力があって、本質的なものにふたたび接近するために神話の跡を追うときにも、人間はその創造的な力の強い保護の穹窿《ヴォールト》の下にあって宗教を危うきにさらすことなどできません。いや、それともまた違う！　神話的なものをめぐる実践的、心理学的、人間学的知識はことごとく、人間をふたたび宗教との調和におもむかせるでしょう。プラトンの賞讃したあの高次の生に関していえば、近代人は調子の狂った楽器になってしまったとでもいうようです。絶対存在として、存在の本質として捉えられた精神は、もはやこの楽器からいかなるメロディーをも取り出しません。芸術はなおも、孤立した個人の作品にまで手を伸ばして、不条理のリズムを奏でてはいます。それというのも存在の自明性が見失われてしまったからです。そして社会生活がこの不調和を反映しています。しかし私の信じるところでは、最初にヨーロッパ精神の特徴を打ち出した人間性の神話に沈潜することによって、この楽器の自然な自己治癒力によるようにして調和が達成され得るのです。ヨーロッパのあらゆる国には、文字通りこの道に駆り立てられている、詩人、作家、思想家、学者がおり、またそれほど知識にわずらわされていない、単純な人びともいます。今日の歴史学や歴史記述をご覧なさい！

しかしそれだけではありません！　今日のヨーロッパではすでに二、三の民族が、偽りの、没批判的な神話をも、歴史的生物学的唯物論の表面的イデオロギーをも克服しているかに思えます。彼らは変化を貫徹しています。この存在の神話は、かっちりした輪郭の、官能的な温かさがあり、やさしい単純さのある、人間創造的なイメージになるでしょう。」

「やさしい単純さ」、とマンフレートはことばをつないだ、「それは大事なおことばですね。でなければどうして活動ができるでしょう。理解されるでしょう。」

「もうだいぶ晩《おそ》くなりました」、とC伯爵は言った。「明日またここへお出で下さい。明後日はまたターラントに戻るおつもりですね。では、ここで最後の夜をご一緒しましょう。ご質問のおかげで今日は話の本筋をすっかり逸脱してしまいました。理論ばかりこねくるのは願い下げにしたいものです。理論は、私たちが到達したいもの、つまり現実とは正反対ですからね。」

「しかし広範な大衆には永久に無縁になってしまったというのに、どうして今日、私たちはこんな論議の余地のある伝統のことを気にかけるのでしょう？」ピエートロがいささか気色ばんで尋ねた。「エリザベス・ブラウニングは、ギリシア人は死んでいるのだから、そっとしておいてやってほしい、と言いました。その通りなんじゃありませんか。生命のほうが大事です。生命が現存していればこそ、そこから、死者たちの国からいっそう真実を汲んでこられるのです。」

「原則的にはおっしゃる通りです」、とC伯爵が言った、「しかしあなたがこの伝統の何たるかを認識されるのはおそらく事実からだけでしょう。明日の晩またここでご一緒するときに、できればご質問にお答えしたいと思います。」

「どうやってそうなさるおつもりですか?」ピエートロは笑いながら尋ねて席を立った。

「快刀乱麻を断つような解決など、あなたにはいかがわしいものでしょうから。」

「単純なやり方があります」、とC伯爵は応じた。「そもそもシュバリスやクロトンの歴史に私が深入りするきっかけになった人物の生涯のことをお話ししましょう。ピュタゴラスの一生とその教説のお話を。そうすればお分かりになるでしょう。つまり私たちは、ピュタゴラスと似たような必要から似たような象徴的イメージを見つけ出すという同じ欲求に左右されているので、ピュタゴラスの精神をあらためて理解しなければならず、また理解できる時期にさしかかっているのだ、と。」

クラーティの沼沢地にて

何か由々しい心の高揚に私は感染したが、それは何らかの重要な観念によってではなく、ある黴臭い匂いによるものだった。

——マルセル・プルースト

雨は早朝に上がっていた。道路にはまだ黄土色のどぶ水が流れていたけれども、ピエートロとマンフレートはクラーティの谷の道を歩いてシュバリスの移民入植地まで足を踏み入れることができた。二時間後彼らは、雨にふくれ上がって性《たち》の悪い渦を巻きながら谷間に流れ込んでゆく、クラーティの沼沢地の藪近くにたどり着いた。むっとする暑さが、湿った靄のなかで八幡の藪知らずのように繁りにしげった樹木や茂みの塊から這い出してきた。歩道を捨てて狭い小道を河のじめじめした河床のほうに近づいてゆくと、耳にするだに恐ろしげな蚊のうなり声が二人のまわりをぶんぶん飛び交った。腐敗する草、毒々しい色彩の旺盛な沼沢地の花々、撚り合わさった毒芹、地を這う野草、ふるえる藺草などの臭いの発するほとんど麻酔的な甘美に二人はここぞとばかりに攻められた。人間の背丈ほどある葦が密生した榛《はん》の木の列に戦いを挑み、河岸の動かない休み水からは菖蒲や蛇草が咲き出て花のアーチを盛り上げていた。病的に何かを窺っているようなヒルムシロの鈍い緑が黄色い水にしみをつけていた。沼沢動物がキイキイ鳴いたり、ごぼごぼむせんだり、ががらがら声を上げたりして逃げた。いたるところに、星形の花、散形花序や円錐花序や団集花序の花が、汚水の色をまとったり、そうかと思うと誘惑的にけばけばしい色をして大地から湧き出していた。真っ赤な藜属の草やキマイラのような蒲科植物が我が物顔にのさばり、ピエートロはそれを見ると目茶苦茶にステッキで叩きつけた。その下には鈍色《にび》の葉緑があり、ミネラル分のない、くすくす笑う、足下にぐずぐず崩れる土、黒っぽい崩壊が覗いた。とりわけここでは厚ぼったいサボテン科の植物が幽霊じみた感じを漂わせていた。それは生け垣状に水際までできていて、革のような葉が熱さに汗ばんでいるように見えた。沼沢の面は膨張し、沼の際《きわ》は慎重に足で探って踏み込まなければならなかった。それは泥地熱の孵化、沼沢動物、イモリ科、両生類の楽園だ。ここにはアポロン的な美の支配はまるで見られない。それとは別種の、喉を絞めつけ不安を送ってくる力が感じられる。先史時代にも似た悲哀を湛えている、この鬱蒼と繁り放題の沼沢原生林の背後に身を屈めて、眼をギョロつかせ、いまにも飛びかからんばかりに、ニヤリと耳まで口を裂いて、たえずむりやり頭を向けさせるある力がじっとうずくまっていた。肩越しに覗くこのまなざしは、おどおどして何かひどく物問いたげだった。地元民でさえ邪視《マロッキオ》のように避ける、この荒れ果てた土地のふつふつとたぎる沈黙に二人は呪縛された。空のまじりけのないコバルトの下のこのじめついた頽廃のイメージはキマイラのような暴力を帯びていた。歴史的なものがすっかり消失し、先史時代の始原の生殖が身の毛もよだつ時代錯誤《アナクロニズム》のうちに、数世紀後にようやくそこから形も意識も明るく何ものにも捉われずに生まれてくることができる、そんな混沌の遊戯をふたたびその孵化熱で開始したように思われた。世々《アイオン》の経過するうちに悪い物質を高貴な物質に変えてしまう、あの錬金炉《アタノル》という魔法の容器がここにはひそんでいるのかもしれない。藻類やカナダ藻に覆われて、どんよりと腐爛した水にはそんな漠とした世界形成力がひそんでいて、それが営々孜々として処理し仕上げをしていたのだ。すべてのものが発端のように、もしくはしかし形成力の使い果たされた終末のように活動していた。あらゆる始まりとあらゆる滅亡の謎は、どこでよりも浄化する海のなかでようやく透明になるここ沼沢の水のなかにこそ反映されているのかもしれなかった。

二人は長い間、たえず河を目にしながらこの乱雑な植物相《フローラ》のなかを歩いた。横手にははるか下手に、平野が海に向かってひろがっていた。牛に曳かれた遠くのほうの農民の荷車だけが、荒地の単調さを破った。足下では湧き水がぱしゃぱしゃ撥ねた。二人は遠くに、たえず湿った耕地に光を送っている湧水地を見た。あらゆる種類の両生類や齧歯類が二人のそばの水中でどたばたしていた。元素が掘り返されて甘ずっぱいメタンガスの臭いが昇ってきた。

しまいに二人は、そこから一目で谷、河水、茂みが見晴らせる橋のところにきた。その眺望点からながめると、何もかもがちっとも動いていないように見えた。原生命の秘密が、砂漠のなかや火山の頂で感じられるような途方もない規模で立ち現れていた。ここにもギリシア世界の一部が開示されていた。いわばギリシア世界の精神的最下層、その無意識、その植物的生命圏、その母性的基盤が。ギリシア世界の明晰さは意志から育ってきたのではない。混沌とした地下世界から、人を脅かす境界の混じり合いから生まれ育ってきたのだ。ペラスゴイ人にはそれゆえに、沼沢地の滋養たっぷりの湿気こそが、水一般のように、大洋《オケアノス》の永遠運動のように、神聖だったのである。生命をはらむ流れ、すなわち悲哀の流れであるコキュトス、火の流れであるピュリプレゲトン、去勢雄牛の流れであるオケロン、それらは淵源をもっとも深い地下世界に発している。水の流れのほとり、自身のなかから見るだにおぞましいタルシウス（眼鏡猿）から人間にいたるまでさまざまの種と属を創出する水流には、神的存在が啓示されたのだった。ピンダロスはオケアノスの水源からテミスを浮かび上がらせた。女神の形姿と化した正義である。テミスの交接から女神ハルモニアという合成的な形姿が生まれ出た。原水《ウル》と誓いの水、死と眠りと夜は、美に陶酔する彼岸がそこから生まれてくる現世における不安を形成する。ギリシア人の創造的な力はここに根ざしているのである。沼や池や湖や海に浮遊している、聖なる水流、聖なる魚、聖なる貝、聖なる種子――とりわけあのアーモンド形の眼をして、こわ張った微笑を浮かべた女神ペルセポネー――こうしたイメージのなかで大ギリシアのオルペウス教は啓示される。もっとも起源に近いところではしかしオルペウス教の影響は、タラスからレギオンにかけての地域に育ったディオニュソス祭祀のうちに行使される。ディオニュソス祭祀こそは、紺碧の空という純粋存在と原世界めいた土地との間に住み、建設し計画する秩序にひたすら営々孜々として自ら努めたこの海岸の人びとを呪縛したのである。今日もなおそうであるように。これまたヨーロッパにとって神話的意識の問題なのだ！

正午頃、ピエートロとマンフレートは河のほとりを去ってトゥリオイの平野に曲がり込んだ。羊と山羊の一団がオリーヴの老木の木陰に群らがっていた。草はここでまたしても乏しくなり、大地は砂まじりになった。だが空気は明るく、植物はやせていた。ポッリーノとドルチェドルメの山から軽やかなそよ風が吹いて、目の前の華奢なうぶ毛状の雲を追い散らした。漂い去りながら風はこの土地にふたたびにこやかな顔立ちを、アルカディアの晴れやかさを贈った。

足場の堅い土地のほうが車の速度を上げられるので、しばらくすると二人の友は、逃走したシュバリス人の植民市トゥリオイの発掘地にたどり着いた。金片と一緒にオルペウス教の墓が出土した場所である。わりあいに最近の発掘で（古代ローマの）水道橋が掘り出されたが、何よりも六世紀作のアルカイックなギリシア人頭部が出土したのが、人びとをさらなる研究へと勇躍せしめた。この近傍にシュバリスがあったものに相違ない。しかしこれまでのところ発掘も場所の特定もなされていない。沼沢地と水が邪魔しているのだ。

トゥリオイも今日ではあまり多くのものは見られない。残骸の瓦礫、いくらかの建物の基礎、角石、地元民が「城壁《ムラーリエ》」と呼んでいる沈下した世界のバラバラに散乱した肢体である。堅い石の外皮と雑草が太陽にあぶられている。河の上でときおり一羽の鳥が金切り声を上げる。蜥蜴が、地面の高さを越えていない崩れた壁の上で甲羅を干している。死都のこのガラスのような硬直のなかで動く気配を見せているのはクラーティの流れだけだ。沈下した世界を覆い隠すその流れは、かつて一度は見捨てられたが、いまは変貌した創造的な力の担い手として立ち現れているのだろう。いまやそれは原始時代の仮面に捕まって離れられなくなっている。そのことで流れの起源である沈下した世界はまずは打ち消され、最後には嘲笑されたのである。

最後のシュバリス人

荒涼たる沼の原生地は、海のほうに向かってびっくりするほど明るい緑の平野や田園へとおもむろに変わってゆく。ピエートロはひろびろとした米作耕地の只中をつらぬいて楽しげにさらさらと流れる運河の跡を追走した。シュバリスの港があったとおぼしい入江から遠からぬあたりに、掘り抜き井戸の水を大きく吹き上げる噴水の前に厩と物置小屋のある、この界隈ではかなりの農家が一軒、高々とそびえ立っている。ピエートロとマンフレートは農場主とその妻ににこやかに迎えられもてなされた。一夜の宿に部屋を使わせてくれるという。沈下した世界都市シュバリスの真っ只中で、三十年をかけてこの荒地を花咲く小王国に作り替えた男の名は——その最後の処世知にと、自然を花咲くアルカディアに変貌させるお手本を見せるヴォルテールの主人公と同じく——カンディドといった。

カンディドはヴェネツィアの出だった。南ティロルのさる女風水師がこの思わぬ場所に彼に向く水を見つけたのだった。食後、カンディドは彼の蔵書と地理学の測量器具に囲まれながら、どのようにして沼と海とを農地に作り替え、海面下五メートルの場所に位置する農園《プランテーション》を、多すぎる太陽と多すぎる水というこの地の危険な両極端から守ってきたかを語った。ポンプ装置を使って彼は、紀元前七世紀の最初のギリシア開拓民たちがそうしたと思われるように、農地をしだいに北に向かって拡張した。かつてマラリアが猖獗をきわめたところ、飲み水さえなかったところで、いまは五トンの米が穫れる。知性とモーターが病気とメランコリーを駆逐したのである。

カンディドと連れ立って、二人の友はそのもてなしのいい家を出て花盛りの花壇を通り海のほう、このシュバリス最後の人の所有地に属する涯《はて》しのない浜辺までできた。カンディドは彼の「農園《ポデーレ》」をめったにほっとき放しにしない。それが「世界最高」と思っている。彼は冬の夜長のために無尽蔵の宝を自分にあてがうのだった。この平野を何度となく縦横に歩きまわっては作成したノートやスケッチのような、古代シュバリスの諸状態に関する独自の研究である。彼の思うには、この古代都市の遺跡がどこに発見されるかは正確に知れるはずであり、またパエストゥムやポンペイの輝かしい出来事をさえ上回って、最大級の発掘用の大規模なポンプ装置がやがて投入されるだろうとも予想される。

「来る人去る人、多士済々です」、カンディドはもの悲しげにつけ加えた、「世界中から考古学者がね！　個別の発掘はすでに企画されていますが、規模はごくつつましいものですね。いずれにせよアメリカ人のドナルド・ブラウンが広大な考古学的地層を掘り当てました。個別にはかなり興味深い発掘もなされました。都市の位置はいまや確認されていると言っていい。遺跡の一部はクラーティ河の流れの下です。しかしそれ以上の規模ではここではまだ何も着手されていません。ほんとうに重要なものが見つかるのかどうか、何度もやってみてそのうちにははっきりさせたいですね。ですから目下、イタリアの地理学者が一人ここで仕事をしています。ミラノ出身の技師レーリチです。彼はいろいろと新しい手段、電波なんかも使っています。特殊器械を使った彼の調査は、クラーティ河の河口の手前三キロのある範囲内では成功しました。電気ゾンデが地下五メートルの深さまで突入しました。古代シュバリスのありかは海抜マイナス三メートルくらいのものでしょう。レーリチは彼の発掘方法を使ってすでにタルクイニアの墓域《ネクロポリス》でフレスコや奉納物のある多くのエトルリア墳墓を発掘しました。シュバリスでも莫大な異常岩石層を突き止めました。これでここでの大がかりな発掘が必須の要請になるというものです。

私は熱狂家やロマンティストとはまるで毛色の違う人間です。よく後進地域のことが云々されますね。ここには両方があります、最高ランクの精神に達した沈める史跡と廃大な耕地面積と。いや、それ以上です。海からこちらに防砂・防海水用の堤防を築かなくてはなりますまい。入江にはまず港を造成しなくてはならないでしょう。次に平野部に入って、ポッリーノ山麓まで開拓します。シュバリスを掘り出して——庭園に造園します。このイオニア海岸の港はイタリアの国土をギリシア、キプロス島、マルタ島、小アジア、アフリカと結んで、南方全体を経済的に活性化させるお役に立ちましょう。もしかしたらどこか外国に地中海自由貿易港として賃貸されるかもしれません、アメリカだか、イギリスだか、ドイツだか、それは知りませんがね！　この問題についてはもうずいぶん論議されました。何やかやいろいろありましたが、この件に関してはまだ何も手を着けていません。軍備縮小の名においてますます軍備拡大の予算が膨張する時代です。そんな時代であってみれば、大規模建設に関して何も手を打たないのが当然なのでしょうか？　それでも、よろしいですか、いわゆる後進地域における文明の建設作業と文化の建設作業との一致は広範な大衆を活気づけられるし、それ以上の効果が期待できるものなのです。おそらく史上最悪の絶滅戦争から私たちを救うためには、このような協働作業があらゆる高度発展工業諸国には唯一にして最後の手段なのでしょう。たった一発の宇宙ロケットのコストに要するお金でここでは奇蹟を顕すことだってできるのです。そのうちには月に到達することにもなるでしょう。しかし十八時三十分以後にここの私に電話しようとしても、それはもう不可能です。鶏が寝にいってしまえば、昨日までは月がそうだったように、私どもの家にだって人間世界の連中にはこようたってこられませんや。」

カンディドのことばに辛辣さはなかった。むしろ自分の生活圏の外部にある事物に対する驚き、不思議がる思いがあった。カンディドの行為はひたすら種播き、栽培、収穫のリズムに定められていたし、思考はひたすら、もっぱらの生き甲斐の沈没した古代都市の運命に満たされ、またその神々のことでいっぱいだったのである。——抜群に清潔な、色合いも晴れやかな湯浴み小屋にくると、彼は客たちに風呂に入るよう勧めた。これほど孤独で美しい場所を今日のイタリアで見つけることは、まず不可能であろう。

太陽は燃えつきながらポッリーノ山を紫の冠で飾った。黄と赤の火がそのすみれ色の山腹に燃え上がった。それはかつてシュバリスで黄昏時のはじまる頃、生きとし生けるものと死者すべての豊饒の女神、デメテルの名誉のために灯した松明《たいまつ》のように燃え立った。

文献学的間奏曲《インテルメッツォ》

ことばが性格の産物なら、当事者が言い表そうとしているものよりはむしろそれを使っている人間の人となりを暴いてしまう当のことばの神秘的な力を、人は用いていることになる。

——フリードリヒ・ヘッベル

C伯爵家に戻る途中でピエートロとマンフレートは農夫の荷車を見つけた。がたぴしょたつく乗物だが、ともかく歴とした馬に牽かれていた。カラーブリアの農夫と手短に交渉をした後で、二人はどうにかこうにか座席に乗り込み、靴と靴下を脱ぐと、上半身裸になって日光のあぶるがままにさせた。荷車は干し草と厩の臭いがした。馬の速い足どりに活気をそそられる感じだった。

「こんなことをお考えになったことがありますか」、とピエートロが尋ねた、「この地方では、建築の永遠の力という命題がもっぱら自分だけを観察している虚栄の空虚なおしゃべりのような感じだと？　古代世界にその名も聞こえた、この世界の驚異で保存されているものは何一つありません。メキシコにさえいまでもピラミッドがあります。ここでは――シチリアとは反対に――ほとんどすべてのものが消失しています。ターラントの美術館に行けば忘れ難い芸術作品がいくらもご覧になれましょう。しかし建築に関しては考古学的・歴史的に観るだけの価値しかない断片ばかりです。同じことが、レッジョ、ジェラーチェ、カタンザーロ、バーリその他の美術館についても言えます。歴史的発展の連続性を信じることが、ここでは特に難しくなります。」

「でも、こんなことを思案なさったことはおありですか」、とマンフレートは応じた、「ここで消失した建築術よりも、あるいはかつてロマンティックに詠じられた廃墟の遺跡よりも、あのカラーブリアの農夫たちのほうがはるかに、すべての歴史的生命の関連を啓示することができるかもしれないと？」

「それはどういう意味ですか？」

「彼らとちょっと話をしてみさえすればいいのです！」

「またどうして？」

「さあ——あなたへのささやかな返礼です。あなたは当地で私に神殿を一つも見せられないので腹を立てておられる。ご立腹は気の好さの証です。ですから申し上げたいのです。腹を立てられる理由など何もないと。ここには過去の持続的現存を語るすばらしい証拠があります。ご存じですよね。カラーブリアの四つの村といくつかの集落、それにテラ・ドートラントの八つの地方共同体では、今日でも古代ギリシア語が通じるのですもの。」

「たしかにそれは存じています。しかしこのギリシア語がマグナ・グラエキアのギリシア人の言語なのか、それともむしろもっと後代に移住してきたギリシア移民の言語なのかには、いまだに定説がありません。」

「それは違います。今日では、すくなくともいわゆる基本語はメガレ・ヘラスの最古のことばと確認されています。ドイツの学者ゲルハルト・ロールフスは、あなたの推奨される悪趣味《グー・ド・テロワール》を創造的に展開しました。彼は三十四ヶ月に及んでお国のカラーブリア人と親密に接触しながら暮らして、彼らに家財の名称を訊ね、植物や動物、家具や花の名を訊ねました。彼の愛と忍耐は報われました。この方言にはアルカイック期（前五、六世紀）のギリシア語が含まれているという金無垢の証拠を残してくれたのです。」

「どうして彼はそれを証明できたのですか？　とりわけ、カラーブリアの山村がギリシア人の世界都市《メトロポリス》とどう関わるのでしょうか？」

「クラーティ河とその沼が答えてくれます。ご存じのように、初期キリスト教時代に早くもしたたかに衰弱していたギリシア人諸都市は、完全に解体しかけておりました。河水の改修は中断されました。すでに存在していた沼地が拡大し、沼地とともにマラリアが到来しました。海岸地帯は荒廃しました。比較的健康な山岳地帯にささやかな植民集落がいくつか成立しました。岩石にへばりついた山岳都市のファンタスティックな光景は、それらの町が平野から庇護してくれる高地へ後ろ向きに跳びすさったという思いを抱かせます。沼地の干拓が開始され、それとともにマラリア撲滅が開始されて以来ようやく、いまになって徐々にジェラーチェ・マリーナ、シデルノ・マリーナ、ジョイオーサ・マリーナのような新しい海岸植民集落がまたいくつか見出されています。」

「つまりそれで内陸部がギリシア化されたというのですね。しかし彼らの言語のアルカイック期の要素はどのように証明できるのですか？　だってアルカイック期言語はローマ人に根絶やしにされてしまったかもしれないでしょう？」

「ローマ人はほとんどこの地域に進出しませんでしたし、そればかりかギリシア語はキリスト教の言語だったことをお忘れなく。それにギリシア語はローマにあってさえ第二世紀にはまだ生きていました。南部のここではしかし初期中世にいたるまでそれが支配的な言語でした。それより後代に移住してきたギリシア系ビザンティン移民がそれ以後もギリシア語を保存したので、今日にいたるまでこの谷間の辺鄙のおかげでそれが保存されてきたのです。一三六八年にペトラルカは彼の写字生の一人にギリシア語を学ぶならカラーブリアに行くがいいと助言しています。」

「だとすると、まず地名を検証しなければなりますまい。」

「今日も残っているギリシア語言語島地帯の耕作地名の九十五パーセントはまだギリシア語ですよ。いまではイタリア語を話すところでさえも、そこの地名はギリシア語のまま残っています。主に接尾辞 à, -àdi, -ace のつく名です。あなたならたぶん二、三の例を容易に挙げられると思いますが。」

「お待ちなさい」、ピエートロは考え込んでから、「ラウレアーナ近傍にはカリダ村、レッジョ県にチニマ村、カタンザーロ近傍にはチェナーディがあって、レッジョ近傍にもズルゴマーディ、さらにジェラーチェ近傍にカステッラーチェとレッジョ近傍にあるカロピナーチェ川。ほんとうだ。おかげでドライヴの道が短縮できそうだ。」

「ついでにペンテダッティロ、ということは五本指の岩もお忘れなく。ロールフスは三分の二以上（の地名）をギリシア語起源に還元しています」とマンフレートはことばを続けた。「ですから南カラーブリアが統一的なギリシア語圏だったのは確実です。ほかにテラ・ドートラントも。」

「しかしどうして、それが中世ギリシア語ではないと言えるのですか？」

「大ざっぱではありますが、それはもう申し上げました。ロールフスはカラーブリアのギリシア語のおびただしいアルカイック期的要素を例証しています。たとえばカラーブリア人は『蜂』を θέλης という語で、『昼になる』を θιαμάύει という語で表します。中世ギリシア語の伝統にも、新ギリシア語の伝統にも、こんな語は知られていません。ところが語解には古代語としての典拠が載っています。ロールフスが採集したほかのおびただしい語もその点同様です。後でご自分でお読みになって下さい。それは、大鎌、魚の桶、籠、乾無花果、野菜スープ、袋、その他、いわば人間の環境の原言語ばかりです。ですからこの言語は、ビザンティン時代になってはじめてラテン的地盤に成立したものではありません。それは、シチリアの大ギリシアのアルカイック期の建築記念物より古くはないにしても、同じ程度には古いものです。この方言のなかの多くのギリシア語がいまだに、ピュタゴラスやアルキュタスやパルメニデスの時代そのままに話されているのです。さよう、カラーブリアのギリシアぶりはその語彙のなかに、他のいかなる新ギリシア語にも見られない、高いパーセンテージの古代風の諸要素を含んでいるのです。同じことはプーリアのギリシアぶりについても申せます。」

「お話の真偽はうちの農民たちで試してみるとしましょう」、ピエートロは約束した。

「きっとこの汲めども尽きせぬイタリアの大地からしこたま奇妙な話を略取してきた、一人の男の明晰な研究と愛すべき忍耐が確認されるのがご覧になれますよ」、とマンフレートは言語学的余談を締めくくった。

「大ヨーロッパにしてみればたしかに小さな現象にすぎません」、ピエートロがつけ加えた。「でも、おっしゃる通りです。おことばは、かつて存在したものの不滅性についての、お国のゲーテの言い種《ぐさ》ではありませんが、一切の自然と一切の精神の不壊の関連についての確信を授けてくれます。」

二人がC伯爵の住む小さな町にくると、折しも水平線の太陽が海にすべり落ちるところだった。いちばんの大広場に人びとのグループがあちこち固まっては、その日の出来事を話し合っていた。半裸の少年たちが家畜を牧草地から家畜小屋に追い込んでいた。家々からは薪の燃える臭いが漂ってきた。女たちは頭に水瓶を載せて掘り抜き井戸から家に帰るところだった。老人たちは戸口の閾際に裸足を載せてうとうとしていた。

C伯爵家での最後の会話

この賢者はピュタゴラスの真理のうちに、あらゆる人間にまさって通じ、また探究したので。

——キオスのヨアンネス

夕方、二人の客はふたたびC伯爵家のもはやおなじみになった蔓棚《パーゴラ》にきていた。シーラ山塊の谷間の茂みの酸味のある匂いとエリュシオンの野の甘美とを一つにした透明に青いカラーブリアの夏の夜々の一夜が、またしてもうっとりした気分に誘った。C伯爵はすでにじりじりした思いを隠すに隠せない風情でマンフレートとピエートロを待ちわびていた。

「ピュタゴラスの生涯と教説の話を私の口から少々お聞きになりたいとおっしゃる」、一同が席に着き、ワインがグラスに注がれて、シガレットの香りが蔓棚《パーゴラ》の片側に被さる蔓薔薇のほのかな匂いと混じるとC伯爵が言った。「今日一日中、そのことが頭を離れませんでした。その問題を考えれば考えるほど私には、南イタリアのこの人物が当時いかにユニークだったか、ヨーロッパ精神の基盤形成にとってその影響がいかに実り多かったかが分かってきました。プラトンがピュタゴラスに負うところは大ですが、そればかりではありません。ピュタゴラスは、いやしくも私が宗教的気分と言いたいものに対する、新しい前提を創り出したのです。それによってこそ南部イタリアのギリシア人の形而上学と神秘学と宗教に対する特別の適性が高度の例においてあらかじめ形成され、その結果ヨーロッパ精神の決定的な世俗的時間が可能になったのでした。記録に残すべくこれほど重要なこともありません。使徒パウロも使徒ペトロもヨーロッパに到達したのは、レギオン（現レッジョ・ディ・カラーブリア）経由でした。ギリシアの使徒たちは一世紀末以来、まだギリシア語を使っている民衆を相手にギリシア語で福音書を説教したのでした。ここでこの信仰の新しい堡塁ができ上がったのです。それでこそギリシア的南部イタリアは——それまでにも事あるごとにそうでしたが——西方と東方、ギリシア精神とキリスト教との媒介者になったのです。ギリシア的古代の意味、キリスト教におけるギリシア精神とオリエント精神の意味を、どれほど高く見積もっても足りないことを思い起こさせてくれるのがこの事実なのです。南イタリアの住民たちは、当時レギオンからポッツオーリにいたるまで統一的なあり方で自らをユダ族のように『選ばれた民』と感じていました。ここには謎めいた宗教的気分の民族統一体が形成されており、そこでヨーロッパ的基盤の上に最初の初期キリスト教共同体が展開されたのでした。」

「南部イタリアのギリシア人以前の住民の風変わりな特性も評価しておかなければなりませんね？」ピエートロが訊ねた。「大ギリシアが独特の宗教的風土であったのであれば、それには特別の理由があったはずですから。」マンフレートがこれに何か言おうとしたが、この家の主《あるじ》に先を越された。

「疑いもなく、この原住民との融合には重大な意義がありました」、伯爵はうべなった。「この先住民族の特性には積極的な評価がなされねばなりません。ギリシア人は大いに彼らのおかげを蒙っています。神権政治を設立せんとする、ギリシア世界にとっては新しいピュタゴラスの試みも、おそらくはこの原住民を通じてこそ可能だったのでしょう。ここでは原則的にそう確認できるだけです。典拠を挙げるのは困難きわまります。」

「さて、そろそろピュタゴラスその人についてお話し願えませんか！」マンフレートが迫った。「私などが教科書から習った知識はとても乏しいものです。のみならずそのすべてがもっぱらピュタゴラスの定理をめぐるもので、この定理はたしかにピュタゴラスの名をポピュラーにはしてくれましたが、人気のあるものにしてはおりません。」

「ピュタゴラスは、にもかかわらず――キリストと並んで――明らかにいよいよ建設的な解釈を迫る私たちの時代の最高に象徴的な人物です」、とC伯爵は言った。「ピュタゴラスに関するすべての発言を統一的なイメージにまとめるのは容易ではありません。というのも言い伝えはたがいに矛盾しており、大部分は伝説めいて、しかも――文献学が認めてきたように――しばしば偽伝《アポクリファ》です。なんとか真実らしいところをまとめてみましょう。

ピュタゴラスは紀元前五七五年にサモスで生まれました。ですから彼は、ギリシアの芸術家、哲学者、神学者の多くの者がそうであるようにイオニア人です。彼の父親は富裕な商人で、息子が後に訪れた大ギリシアの発展を左右することができる身分の一員でした。なぜなら商人と植民地開拓者はギリシア精神を現実に充実させる上で、評価するにも評価し切れないほど重要なものだったからです。ヤーコプ・ブルクハルトは名門都市的な気風のバーゼルで教えていましたが、そのブルクハルトによれば、ギリシア商人はその商品と物の見方を通じて、つまりは物質的なものと精神的なものを通じて、それ以前には孤立していた個々の民族と民族の間を媒介する者でした。彼らによって蓄地の岸辺に織り込まれたギリシア諸都市の荷駄によってこそ、とブルクハルトは書いています、世界は相互に関連したのだと。

ピュタゴラスはギリシアの名門家庭で普通に行われている教育を受けました。音楽、文学、体育《ギュムナスティケ》の課目が、成長期の少年の一日のうちに交替しました。彼には良い教師たちがついてはいましたが、天才的な教師ではなく、彼らはおそらく早くからピュタゴラスの独自性を窒息させかねなかったでしょう。彼は遠大な旅をしました。ギリシア人は旅をゆるがせにできない教養形成の手段と見ていました。商人だけがギリシア人ではなく、冒険家も、生まれながらの探究者も、知識欲に餓《かつ》える人も、好奇心に燃える人もギリシア人でした。アルキュタスは彼の断章のなかで、私たちに旅を通じての世俗体験を賞讃してくれています。自国から一歩も外に足を踏み出したことのない人間は盲目的精神の持主にちがいない、と。ピュタゴラスはエジプトとペルシア、フェニキア、パレスティナに行ったとされ、いや、インドをさえ訪れたと言われています。すくなくともエジプトを旅したというのはおそらくほんとうでしょう。そこで彼は幾何学と数学を学び、また魂の輪廻転生説も研究しました。エジプトでも商人たちの大きなネットワークが媒介活動をしていました。まさにサモスこそはエジプトとの他に擢《ぬき》んでた交易関係があったのです。ピュタゴラスは故郷に帰ると学校を設立しました。それも半円形《ヘミキュクリオン》と呼ばれる建物のなかに。彼はそのほかに、思索と自己検証の孤独な日々を過ごす田舎家を市外に持っていたといいます。」

「傍目《はため》にはそんなとても恵まれた環境なのに、どうして故郷を捨てたのでしょう？」ピエートロが訊ねた。

「あるとき自国民の軽挙妄動、精神的無関心、内的空虚がつくづくいやになったのです。それとは別にポリュクラテスの僭主政治が耐えられなくなりました。彼は大ギリシアに渡りました。そこともサモスはさまざまな商業関係がありました。同じく故郷を捨てて南部イタリア西海岸のエレアに定着した同郷人クセノパネスと同様、彼は当時すでにギリシア世界にマグナ・グラエキアが有していた精神的開放性の評判に惹かれるのを感じていたのです。五三六年頃、ほぼ四十歳でクロトンに上陸しました。シュバリスやタラスではなく、この都市を自ら選んだのです。ここでも実験と形式との間の調和的基本関係がたえず求められていたからです。クロトンはそのうえ『最善の人の支配』によって、つまり民衆との結びつきを失わない、賢明な富人政治《ティモクラティア》によって頭角を現していました。アルカイック期の大多数の都市創設時の賢明な『指導された自由』がここではいまだに幅を利かせていました。その節度と平衡感覚はポリュビオスによって賞讃されたものです。」

「ピュタゴラスの人となりについてもっと立ち入ったことが分かりますか?」

「それについては無数の伝説が報告されています」、とC伯爵は答えた。「ピュタゴラスは人を魅きつける肉体美の持主だったといいます。彼はアポロンに比べられただけではなく、後にはギリシアの神々のうちもっとも高貴なこの神と同一視さえされました。隔たりに対する繊細な感情は彼特有のものでした。彼は、世の中全体が大真面目なときにも陽気なのがいいと考えていましたが、馬鹿笑いは軽蔑しました。ファンタジーのセンスはありましたが、批判的判断の友であり続けました。諸現象をその矛盾において認識することができ、また芸術家のように存在の神秘的なシンメトリーを把握することができました。もっと新しい時代との比較をお許し願えるなら、ニコラウス・クサヌス、レオナルド・ダ・ヴィンチ、ゲーテをお考え下さい。彼のいわゆる聖なる叡智は、しかしながら同時代人たちの間にはるかに巨大な名声を博したものでした。」

「ピュタゴラスは一時期そこでそれほどの重要人物になるほど、クロトンで一体何をしたのですか?」ピエートロが訊ねた。

「ギリシア人のお気に入りの樹プラタナスが、その樹冠でもって空の光から滋養を摂り、循環して宇宙的調和を象徴しながら、根ではしかし大地から樹液を吸うように、ピュタゴラスは失われた宗教的原像と人間とをふたたび精神的に結合しようとしたのです。ピュタゴラスはその意味では哲学者でもなければ、神学者でもありませんでした。彼は、アリストテレスのある表現を借用するなら、神話知の人《ミュトソポス》、すなわちペラスゴイの消滅した黄金時代の神話の批判的な研究者でした。ギリシア精神がもっとも絶望した時刻《とき》のなかの一時刻にあって、彼は精神的に意味と結びついた生の告知者となりました。どうか精神ということばを絶対的に、何か比較を絶したものとしてお考えになって下さい! 人はどんな時刻《とき》にも神性に満たされた宇宙《コスモス》を意識しながら生を生きています。ですからそのことのなかにある決断のまったき重さとともにこのことばをお受け取り下さい! 一人の暗示力に恵まれた人間の純粋さと力に担われたこの教説は、クロトンにおいてすら衝撃を及ぼしたにちがいありません。くだんの教説とはすなわち、ギリシア人にとっては重要な意味のあった芸術の創造的なイデーを人間と人間共同体に転移すること。ですからピュタゴラスがやがて神の使者のように、いやアポロンの化身のように崇拝されたのも不思議はありません。『魔術的革命』が突発しました。ピュタゴラスの周辺にはやがて重要な教団が形成されました。彼は説教はしませんでしたが、すべての生命に形象的なものが具わっていることについて、すなわち真理の可感性について語りました。単純な語り方でした。内省的な生活を送ってはじめて可能な、そんな単純さで語ったのでした。ソピストたちの知的はったりとも、犬儒家や乞食哲学者のロマンティックな熱狂とも無縁な人でした。彼のことばには鉄の響きがありました。そこにはソクラテス以前の哲学者の断章に私たちが感じるような、暗い深さがありました。このヨーロッパの人間性の始原のことばを凌駕するものは今日でもなお何一つありません。これに匹敵するのは山上の垂訓だけです。ピュタゴラスには一般化という無味乾燥は無縁だったにちがいありません。彼の教説は批評精神の透徹した諸体験に発しているばかりでなく、くり返し人間に立ち戻るものだったからです。ピュタゴラスは教団の入会希望者を一人ひとり人相学的に試験し、その人間の顔が二つとないことから、人格の本質についての最初のある知識を汲み上げました。彼は医学や占星術や数学に導かれたのはいうまでもなく、社会学にも心理学にも導かれました。それらすべては専門分化のなかで生じたのではなく、彼が常々観察し慣れていた宇宙《コスモス》の似姿としての人間の多様性を打って一丸とした、一つの統一から生成してきたのです。

かなり最近の歴史研究はこの現象の独自性を強調しています。それがユニークだったのは、いまにも崩壊しようとしている一つの世界を神話的なものの起源と結びつけようとしたためばかりではありません。以上のような苦労をしながら、すべての世界逃避的な感覚的に疎外された予言やいかなる病的に昂揚した隠者嗜好をも斥ける、普遍的な〈人間学〉を導入したためにこそユニークだったのです。」

「ピュタゴラスは、では、大ギリシアにきて見出したオルペウス教に対してはどういう立場を取ったのですか?」、とピエートロは訊ねた。

「一面的な、審美的にうぬぼれている男らしさから守ってくれる、過去の母権制的生活状況を引き入れたこと、それこそが彼の教説に説得力を授けたのです」、とC伯爵は説明した。「ピュタゴラスの妻のテアノは、デメテルの密儀に安らう叡智の化身のように見えます。この反破局的な、なんなら反実存主義的な改革にこの女性を引き入れ、彼女の精神的影響を高く評価したピュタゴラスからテアノを切り離すことはできません。サッポーやディオティマのようにピュタゴラスはいたるところで未来の使命を力説しています。すなわち、いうところの魂の完全化、生の教導、生の高次の形成。生は質料的＝母性的基礎の上に存立し、しかる後に形相への、光への道をあゆむのですが、しかし質料的＝母性的基礎から分離することによってではなく、上方に向かう円環運動をしながら、ふたたび立ち戻ることによってそうするのです。この静止への、分離されざる一性への還帰の可能性こそは、おそらくピュタゴラスの神話知的結婚という叡智《ソフィア》の最大の神秘なのです。ピュタゴラスとテアノはここでほとんど、世界のあらゆる対立物がそこでは不可分の統一体となる、神話そのものと思えます。大地的なものが天空的なものと結びつき、此岸の生と彼岸の生が一つの調和へと合一します。その星体的《アストラール》法則の言うことには、移ろいゆく世界のいかなる自然的運動も、いかなる心理的運動も、共感によって支配される！のです。この普遍的な共に＝感じる力は、男たちより冥府的存在である女性のほうにはるかにしたたかに固有のものです。マグナ・グラエキアにおけるピュタゴラス的女性たちのいちじるしい際立ちようや、芸術における彼女たちの肖像の根源的な品位は、このようにして説明がつきま

す。この点でピュタゴラスはギリシア人のその他の神々についての教説に立ち勝っていま
す。というのも彼は古い宗教を修復しながら、新しいイメージをより挑発的な諸関連のう
ちに把握しているからです。なぜならこの新しい出会いは——これがもっとも重要な点な
のですが——人間のなかで行われるのですから。」C伯爵はこの「なかで」をうんと強調
した。

「クロトンでピュタゴラスは元老院の上の元首の身分を提供されました。彼は拒絶しま
した。彼は意志のエネルギーを掻き立てようとしましたが、しかしたえず心の沈潜によっ
てそれを均《なら》そうとしました。今日のわれわれの独裁者とはまったく異なる温柔な僭主政と
いう意味で、彼はなんとかして自由と秩序、個人的な自己裁量と国家的強制を超政治的に
一致させようとしました。その場合、思考の放埒でさえある冒険をことごとく無制限に野
放しのままにするとすれば、国家の枠内において行動の最終的な我欲を捨てることが必要
だと彼には思えました。ここでまたしても、対立物をすぐれて統一する普遍性が認められ
ます。国家でさえもが宇宙の調和の似姿になるべきなのです。

けれども人間は——当時も今日も——数々の恐ろしい体験を経ているにもかかわらず、

そこまで成熟してはおりません。ピュタゴラスはまもなく、クロトン人もまた、正義感を傷つけられたためよりは掠奪欲からして対シュバリス戦争に踏み切ったことをさとりました。彼は孤独な隠遁生活に入りました。伝説の報告によると、彼は隠者の庵から冥府に降りていったということです。そこで彼はヘシオドスとホメロスの影を見ました。彼らは、神々の威厳をあまりにも文学的に世俗化して侮蔑した廉《かど》によって、笞打ちの刑に服していました。ここから読み取れるのは、ピュタゴラスが、彼自身はその思考法が示しているように、古き土着神に対してオリュンポスの神々を特徴づける高度の自由に与《くみ》していたにもせよ、ホメロス以前の神々の象徴的形象をよみがえらせようとしていたということです。サモスとクロトンの賢者は、したがってあくまでもオリュンポスの神々を告知する人でしたが、オリュンポスの神々を太古のデモーニッシュな神話に結びつけようともしました。しかもそれは、懐疑主義や没道徳主義やニヒリズムが、ということはあらゆる宗教的根無し草どもの影のようにうすぼんやりした『新しい神々』が、わが物顔に横行した時代のことでした。オリュンポスの神々はあまりにも理想的な天球に生きていました。ピュタゴラスはそのオリュンポスの神々をふたたび始原の諸力と一致させようとし、神々をその起源の本来の深みに引き戻そうとしたのです。ただし引き戻す先は、論理的・宇宙的起源であって、混沌《カオス》の宇宙的起源ではありません。それにしても神々がたんなるフィクションと化す危険がありました。神々が象徴していた原秘密とそのイメージとの間には、もはや何の関係もありませんでした。神々はたんなる紋章、人間的諸関係のたんなる寓意と化していたのです。だからこそ神々をふたたび存在の始原の諸力と結びつけようと、この賢者は努力したのです。そのためにこそ彼はヨーロッパ最初のもっともラディカルな神話知の人であり、先入見から自由でもあればまたしても宗教的に本道を行く、ヨーロッパのいわば構成的＝近代的人間の最初の告知者なのです。肝腎なことはくり返しいつも、対立物の神秘的でもあれば批評的でもある一致でした。おそらくそれゆえにこそピュタゴラスは天球の音楽を聴き、宇宙における空間と時間、質料とエネルギー、運動と静止の途方もなく巨大な調和を聴いたと言われるのでしょう。」C伯爵はしばし休憩時間を取ってから続けた。

「彼の創設した教団には二重の課題がありました。すなわち、きわめて鋭敏な批評的悟性能力を発展させることと神話知を新たにめざめさせること。その場合、女性たちが特別重要な意味を帯びます。彼女たちに、男性的合理主義に対して秘義を魔術的に知悉してい

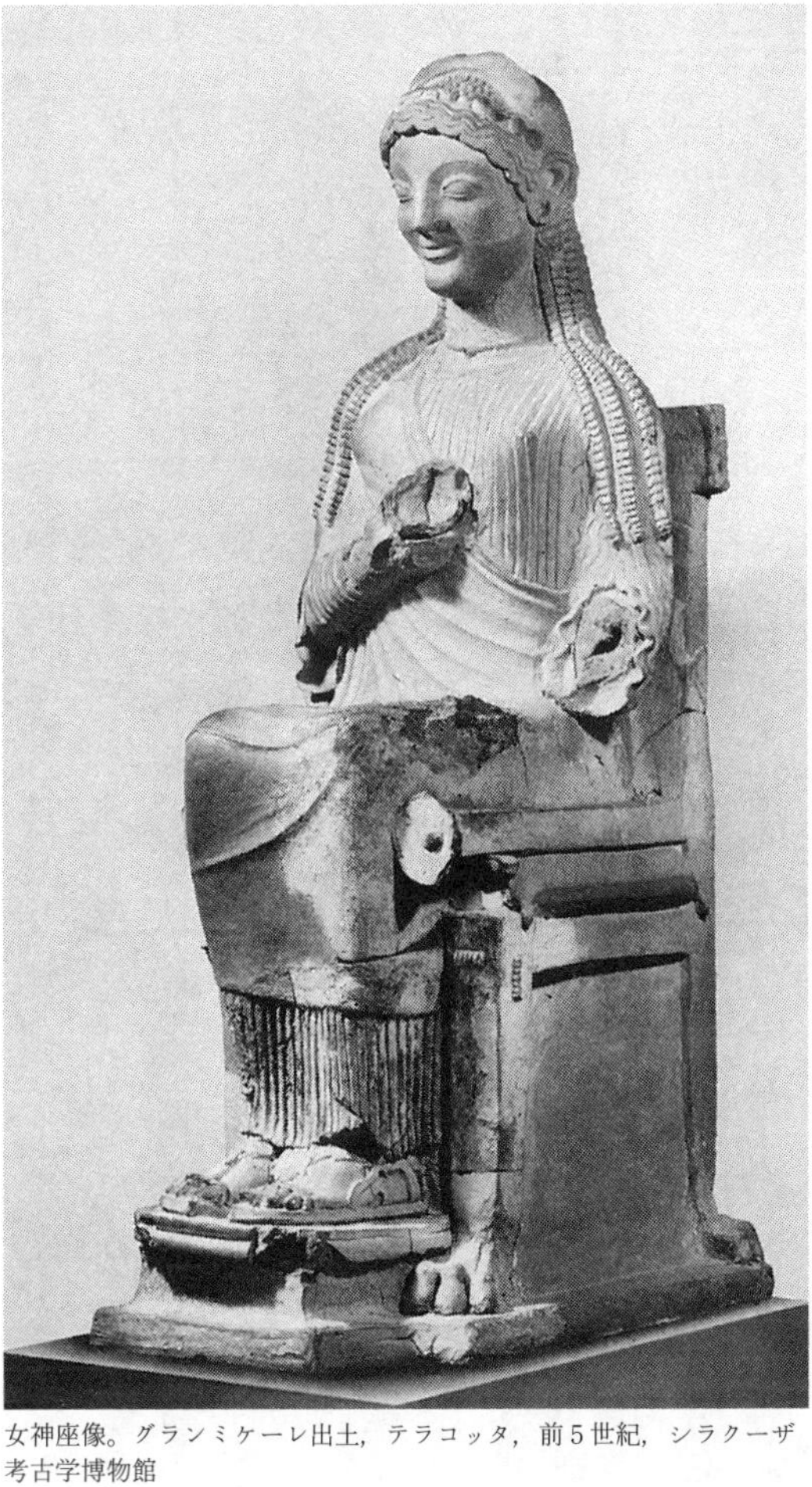

女神座像。グランミケーレ出土，テラコッタ，前5世紀，シラクーザ考古学博物館

るという宗教上の補完物を形成させようというのです。こうした信条告知と日常における

それをもふくむその表現は、当時のじつに魅惑的な大ギリシアの女性像に皆さんが感じら

れるにちがいないあのリズムを生んだのです。あれらの女性像には絶対存在が、秘義と理

解可能なものとの両極性において、生きている一日一日の象徴像に仕立てられたのが認め

られます。ただしいうまでもないことながら政治においては、この国には挫折と断念しか

ありませんでした。」

「ではピュタゴラスが対シュバリス絶滅戦争を支持することができたのはどう説明され

ますか?」、ピエートロが訊ねた。

「それこそ賢者の生涯における唯一の命取りになりかねない一貫性の欠如と見なさなく

てはなりません」、とC伯爵は応じた。「むろん彼がどんな根拠からクロトンの好戦派に屈

したかは想像できないことはありません。シュバリス人は神々を冒瀆し、使節団を虐殺し、

テリュスのような半気狂いの独裁に同意しました。ある精神的疫病がシュバリスから蔓延

しはじめていました。しかも明らかにクロトンの安全はテリュス配下のシュバリス人謀略

グループの膨張目標に脅かされていました。しかし戦争は秩序の回復ばかりに役立つとは

かぎりません。悪事の張本人どもを片づければ、後はシュバリス人に自治が戻り、彼らの都市は危害を加えられなくなるはず。ところがクロトンの権力者たちはそうは思いませんでした。このことはまたしても、ギリシア人の生の全体をもっぱら理想主義的に解釈する弊に陥らぬよう警告しています。

シュバリス人に勝利するとクロトンでは、ギリシア人の昔ながらの容赦のない権力欲と所有欲がやおら台頭してきました。占領した都市の計り知れない財宝によって約束される物質的利点の数々は、ピュタゴラスが支持していた倫理的課題に比べてはるかに誘惑的に見えました。人びとはシュバリスの領土を分割しようとしました。猫も杓子も掠奪の分け前に与《あずか》ろうとしました。次々に暴動が勃発しました。ピュタゴラスと彼の教徒たちは警告を発しました。民衆は彼らに反抗しました。教団の教義一点張りの支配欲と親シュバリス人的信念が非難の的になりました。貴族主義的憲法は改正しなければなりませんでした。最初の民主主義的制度が成立し、これがポリュビオス以後、ギリシア全土における終わりのない政治＝社会的変革の皮切りになりました。すべてのギリシア諸都市にこの変化が生まれ、この没道徳的な敗者の勝者に対する勝利は、不正と暴力と殺人をもたらしました。

シュバリスの神聖冒瀆がいまやようやく、すさまじい精神の疫病となって蔓延しはじめたのです。ピュタゴラスはいちじるしく縮小した教徒や弟子たちのグループとともに公的生活から引退せざるを得ませんでした。彼の敵の一人、支配欲の強い性格のためにピュタゴラスが教団加入を拒否した、クロトンのさる富裕な市民のキュロン某《なにがし》はピュタゴラス教徒追放を目標に掲げる民衆結社を設立しました。大衆の怨恨《ルサンティマン》がめざめさせられ、ピュタゴラスの教徒はいまや笞打ちの刑に処せられかねません。さる集会でキュロンはピュタゴラスのある著作のいくつかの箇所を読み上げましたが、そこから分かったのは、ピュタゴラスが個人の自由を否定しようとし、暴力支配を志向し、民衆の権利を誹謗せんと意図していることでした。

キュロンは暴君打倒の戦いを呼びかけて、戦利品の分け前を欲しがる民衆をピュタゴラス教徒にけしかけました。教徒たちが集まっていた家が包囲され、放火されました。全員が焼死し、わずかにピュタゴラスとその二人の弟子、アルキッポスと、後にエパメイノンダスの教師になったリュシスだけが逃げおおせました。彼らは他の都市の庇護を求めました。ロクロイとタラスではすげなく拒絶されました。メタポンティオンでは当初はピュタゴラスの避難の希望を受け入れました。そこでは、彼の評判にふさわしいあらゆる名誉さえもが示されました。短い間ながらクロトンの後で、メタポンティオンがいまにもマグナ・グラエキアの精神的首都となるかに見えました。しかしそこにまでもキュロンの憎悪は賢者を追ってきました。ピュタゴラスは数人の弟子たちに護衛されて詩女神《ムーサイ》の神殿に逃亡しました。彼は食物を摂ることを拒みました。南部イタリアの諸都市が、暴動が挫折してからなお二百年以上もその精神において生きるべきはずの男は、そこで自由意志による餓死によって絶命したのでした。

しかし後続の世代を通じてピュタゴラスの教説は、数学にもあれ、あるいはクロトンの医師アルクマイオン——最初の医学的心理学者——が引き続いて構築したその人間学にもあれ、プラトンが学んだその形而上学にもあれ、影響力を行使し続けました。プラトンの〈イデア〉とはほかでもない、ピュタゴラスが諸形態を創成する世界原理と見なした数のことだと言われています。現代にいたるまで彼のことばは鳴りやむことはありません。ふたたび根源的なもののイメージを探究している現代の多くの神話解釈家たちは、ピュタゴラスに倣い、彼の意図、彼の目標に倣おうとしています。神話的なものは、もはや理性的精神の統轄を前にして克服された何ものかとは見なされません。生を形態と形象を通じて解釈する力は無時間的であるように思えます。明敏な心理学であればここから養分とお手本を採ってきます。神話的なものはですから、ふたたびヨーロッパの精神の深層になりかねないのです。この革新的意志の故郷をあなたがたはここに、周囲に見られる風景に、ご覧になられています。あなたがたはそのことによってわれわれに近くなり、新しくなります。あなたがたはここで〈神話的革新という神話〉に出会うのです。どの民族にも固有の神話があり、すべての民族は共通の神話を持っています。新たな神話知的な道、判別し、〈批評的〉である道の腹案はここにあらかじめ下絵が描かれています。それが活動しはじめるでしょう。新たな没落の混沌《カオス》の後にようやくにしてまた、失われたものが再発見されなければならないとは思いたくありません。早期診断さえされれば、多くの人びとが不可避とばかり怖れていたあの没落は避けられるのです。それにはしかし、友よ、沈黙と良心の声が聞かれなければなりません。」

C伯爵はワインを一口飲んで、夜のなかをながめやった。ピエートロが質問を続ける構えになると、それを目顔で制した。「解説的言辞はこれくらいで充分、ということにしましょうや」、とC伯爵は言った。「原理的な問題こそは真理にいたる狭き道です！　現象を、この生きているものを、ご自分の眼でながめなくてはなりません。歴史も、それ自体として見るだけでは、あなたがたには足りないでしょう。現存するもののなかに持続的にはたらいているものを再発見しなければなりません。そうでなければドイツ人たるあなたがた特有の思慮深さの現実において、決断を強いるすべてのものから眼を背けることになります。おしまいに私は一つだけ例を挙げておきたい」――とマンフレートのほうを向いて――「これはあなたには特別の意味があると思います。」

C伯爵は書き物机から一巻にまとめた雑誌のバックナンバーを取り上げた。「ここにヨーロッパのもっとも高名な自然科学者の一人である、ヴェルナー・ハイゼンベルクの筆になる論文があります。この研究のなかで彼はピュタゴラス教徒の言い伝えを分析しています。調和の代数学的条件の発見は、とハイゼンベルクは書いています、人間的科学一般のもっとも強い衝動の一つである、と。ピュタゴラス教徒の自然観察の成功が人間性の発展に決定的に介入したというのです。これはしかしハイゼンベルクにとって歴史的知識という問題ではありません。さよう、過去の問いの断固として現代的な解答との邂逅なのです。

現代における〈現実〉の先入見に囚われない観察は、過去をめぐるほとんど忘れられた知識に通じているし、その逆でもある、とハイゼンベルクは言います。ここでも一つの環が閉じて、それが物質の深みで精神のラディカルな調和を啓示します。これほどのスケールの融合は、たんなる歴史的・文学的アナロジーが終わって、代わりに自分自身の体験の創造的要素がはじまるとき、つまりあらゆる抽象的なもくろみ、あらゆる流行かぶれの目的設定が終わるときに、はじめて可能になります。おそらくやがてご自分で認識されることになるでしょう、そう、いわゆる文化と技術の表向きの対立は、あなたが今日予感できるよりもずっとポジティヴな意味において解決されますとも。しかしいまはどうぞこちらへ！　ご静聴に感謝、です。夜が白んできたのに気がつきませんでした。お立ちになられる前に庭を散歩して、花を鑑賞するといたしましょう！　花々は朝露に濡れて最初の光に開くときがいちばん美しいのです。」

太陽はまだ姿を見せなかったが、赤みがかった光線が次々に影を押し分けながら空に伸び上がった。一つの光の空間がいきなり海面上にひろがった。それが星々を追い払った。花壇の明るい緑色の囲いの間で、天鵞絨《ビロード》の青とやわらかい深紅色が何人もの人間の顔の眼と唇のように目を覚ました。彼らは好奇心に駆り立てられた怠惰な地霊のように、地面からふっと眼を上げた。とある井戸の側壁に黄ばんだ火の色のイモリが這い上がっていた。C伯爵とその客たちは、露台のような構造から海を見下ろせるように作りつけた、庭園のいちばん外側の縁《へり》に沿って歩いた。ここには早くも、自らの輝きに充足した鬱金《うこん》の光が出現していた。

ピエートロとマンフレートは長い間、この音も立てぬ変貌に呪縛されて立ちつくしていた。後ろを振り向くとC伯爵は消えていた。二人は眼で庭園と家を捜し、最後に露台にいるのを発見した。C伯爵は胸壁の上に軽く身をかがめて二人に目顔で別れを告げた。

タームラントふたたび

この人たちのような二人の友は、相似た状態にあると、かならず同じことを考える。二人ともそれぞれ相棒の世界《ユニソン》まるごとではなくても、音程なら八度、五度、四度ではあるのだ。

——ジャン・パウル

ホメロスは、笑わない、またまるで夢を見ない、いくつかの民族について語ったことがある。ターラントに一度いてまたそこへ二度目に戻ると、ホメロスはこの呪われた人びとのうちにタラス人を数え上げてはいなかったのをつくづく思い知らされる。明るさと寛容がやわらかく混ぜ合わされ、人はそれでこの都市の生活にすっかり魅惑されるのである。躾《しつけ》のいい貴族の出という外見。新市街の静かな大通りでは彫りの深い顔立ちの身なりのいい人びとを見かける。公園ではローマ風の流行服を着た貴婦人たちが、多彩な日傘の下に陽光と男たちの熱い視線から面差しを隠している。ゆるやかな、ほとんど小躍りするような足取りの歩みは投げやりで、これはのしかかってくる時間を次々に嬉々として殺すこと、自分自身に対する勝利だ。この歩みには猫のようなけだるさがあって、男たちは罰せられない夢の恍惚に身を委ねつつ、傘松やオレンジの樹々の木陰からこの歩みの後をつけるのである。せせらぐ泉の水音に肉感的なまでに強められるこの静寂のなかでは、感じられる近みに入ってくるもの、だれもが身に覚えのある眼の専横につれて生じてくるものは、あの同じ熱いサテュロス劇である。ディオニュソスに奉献された、森の間伐地の草地の香気のなかで演じられるような、サテュロス劇だ。ディオニュソスを長い捲毛の、口をなかば開けてやわらかい手をした少年として表現している彫像が一体、樹々の間に白くきらめき、その手足のまわりに葉のほっそりした蔦植物が少年の裸身にじつに効果的にヴェールを掛けるようにして、嘲りながらもいとおしげにからみついている。

ここや、人の流れがプーリア人のあらゆる類型を見せてくれる城塞の橋の前では、時間も人の心を惑わすのにもっぱらだ。マドロスたちが、深い皺が刻まれているような、骨という骨が赤黒い皮膚の下に焼け石のように盛り上がっている顔のテラ・ドートラントの農民たちが、すれ違ってはあいさつを交わし合う。短い、抑えた笑い声が響く。漁師たちのほうはこれとはちがい、もっとなめらかで、もっとしなやかなようだ。漁師たちの肌は油を塗ったようにピカピカ光る。彼らの被っているのは縁なし帽、一方農民の被っているのはカラーブリア人の基本形の、縁の幅広い麦藁帽子だ。彼らはまっすぐ前を見つめている。農民たちは足をどこに下ろすべきかを確かめているように、頭を下にうつむけている。自足した顔の市中の市民たち、娘たちを連れ歩いている母親たち——若い娘だとくるりと首を回して餓えた視線がその後を追う——が、小さな商いをしている人たちの前を通る。籠に魚を、でなければ果物を、あるいは雨に濡れた苔のように苦酸《にがず》っぱい匂いのする柄の長い茴香《ういきょう》を入れたおかみさんたちの前を通る。

ピエートロとマンフレートは、ここで二人一緒の最後の時間を過ごした。ピエートロは旅に出なければならなかった。商用が彼を呼んでいた。ものを一緒に見ているうちに二人とも角《かど》がとれ、この数日間の出来事は自分の心に沈め、そのことについて語るのは時期尚早か、それともあまりにも表面的であるように思えた。二人はこの最後の日、とある居酒屋の店先のテーブルにすわってワインを飲んだ。飲んだのは夕暮れに向かって涼しくなりはじめる頃、ようやく長いドライヴの後の疲れを覚えて、すばらしい深みに行き着くようにひとまずすべてを忘れすべてを空にしてしまいたいという思いが、日没と別離が迫るにつれて彼らのなかで欲情もさながらに燃えた。内海《マーレ・ピッコロ》の深い海底で高価に育つ牡蠣のように、何もかもをそんな深みで保護してやりたかった。彼らが別れたとき、この束の間の出会いは二人にとって失われることのないものになった。

不死鳥が石から舞い上がる

鳥はとてつもない子供の叫び声を上げて……私の心が身をすり寄せる影をさえ突き通す。

——ポール・ヴァレリー

次の日、イタリアの踵、テラ・ドートラント（オートラント地方）に旅を続ける前にマンフレートはターラントの国立美術館を訪れた。

思いがけない富が現れる。展示物の配列は申し分のない専門知識によって位置を定められ、ほとんど人影のないホールやギャラリーが心地よい孤独を贈ってくれる。ホールでもギャラリーでも大ギリシアの生活が感覚に強く訴える直接性によって現前し、ためにこれらのものはすべて二千五百年以上も前に生まれたとは考えられないほどだ。

ホールの中庭には、オレンジの樹、椰子、オリーヴが生えている。草や蔓植物が黄金色《こがね》の骨壺や雪花石膏《アラバスター》の板を突き破って生えはびこったり、優美な柱の残骸にからみついたりしている。アーキトレーヴ（円柱の一部）、板状墓碑、切妻壁《ペディメント》の部分、墓碑銘や柱頭やモザイクの部分、それに彫刻の断片がある。それらにはまだ形態と素材がいくらも生動していて、古いものが組み合わされて新たな生命を得ているさまが見てとれる。観者の追創造するファンタジーから新たな脈絡が生まれてくるのである。手足をもがれたもの、バラバラに寸断されたもの、汚されたものは、ことごとく忘れられる。というのもこれらの断片から一つの新たな有機体、新たな形体が形成されるからだ。日光に照らされて破れ口から緑の葉があふれ出ている、日光を浴びた一個の骨壺は、すべて移ろいゆく無常を嘲笑っている。

ギャラリーやホールのなかも同じである。この温室めいた静寂は、すぐそばに隠れた創造者が息づいているという印象を強めるからだ。そこでは二つのアプロディテの頭部に出くわす。そのきびしい美しさ、控えめな愛らしさは、何か持続的なもの、創造の母性を映し出している。「無限の海からの暗い誕生」であるアプロディテは、ここでは快楽へと誘惑する女神として現れるだけではなく、万有を貫流する宇宙の力の肖像《にすがた》であるかのようだ。その唇を飾っているのは、イオニア風の軽佻浮薄の愛らしい微笑ではない。むしろ己れ自身の存在の捉えどころのなさに対する驚きを示したがっているかのようだ。ルクレティウスやボッティチェッリのような人は、アプロディテの神秘をこんなふうに見ていたのだった。ピュタゴラスが聴き取った宇宙的調和の天球の音楽はこの貌《かんばせ》のなかで石と化したのである。この一体のデメテルのアルカイック期の頭部は、太古の時代を喚起しつつふかぶかと耳を澄まして聴き入っているかのようだ。植民地に花環と連なる諸都市最大の神格たるデメテルがここでは、コレーやペルセポネと同様、大ギリシアやイタリアのほかのどこでも見られないような大きさで登場している。その像は、ゼウスの妻ヘラの彫像のように、シュバリスの神殿のなかで嫌悪もあらわに神聖冒瀆を逃れ、永劫の罰を受けた者どもを死の混沌《カオス》の手に委ねようとしていましも身を起こしている神の表象である。アテネの国立美術館のエレウシスの浮彫《レリーフ》が描いているように、トリプトレモスを送って人びとに穀物の穂を、野の耕作を、すなわちパンをもたらすのはヘラである。しかしデメテルもまた、人びとが義務である善良を忘れると彼らを破滅的な運命の手に引き渡す女神なのだ。そのまなざしには地の正義が、その貌《かんばせ》には宇宙的理性がある。

これらの女神たちと並んで、このターラントの国立美術館にあるディオニュソスの像が、マグナ・グラエキアのオリュンポス以前の宗教の証人になる。その全存在が女性愛によって明るく照らされ、栄冠に輝いてもいるディオニュソスは、水、エロス、母性、音楽、愛の激しい欲望と誘惑のような、あらゆる根源の力を一つにまとめている。ディオニュソスはまた植物のなかに活動する神であり、ゼウスと、死すべき女であるカドモスの娘たるテバイのセメレとの息子である。それゆえに彼は「二つの王国」に所属する者である。すなわち、すべての湿性を帯びた自然、樹木、木蔦、傘松、鴉、膨らんだものや花咲いているもの、あらゆる樹液の主《ぬし》だ。彼は生ませる力、万物を創造する力、自然の発芽力、恍惚の神、解放者にして救済者、古代医学と最先端の現代医学によれば、体液によって養われる、植物の魂の神である。無意識のさまざまの自然力の王国と、赫々たる勝利者、生命を支配する者の王国という二つの王国から出てきた素姓によって、彼は二重の本性を有している。天上的なものと地上的なものをその二重の出自によって一身に具有しているのである。このように生まれついたものは、とヴァルター・F・オットーは言っている、たんに歓喜し、よろこびをもたらす神であるばかりではない、これは苦悩し、死ぬ神、悲劇的矛盾の神でもあるのだ、と。

人はディオニュソスを「直接的存在」の形象と見、また「絶対的忘我」の形象と見ている。老人としてのディオニュソスは、酔いどれて、気狂いじみた笑いを浮かべ、遊女《ヘタイラ》にまとわりつく、半狂乱の年寄りと見られている。かと思うと、アポロンもかくやとばかりの高貴な美に装われた形姿のディオニュソスにお目にかかる。ターラントの二体の彫像は、その矛盾が狂気の観念連合を思わせる、二重の姿をしたこの神の不一致の神話を啓示している。私たちはここで、とヴァルター・F・オットーは言う、たえず更新される生という謎に突き当たるのだ、と。生殖の奇蹟を迎えて飛ぶ愛は狂気によって触れられる。生きているものを生むものは、生命のあまたの暴力が生棲している原深層の水に潜らなければならない。だがその下方では死と生とが二重性の母胎に宿り、また分裂というまとまりに巣くっている。生きているものがみじろぐところでは死も近くにいる。死に酩酊しているだけに生のおののきは深い。ケンタウロスに騎《の》る少年めいたディオニュソスのまなざしにあっても、髭面のディオニュソスの頭部にあっても、オットーが世界の広さまるごとの、と称している、さらに高次の二元的対立の緊張がある。精神の論理は原暗黒の混沌《カオス》と切っても切れない兄弟関係にある。ここではアポロンが、神話の望む通り、ほんとうにディオニュソスの兄弟として出現するのである。

テラコッタのホールでは、沈下した世界が肉体を得て身ぶりもよろしく観者に呼びかけてくるようだ。日常の世界が現れる。世故に長けた婦人がおり、華麗な衣装を着、優雅な留め金をつけて、髪飾りには繊細な彫り込みもある、かなり自負心のありげな女主人がいる。奇妙な具合に手足を折り曲げた奇術師、大道歌手、リュート奏者、手品師、口をニヤつかせたしかめ面の仮面、狡猾な眼やおぞましく裂けた口、乳房が蕾のように固い、肩をやさしく曲げて浴《ゆあ》みしている、なめらかな肌の少女、花のような肉体に熱く燃える蛇のように腕をからませている翼を生やした恋人同士、心地よい控えめさで媚態《しな》をつくりながら裾をかるくからげた高等内侍、女奴隷と長衣を翻す踊り子、月桂冠を戴いた戦勝者、おどけた家内の神々とキュプロスのアプロディテの取り巻きの一団。本能の確かな美的センス、やわらかいイロニーと不遜な辛辣、堂に入った心理学的知識と贅沢愛好、趣味性豊かなエレガンスとはめを外した陽気さ、悲劇的暗さと漂うような優美、それらが大きなガラスケースのなかで、ここにモーツァルトの全人物が登場して輪舞《ロンド》を、あのパパゲーノのアリアも書けばレクイエムも書いたモーツァルトの輪舞を踊るようにして一つにまとまっていた。

テラ・ドートラントは蠟のようにねばねばする粘土質の土地である。この粘土は、特定の材木が人を木彫彫刻へと促すのとまさしく同様に、彫刻作業を促す。粘土はやわらかく、色が混ざらず、ほとんど水簸《すいひ》される必要もなく、焼き上がりは申し分がない。粘土を捜して掘り出す必要がない。アテナイにおけるように地表に露出している。アテナイでは古代の陶器工房は必要な素材をエリダノス河近傍のディピュロン（二重門）の前で見つけていた。それは、今日でもアテネの陶芸家たちが粘土を掘り出している場所である。タートとその周辺がこれとまったく同じなのだ。タートの市場ホールには陶器を山と積んだ光景が見られる。それが馬鹿みたいな安値で売られている。黄金色で、心もち青みがかった赤の微光を帯びている。ここでは大昔からの手仕事が行われている。ちっぽけな製陶工場で年老いた男が踏み臼で入念に粘土を碾いているのを見るのは感動的だ。男はその粘土を水を満たした器に移し、粘土が溶けるまで力まかせに水をかき回す。水勢が治まると汚いものは底に落ちてゆく。それを沈殿物には手を触れないで別の容器に注ぎ入れ、水が透明になり、粘土が落ち着くまでそのまま寝かせる。素手でこのような素材からこねて成型したテラコッタをそれから窯で焼き、ときには彩色もする。

長衣の踊り子。テラコッタ，前２世紀，ターラント美術館

この零細な人びとの芸術作品がターラントの墓域《ネクロポリス》の新たに発掘した墓場で大量に見つかった。ターラントの美術館を主として飾っているのがこれである。ターラントのテラコッタの傑作はタナグラ人形のそれと優に匹敵する。固いものやするどいものはすべて避けてある。ターラントの長衣の舞踏の踊り子や半裸の動きの豊かさ、身ぶり、頭のひねりの優美は、タラスのレオニダスの警句詩《エピグラム》のように、あるいはタラスからローマへ捕虜としてしょっぴかれたリウィウス・アンドロニクスの、ギリシア詩の三脚韻詩《トリメトロス》からくる六脚韻詩《セナリウス》のように機知縦横の趣がある。エンニウスがローマ人たちに贈った、音楽的な抑揚のある六脚韻詩《ヘクサメトロス》を忘れてはならない。エンニウスの出身地は今日のテラ・ドートラント、レッチェ近傍のルディアエである。彼の精神もこのテラコッタのなかに生きている。エンニウスはその主著『年代記』の導入部で、ある夢のことを語りながら、自分の南部イタリアの故郷のピュタゴラス教的魂の輪廻転生説を信仰告白している。その断言するところ、彼は、一羽の孔雀の中間生から己が肉体にさまよい込んできた、ホメロスの魂の持主だというのである。ローマ化したマグナ・グラエキアの最後の創造的芸術家の一人であったリウィウス・アンドロニクスと同様、エンニウスはローマ人に神々の象徴表現と文学的技法を贈っただけではない。ウェルギリウスの『アエネイス』にいたるまで『年代記』はローマ人の国民的叙事詩だったのである。古代ローマのある王はピュタゴラスのうちに自らの師を見たのだったが、伝説の主張するところでは、ローマ人の第二代の王ヌマ・ポンピリウスこそがピュタゴラスを師にしたのだという！　だからヌマ・ポンピリウスの精神もまた、形態の確かな優美によって、叡智、温和、敬虔、よろこばしい単純性によって、衆に擢《ぬき》んでているのだそうだ。

愛らしさ、品位、優雅と並んで、テラコッタの顔々の高貴さが選りすぐりの確かさ、威厳のある誇りの証になっている。娘が気取った指先で衣裳を身に引きつけても、またその衣裳の下で太腿が猥褻なまでに張りつめても、眼、口、額は規律正しい自意識を失っていない。サッポーがなぜ彼女の嫌いなアンドロメダを百姓女じみていると非難したかが納得される。サッポーはどうして着ているものを踝《くるぶし》に引きつけるのかが分からないのである。この比較を絶する優雅にはいささかも遊戯三昧の気味はない。それは不屈の生の確信に由来し、また最高の感受性にも由来する。このような人びとは四季の変遷を指先にまで感じるのだ。これらのささやかな芸術作品は決して高価な貴重品とは目されていない。それらは実用品であった。しかしそれを洗練された趣味で利用する能力があったのは言うまでもない。芸術的な手仕事——売りに出せば、それがワインや花や絹や紫紅の衣《ころも》のように安価なのだ！

そのことではアイソポス（イソップ）が一つの寓話を語っている。ヘルメスがあるとき、人間たちが自分をどのくらい高く買っているかを見ようとした。人間の衣裳とマスクを被って、彼はあるテラコッタの工房に行き、ゼウスの姿を表している、小人のようにちっぽけな陶製人形の値段を訊ねた。「そいつは一ドラクマさね」、と親方が答えた。ヘルメスは笑って今度はヘラの小彫像の値段を訊ねた。こちらのほうがすこしばかり値が張った。それから彼自身の姿を表している、おそろしくちっぽけな彫像が目に留まり、商いの守護神であるからにはすこしは高く評価してくれているだろうと思って、訊ねた。「こっちのはいかほどかね？」——「ほかの二つを買ってくれれば、ヘルメスは無料《ただ》でよろしゅうござえやすよ」、親方は平然と答えたということだ。

マンフレートはこの汲めども尽きせぬ美術館でなお多くのものを見た。もっとも美しいギリシアの発掘品の一つである、その名も高い南部イタリアの花瓶、墓碑《ステーレ》、数々の装身具

――金箔にくるんだ鳩、研磨した宝石、花環をハンマーで加工した髪飾り、あざやかに打ち出した横顔のシルエットやデメテルに奉献した穂や、雄牛や魚や蟹の貨幣を集めた、計り知れない値打ちの古銭コレクション。

美術館は悲しい墓地であることもないではない。それはまた生きているものを保存する神殿である場合もある。ターラントでお目にかかるのはそんな神殿である。その壁のなかに隠されているのは石と化したヨーロッパの原思想である。この石については、ゲーテが自己正当化して言ったように、次のように語るしかない。「文書についても、行為についても、ある種の愛情をこめた関心をもって、ある種の党派的な熱狂をもって語るのでなければどうということはなくて、そもそもが話題とするに足りないように私には思われる。」

車室で一人の楽士が演奏する

我が幼な子よ、享受せよ、甘《うま》しこの状態《さま》を
陽気な、このいまある季節を。
——ジャーコモ・レオパルディ

ターラントから踵の内側のガリポリに出るには、まずブリンディジへ行かなければならない。そこでレッチェ方面に乗り換える。国有鉄道はレッチェが終点である。あとは退屈な、しかし定刻通りにちゃんと出発する小鉄道に頼らなくてはならない。それがまたちっぽけな駅で、おそろしく長いこと小休止するのである。

ひとまずレッチェに滞在ということはせずに、マンフレートはターラントからガリポリに直行した。ほとんど一日がかりの旅であった。サレンティナ半島またはテラ・ドートラントとその踵は呼ばれているが、マンフレートにはそれが、一方の側で陸に接岸している巨大な真四角の筏のように思えた。そう思いながら彼は、山や島や入江をそんな絵姿で表している古地図を思い浮かべた。暑い日だった。だが四方から平板な石ころだらけの土地に吹きつける海のそよ風が熱を冷ましてくれるので、低いところに見える水平線の西と東とにたえずイオニア海とアドリア海が見えているような気がした。半島は岩だらけではあるにしても、実り豊かな粘土層があって、そこから血のように赤い罌粟《けし》をまじえた深い緑の色が湧き出している。茶錆色の耕地や古いオリーヴの樹木がなかったら、イギリス中部の風景を旅していると思いかねなかっただろう。土地は勤勉に耕されているが、それもただ石のないところにかぎられる。いたるところに石が、ぎっしり生え茂った小麦畑から幾層にも黄色っぽく重なって灰色を帯びた畝と一緒に顔を覗かせていた。木綿が目につく。煙草、葡萄、アーティチョークが見える。それらの真ん中に土地の人びとは「トルッロ」を建てている。見た目に砂糖菓子のとんがり帽子みたいな、石造りの住居兼避難所である。バーリ近傍のアルベロベッロという土地に、この珍しい建築様式が大々的に見られる。もとを辿れば氷河期に起源があるのだという。一方ではまた、イスラーム教徒のテントを石でそっくり真似をして建てたのだという学説もある。アルベロベッロでは家並みの続くかぎりずっとこんなふうな建て方だ。小屋は庇《ひさし》を長く出した石屋根をすっぽり被り、その上に住民たちはありとあらゆる魔術的な彩色護符を描いている。このトルッロには世界最古の建築観の一つが保存されており、有史以後のヨーロッパではこれに類するものは見つからない。ただアフリカでだけは似たようなものにお目にかかれる。建築の手仕事的＝宗教儀式的性格といい、めくらむような水漆喰塗の清潔さといい、それはそんな遠方に心を向かわせてくれる。生命の緩慢なリズムまた然り、である。それもまた有史以前の農民的熟慮を思い起こさせる。

ぎっしりと乗客を詰め込んだ列車のなかで、マンフレートは農民たちの顔をつぶさに吟味することができた。南方的なすばしこさの特性はない。重く、石ころみたいな感じがする。革のように固い暗色の皮膚から光るのは、ナポリ人の黒苺の黒眼ではない。それはさまざまな色にキラキラ変幻する。バルカン風の彫りの深い顔のなかでは、眼の色は概して水色のブルーにぼやけてゆく。手足はごつく、掌は幅広く、声はかなり暗く粗っぽい。娘たちは美しくもなければ優美でもない。しかしお化粧をしていない顔にはどこか、注意深く採掘してそれで教会の正面入口《ファサード》を装飾する、あのしなやかな陶土の風情がある。この娘たちはニコリともしないほどはにかみ屋だ。ほとんど怖いような生真面目さが発散されている。それは過酷な労働、日々のパンをめぐる配慮、長い孤独な冬の時間を物語っている。

途中でヴァイオリンを抱えた一人の男が車室に入ってきた。卑屈な愛想の良さ、いやに人当たりのいい身のこなし、人の顔色を窺うような目つき、といった零落した楽士タイプ。これが突然舞台の脚光を浴びた機械仕掛けの神《デウス・エクス・マキナ》よろしく、イタリアさいはての住民との対照を見せたのである。ひょこひょこ小躍りしペコペコ頭を下げてヴァイオリンを弾いて回りながら、ここぞとばかりにフォルテを効かせるたびに痙攣的に頭を振って額の黒髪をばさりと落とし、うすっぺらい声で流行歌を歌った。大多数の連中にとってはたぶんめったにないこの汽車旅行の最中に、こんな強いられた観客＝聴衆役を演じていいものかどうか、車室の乗客たちは当惑に襲われているようだった。前はコチコチにこわ張っていたのがいまや凝固してきた。乗客たちはおたがいに顔を見合わせることも、おどけたふりをしているヴァイオリン弾きのほうを見ることもできなかった。ひたすらまっすぐ前を見つめて、服をいじくったり、縁なし帽を被り直したりするばかり。明らかに彼らはこうして自分たちに見慣れない事態には目をつぶり、だがいやに身を入れている楽士の都会風のお愛想や人当たりの良さにはこんな防御の姿勢を余儀なくされたのだった。ことほどさようにこの国の人びとの心情が、集団パントマイムのようにあざやかに目に見えた。

マンフレートを気にとめている人間は一人もいなかった。ヴァイオリン弾きが彼を外国人と認めて、弾き続けながらこちらにひょいと会釈し、「外国人かね？」と問いかけたので短くうなずき返したが、このときマンフレートは満座の視線のなかにはっきり憤りを感じた。楽士は、自分の演奏の報酬がお寒い結果になるのも、きっとこの質問のせいにするはずだった。これらの人びとは好奇心という悪徳を知らないが、さりとて劣等感の持ち合わせもなかった。彼らには押しつけがましさがなかった。質問を受ければ、はっきりきちんと話した。外国人は彼らにとって、豪勢な見世物でも、珍獣でも、銭を巻き上げるカモでもないのである。それは、彼らがその人格や特性に敬意を払っている、未知の人なのだ。外国人をこのように迎える人は、数齢《よわい》千年の文化を血のなかに持っていることを証明している。

人間の振舞いはここではしばしば古典的単純性のなごりであって、マンフレートはそれをすくなからぬ細部に及んでつぶさに観察することができた。北ドイツの村々にも見られる小さなものを愛するセンスが、列車が通過する多くの人形の駅めくちまちました駅の周辺につとに見てとれた。鞣皮《なめしがわ》のカーテンの覆いが掛けてある開いた扉には薔薇の蔦が這い上がっていた。窓々にはゼラニウムが光った。プラットフォームは船の甲板のようにピカピカに清潔だった。貧しさが、ほとんど洗練された矜持によって隠され、晴れやかな変容を遂げていた。あのヴェズヴィオ山周辺のもっと満ち足りた平野の村々とは逆に、この土地はさながら宝石のような印象を与えた。これに優るものといえば、イタケの静寂か、ネストルの熟慮しか思いつかなかった。そして水平線のなごやかな丘の上にまばゆく白くまた明々《あかあか》と赤く、五月の緑の小麦の波のかなたに突然一つの村の堅牢な輪郭が見えてくると、ここで大切なのはホメロス的人間の毅然とした態度、つまりは誇り、なのだと思い知る。マンフレートはターラントの漁師との出会いを思い出した。彼の目を惹いたこうした連中の大旦那気質にここでまたしてもお目にかかったのである。横柄な態度の気配はいささかもなく、しゃちほこばった物腰の愚かしさもなければ、冷たい目つきや高慢な顔つきもない、あの大旦那気質である。この旦那風の出所は金無垢のへりくだりである。そのへりくだりがたえざる自己試練に由来するある確信を授けているのだ。

ガリポリ、あるいは数の神秘主義

こうした判然としない運命の作用はいみじくも、自然の必然の所産であるよりは偶然の所産とされてきた。ことほどさようにこのテーマはこれまで不確実のままに放置されている。だがこの問題は実験には向かないことがはっきりしたので、いまこそ思考力の領域に持ち込まれたのである。私はこの問題を幾何学を通じて確実に一つの技と化せしめたのであるが、その結果それは幾何学の確実性に依拠しつつ着実に自己を展開することが可能になった。かくしてそれは幾何学と偶然の双方から名を授かるのである。すなわちそれは偶然の不確実性を数学的証明と結びつけ、一見相反すると思えるものを合一せしめて、いみじくも「偶然の幾何学」というこの驚くべき命名に与るのである。

——ブレーズ・パスカル

ガリポリはタラスの娘の一人、ギリシア人の創設した町である。その名はギリシア語起源で、「美しい都市」の意味だ。南イタリアにこれに比肩し得る町は一つとしてない。マンフレートは、城塞の黄金の環のように軒蛇腹をめぐらした牆壁の上に立ち並ぶ、均斉のとれた家々の連なりの光のなかにふるえる、百合のように白い立方体群をはるかに仰ぎ見たが、ひとまずこの石と化したピュタゴラス風の数の調和の前に声を呑んで立ちつくすほかはなかった。人口二万人のこの漁師町では、ダンテのもっとも完璧な三行詩節《テルツィーナ》のいくつかにおけるように、法則と形象とが一如と化している。ここにきて、人は大ギリシアの風光の精髄のなかにいる。この町においてこそヨーロッパ最初の幾何学者ピュタゴラスが美の本質として数の調和を告知したことが理解されるのである。とはつまり、ガリポリでは大地から均斉が光に向かって生い立つからであり、緑玉髄色の海のざわめきが規則正しい間《ま》をおいて整然と統御され、蒼穹と星々とからこの地上にもぎとってきた無数の線は、そのこよなく苛烈な透明度にもかかわらず内部に温かい血が脈打つ血管もさながらだからである。おそらくここでピュタゴラスは均斉の比例関係を発見し、調和的な間合いを見つけ出したのではなかろうか。この漁師町ガリポリには、いまもなおそのような発見をひそかに促すような大地のイメージが生きいきとしている。プーリアでは、家々の正面にまれ、ホーエンシュタウフェン家の城塞にまれ、またロマネスクの教会にまれ、幾何学が官能的な出来事となる。ここガリポリでは数が、その箍《たが》をはめるような明白さにともなわれてイメージとなる。近代の自然科学にあっては物質はいよいよ電子や量子へと揮発してゆくが、数は依然として恒常の宇宙《コスモス》における最終存在たり続けている。「美しい」都市、ガリポリの建造物の独創的な天衣無縫のさなかでは、しかしながらその外見《あらわれ》の電光のような閃きに撃たれて驚異に固唾を呑むことを余儀なくされた人間に、何はさてまず数の「神秘主義」が開示されるのである。この瞬間にこの都市のなかのあらゆる堅いもの、うすいもの、痩せているもの、計量可能な内実《もの》が、さながら一挺の鉄槌が黄金のシンバルを叩いて、その打撃によって物質を響きに変えてしまうように、ことごとく追い出されてしまう。後に残るのは、絶対者の組み合わせ術の証左たる、籀の役を演じている純粋記号のみである。こうして数が花々と化し旋律と化し、隠されたイメージと化し、目撃者の眼に、さしあたっては何のことやらさっぱり分からないのにじつはとうから見知っていた、あの魔術的な徴《しるし》と化するのだ。

ではガリポリのたたずまいが何やら杓子定規めいた印象を与えるのかといえば、そうではない。反対である。種々《くさぐさ》の結晶体の面や稜角や角の体系に通じている人間ならわきまえてもいようが、鉱物の王国では、どれほど錯乱に近い幻想が暴威を揮っているように見えることか。五角＝二十四面体という怪物にしても、三角の偏四面体なる怪物にしても、あるいは狂人なら考えついたかもしれないといったような結晶形だが——にもかかわらずそれらは双方とも、論理的に生成した自然現象なのである。イタリアのかぎりなく青い空の下、ギリシア的な光を浴びて、ほかのどこでよりここで、こよなく美しいイオニア海の泡立つ結晶の上に聳え立つ、この何やらモロッコめいた都市の錯雑と縺れ合う立方体、円錐、面、稜角のなかでは、体験されている線と線との関係が、さながら偶然がそこにおいて超克されてしまう自然の和合という印象を喚起するのである。だがマンフレートは、この数の官能的な神秘主義に、やがてさらに明白な事態のなかで遭遇する運命にあった。

ガリポリは十二世紀にいたるまでギリシア人の都市であった。今日でもギリシア人移民の活動的な漁民集落があって、本来の漁撈のかたわら、ワイン、オリーヴ、果実の商いを営んでいる。移民集落はとある岩石の島の上に建てられており、本土との間は一本の橋でつながれている。これに接続して近代的な郊外新市街があり、これは建築様式の点では旧市街に似ている。旧市街でわけても目立つのは、市街を腰帯のように囲む、ほとんど円環をなしている壁面の高い築堤である。三十分も行かぬうちにマンフレートは、この海上に張り出した露台を通りぬけた。家々の真ん中に、簡素な真四角の正面入口《ファサード》を配した教会が、ほとんど民家と区別のつかぬ風情で立っているのが眼にとまった。二つの片翼扉がささやかなバロック様式の内陣に通じている。二本の塔で側面を固めたむき出しの切妻壁《ペディメント》のために、片翼扉はいずれも精巧に上向きの迫持状をなしている。つまりこれは、レムノス島やキオス島やサモス島で見かけるような教会なのである。

光と石灰と代赭色の土埃の耀《かがよ》いのなか、目もあやな装いに身を凝らした女たちが、井戸のような造りの上水道のほとりに立っていた。子供たちが築堤の上に身をこごめて海のなかに砂利石を放り込んでいた。白一色の単調さに容赦なくはじき返され、そのために歯をむき出して咬みつく光のすさまじいきらめきのなかで増幅されたすべてのものが、この目をくらませるような石灰色のなかではマンフレートに申し分なく清潔に思われた。教会からは甲高い歌声が聞こえた。水売りたちがマンフレートの向こうからやってきた。漁師の仕事には使えなくなった老人たちで、裸足で歩き回りながら頭の上に器用に土製の甕を載せてバランスをとっている。大きくしゃくれた顎、曲がった鉤鼻、青い眼、張り出した顴《ほお》骨《ぼね》、髪の生え具合が、それほど老いさらばえていない男たちの場合はことに、そのギリシア＝バルカン系の血筋を物語っている。

この水売りたちの一人に案内されて、マンフレートは橋の手前で丸天井の地下酒蔵風のたたずまいにひろがっている魚市場に入っていった。年老いた魚商人がそこで彼を迎えた。これは案内の水売りの兄弟で、ふさふさした髭を蓄え、眼は陽気な色をしている。ほかの魚商人たちはこの男より小柄で貧弱な体つきだが、彼らもいっせいに自分たちの品物を自慢げに吹聴してみせた。この男――くだんのぼろ服を着た魚商人――は、そのなかにあってさながら王者の風格を持しているようだった。何か計り知れない目論見からしてこの地に腰を据えた、乞食姿のゼウスといった風格である。おそろしくくねくねと曲がりくねった食用軟体動物《フルッテイ・デイ・マーレ》が売りに出され、みすぼらしい体格の男たちが安価な大貝の中身をその場でせせって食べている、この市場のたえまのない喧騒のなかで、その帝王である漁夫は、不器用さが黒い捲毛の男たちの猫のように不実な気質と際立った対照をなしているだけに、ほどよい優越の印象を打ち明けていた。その不器用さは、彼にしても足並みを揃えたいのは山々ながら、まずはきちんと正道を行かねばならぬのだ、と語っているように見えた。

この人間の動物誌をもふくむ島の町の魚市場をうろついている者たちは総じて、人間によりはむしろ海の妖怪に似ていた。鱗や鰭のある男たちを想像されるがよかろう。彼らは、気晴らしに大海原の幸《さち》をひろげ、吟味したり舌鼓を打ったりしながら、海中に潜り陸に上り、またしても潜る。

同じような光景が城塞からほど遠からぬ大通りの上でも認められた。この地の城塞はプーリアの大方の都市におけると同様、ノルマン人やシュタウフェン家の郎党の手で対イスラーム教徒防衛のために建設された。日向《ひなた》のなかに三々五々、漁師たちが海豹《あざらし》のように手足をのばして寝そべっていた。漁師たちは町の主《ぬし》と目されているのである。職人や商人たちは目立たない工房や店のなかで控えめにつつましく働いていた。マンフレートは大通りのヴィア・アントニエッタ・デッラ・パーチェを歩いた。街路は大聖堂のほうに向かっておだやかに上り坂になる。道端に日用品の類が並んでいた。ブリキ、紙加工品、木材、真鍮——現代市場のマスプロ製品である。このヨーロッパの辺境の都市では、その成立以来、人間の階層も、関係も、行いも、いくつかの表面上の変化はあったにもせよ、ほとんど何一つ変わっていないのである。

教養のある人たちでさえどうかするとトルコのガリポリと混同することが珍しくないが、

おそらくイタリアの都市のなかでも、悲痛と至福の感情をこもごも授けてくれる無時間性の恍惚たる自由がここでほど強烈に感じられるような都市はほとんどあるまい。それでいてここには、歴史に思いを馳せるきっかけになるような「名所旧蹟」がまるでないのだ。たった一つ「記念物」といえば、「ギリシア噴水《フォンターナ・グレカ》」だけである。島の町の手前で大通りの土埃のなかから聳え立っているこのギリシアの噴泉は、ローマにある古代ローマ広場《フォロ・ロマーノ》とはまったく別様に時間の持続を表現している。ガリポリがタラスのもっとも要害堅固な出店であったその昔《かみ》、大ギリシア人によって建造されたこの泉は、いまも明らかに当時造られたものとおぼしい台座の上にある。真四角の水槽に接して壁のような恰好で泉の正面がせり上がり、これが三重層に接合されている。四柱の女像柱《カリュアティデス》が紋章に飾られた飾縁を支えている。間の空隙《すきま》はいちじるしく風化した浮彫で埋められており、浮彫の図像は、オウィディウスがその運命を物語ったディルケ、サルマキス、ビブリス、ナイアデス、ニンフ、水神の三つの変身譚を表している。噴水そのものは初期ギリシアの芸術品に帰せられるとしても、風化の度合の軽微な凝灰岩の具合から見るだけでも、現状は明らかに、中世やルネサンスやバロックの時代にすくなからず手を加えられていまにいたったものと察せられ

カリュアティデス。シラクーザの劇場遺跡出土，石灰岩，前3世紀，シラクーザ考古学博物館

る。装飾の部分を見ても容易にそれと知れる。こちらのほうがずっと粗大で拙劣なのだ。だが原型はすっかり忘れ去られてしまったわけではなく、この「日用品」は幾世紀もの星霜を経つつ記念物的な基礎構図を保持しているのである。人間も動物も、ここでその昔《かみ》と同じように水を飲む。人が実用に使う「事物」が、「記念物」になりきってはいないのだ。街中がそっくり、これと同じ印象を与える。多くのものが新たに付加されてはきたが、原像は無傷のままに保持され続け、いまもこの岩棚の上の移民地の始原の相貌にぴったり重なっている。だから、ガリポリは廃墟を持たぬがゆえに、ヨーロッパの生きている最古の都市の一つと言うことができるのだ。ここに見られるのは重層ではない。蒼古として永遠の若さを生きているかに見えるアフリカやインドやメキシコの多くの都市さながら、この辺鄙のなかで不易のままに保たれてきた不滅の存在なのだ。

誘惑

マンフレートは文明の利便がないことに慣れた。単純な食事、大洪水以前的な旅籠屋での宿泊、よそ者に対する無頓着、すべてそうしたことが、何事も自分のことは自分で始末するよう余儀なくさせたのである。砂丘海岸沿いの都市《まち》は、シャツとズボンを着ただけで裸足で歩いていられた。

この海岸線は、イタリア最南東端のサンタ・マリーア・ディ・レウカ岬まで何キロメートルも延びている。砂は真珠を碾き割りの粉にしたように細かく白く光り、実際マンフレートにもそう感じられる。植物の生えていない海底の状態も同じである。町をかなり後にすると、砂丘の背後に陸の側へと、広大な草原《ステップ》状の平原が展開する。海は何とも名づけようのない色彩に照り輝いている。若さ、みずみずしさ、無垢、の掛値なしに特有の本質が、ためらいがちに具体化されているように、水は涯《はて》しのない雪花石膏《アラバスター》色の絨緞の上を流れている。

このともす光の大海原に泳ぎ出してゆきながら、マンフレートは肉体が重さという重さを失うのが感じられると思った。海水はブルーと緑の石理《いしめ》のあるダイアモンドのようにキラキラ光り、この孤独な土地の息のような匂いがした。マンフレートが浜辺を離れるにつれて、いよいよ太陽の下で光の矢の立てる矢音、飛び立つしぶきと光線の狂乱のきらめき、宇宙的な光輝が強まった。水はさながら自分が光の熱いリズムのなかで踊れると、いや巨浪のピカピカ光る櫛目の上を歩くことができると思い込んでいるかのようだった。だが海底からも、海面からも、空からも光が四方から結びついてたった一つの蠱惑的なめくらましをたたえた空間と化してしまうと、マンフレートはなんとかして意識の消失を防ぎ、この魔法に手もなく身を委ねる誘惑を押しのけなければならなかった。記憶と願望、名前と夢は焼き尽くされた。遠く浜辺で別離の合図をしながら風にそよいでいる砂丘の草の茎も、紺碧の空に漂う鷗たちも、冷たい稲妻のようにキラリと彼の身体に触れる魚も、身のまわりに氾濫しているものが滑り去ってゆく。マンフレートの人格は光に溶けて流れ去った。このような永遠のまなざしの下では、溶けてゆくものをふたたび接合し、固定し、そのものの目的へと強いる、大地という存在の最後の線も沈み去るまで涯《はて》もない海にしゃにむに泳ぎ出してゆくよりは、翻ってこちらに向きを変えること、それこそが馬鹿力を必要とした。

ようやく灼熱の砂丘に戻り、砂にぴったり身体を押しつけて、花の盛りをすぎた金雀枝《えにしだ》の茂みの乏しい影に潜り込むと、眠気が安楽死の誘惑から彼を遠ざけてくれた。目が覚めてあたりを見回し、寂然たる一帯が目に入ると……またしても水に惹かれた。あらためてまた泳ぎ出した。何度も何度も、くたくたに疲れ果てるまで泳いだ。残る力をまとめて家路についたときにはもうとうに夕暮れを過ぎていた。

日中が冷え込んでゆくうちに、彼はこの海岸の消えうせた幻影の謎が解けたと思った。謎の正体は、たえず新しくし浄化する光なのだ！　ふつうなら骨の折れる沈思のうちに自分で自分のなかに点火しなければならない光、精神からあらゆる意欲、たえず目的を目指してやまない欲求を奪ってしまう光である。大多数の民族には、その名をあえて名づけようとしない最高神がある。ギリシア人の最高神がそれではなかろうか？　そう、光の本質という神ではなかろうか？　それが心に映し出されてこそ芸術という永遠の若さの秘密が、すなわち神殿の形態や、詩のことばの美しい音色や、神々の像の微笑が、人間のはかなさという円周内で現実化されるにいたる彼岸の光ではないだろうか？　この光のなかで芸術という世界の驚異の創造者たちの精神の緊張は開花し、それが有史以前の巨人の戦いを顔色なからしめるのである。この光にはもはや太陽の光と共通するもの、いかなるものにもせよ何か物質的な光と共通するものは何一つない。それは、闇の力が支配する深淵のかなたに輝く光なのである。

聖母《マドンナ》

かくて、ついいままで形とてなかった大地は、一変、
未知の人間なるものを加えるはこびとはなった。
——オウィディウス

ガリポリからマンフレートは、郵便馬車のようにやさしくオリーヴの林苑をかすめてゆく、真っ白に埃にまみれた、来たときと同じ小鉄道に乗ってカサラーノを経由してさらに南へ、ガリアーノ・デル・カーポまで下った。踵の最尖端の外側まで下るにつれて、マンフレートはほとんど荷物なしで旅をしていたので、いよいよ土地の住民になじんできた。めったにない接続を待たなければならないときは、ひんやりとして陰の多い、陰鬱でもの悲しい駅の待合室のベンチで寝た。車室では行商人たちとトランプをした。行商人たちはその地方一帯を商品見本を詰め込んだ彼らのトランクの中身みたいに知り尽くしていて、

イアピュギアのプーリア人はイタリア中でいちばん正直な連中だ、と請け合うのだった。そして言うには、彼らはラップランド人のように迷信家で、結婚や旅行や商売のような、自分たちにとって重要ないくつかの決定だけは、村の魔術師に占ってもらってから決める。たとえば卵の黄身から未来を読むこともあれば、重要な儀式の際にも鉛錘占いをやったりする。家族会議の始めと終わりにはきっとこの種の神託儀式があり、むろん最後はかならずマドンナへのお祈りで終わる。マドンナが当地では、イタリアのほかのどこでも見られないほど親密な崇拝対象なのだ。

プーリア人の愛の歌はイメージの確かな詩情にあふれている。多くの、これより北方に住んでいるイタリア人にも翻訳しにくい、イタリア語化したギリシア語の単語が、魔法をかけるような、エグゾティックな音調で歌詞の音楽性を高めてゆく。結婚式、お誕生の命名(洗礼)式、埋葬式は、しばしばギリシア植民時代にさかのぼる儀式で執り行われる。キリスト教的信心は、災いのなかでお祈りが無効とわかったりすると、いきなりがらりと打って変わって反抗と拒絶に転じることがある。人びとは聖人たちの像を花で飾り、信心を込めた御供えが何の効果もないとなると聖人たちを罵倒する。ホメロスの主人公たちが神々を相手にする場合のつきあい方によく似た、神や聖人たちとのきわめて個人的かつ地上的なつきあいがここには見受けられるのである。乗合バスの運転手は運転していてマドンナの彫像に行き合うと、車のスピードを落として帽子を脱ぐ。田舎医者は診断をする段になると、心を落ち着けてお祈りをする。農民たちはしばしばマドンナのお恵みとされる薬に丁寧に十字を切る。死者たちは彼らのいちばん美しい晴れ着で飾られ、死者のお墓にはよくマドンナの像や洗礼聖人の像が共葬される。奉納の御供えは数千年間も続いている。巡礼旅行、聖火、どうかするとすこぶるつきに聞きでのある村の聖歌隊の前夜祭音楽、歳の市と家畜市、聖金曜日の行進は、ほとんど分かちがたいほど異教とキリスト教の習慣が混じっている。プーリアのマドンナ像捧持行列はこの国の宗教性のもっとも風変わりな化身と言われている。それは、古代の母神がいかほど忘れられていないか、テラ・ドートラントがどの程度までデメテルの国であり続けているかを如実に物語る。巡礼旅行には奇妙に悪魔祓い的な名称がついているものがある。トリカーセ近傍の峡谷《セッラ》のマドンナのための巡礼、レウカ岬の地の涯《フィニス・テラエ》のマドンナのための巡礼、それにカプルゾ近傍の泉《ポッツォ》のマドンナのための巡礼。これらのマドンナたちはキリスト教的無私の愛の肖像《にすがた》であると同時に、まことに具体的な願望によって実現されたこの世性の肖像なのである。抽象的なもの、道徳的なものが一切欠如しているのだ。

イオニア海とアドリア海がそこで合体するところ、イタリア最南端のレウカ岬の伝説豊かな尖端にマンフレートがやってきたとき、浸蝕のおかげでできた洞窟がいっぱいある断崖の岸の細道の上をプーリアの農婦たちの巡礼一行が通り過ぎた。農婦たちの私語し合う声は、大海原のどよめきのためにほとんど聞こえなかった。マンフレートは貧しい身なりの巡礼たちの後について、奇蹟を起こすマドンナ像のある、見た目にはパッとしないサンタ・マリア・デ・フィニブス・テラエ（地の涯の聖母《マリア》）教会に入っていった。彫像の前には赤い薔薇の香る茂みの真ん中にまっすぐに立てた蠟燭が燃えていた。この直立《すぐだ》つディオニュソス的徴《しるし》のゆらめき動く灯《あか》りのなかでマドンナの貌《かんばせ》の目鼻立ちは、彼女の前で黙々と祈りを上げている女たちのそれのように生きいきとしてきた。像は、つぶらな動かぬ眼をして、ほとんどそれと気がつかぬほどに微笑《ほほえ》んでいる女の顔を見せていた。世界の涯のマリアは、プーリアの教会に断片状で保存されているフレスコ画に見られる多くのビザンティンのマドンナのように、やや片側にかしいだポーズだった。しだいに増大するある強い力がマドンナから出てきた。うす暗がりのなかでこの魅惑にすみやかに屈した祈る巡礼たちは、この力に捉えられた。いっせいにうずくまり、頭をふかぶかとうつむけて、声高にお祈りを唱えはじめた。お祈りはいよいよ早口に語られる。女たちはだんだん祭壇のほうに膝でにじり寄っていった。しまいには合掌したまま像のほうに両手を挙げて、すさまじい声で絶叫した。お祈りの締めくくりは何分にも及んで続く、甲高い声の聖母頌歌合唱《サンタ・マリア》だった。それが終わると女たちは祭壇の階《きざはし》に額で触れ、ぴったり身を寄せ合うとくたくたになって寝ころんだ。

この種の巡礼がほとんど毎日ここにやってくる。彼女たちは良き収穫を祈り、玉のような子宝を、病気や災厄に対するお助けを、航海や農作のお恵みを、またとりわけ愛のお恵みを祈る。彼女たちが岬上のこのいとも象徴的な教会という船でお祈りをするのは、ペトロがここではじめて説教したと信じているからであり、アエネアスがここではじめてイタリアの土を踏んだと聞いているからであり、またこの場所でのお祈りは天国に入る際のもっとも理想的な通行証明書——「世界の涯」から発行された！——になるはずだからである。

教会はパラス・アテナのさる神殿の基礎の上に築かれている。イタリアにおけるパラス・アテナ崇拝はマリア崇拝に引き継がれた。ローマのサンタ・マリーア・ソープラ・ミネルヴァにおけると同様、この遠い辺境でこそもっとも公然と母神の変貌が起こったのである。この神話もまた、霊気《プネウマ》のように全土にひろがる明るい幾何学的霊性と同じく、南部イタリアの消えてはまたくり返し浮かび上がる幻影の一つなのである。ここでも冥府的生命と、存在を確信する精神とは結び合っている。キリスト教世界のマドンナ像の下の百万の蠟燭となって今日も燃え続けている聖火は、古代世界の「救世主」たるディオニュソスの松明からの借り物なのである。

オートラント

ここで理性の本能が観察対象とするこの法則の諸側面とは、このように規定する結果として、まず第一に相互に関連する有機的自然と無機的自然の諧いである。

――G・W・フリードリヒ・ヘーゲル

アルバニアを対岸に望んでオートラント海峡に沿った、イタリア最東端アドリア海沿いの都市、オートラントの鉄道駅から市内までは、花盛りの野の間の長い道のりを歩いてゆく。マンフレートが道を尋ねた一人の聖職者は、老練なオペラの序幕口上役のように人口約三千の漁師町の手ほどきをしてくれた。教えのたのしい番人であるこの司祭は、途々話してくれたところでは、学校の教科書用にオートラント市の殉教者伝を書いたという。すなわち一四八〇年にオートラント市の八百人の市民が、英雄的な抵抗の後、トルコ軍に斬首された。この史実によって、またナポレオンがフーシェにオートラント大公の称号を与えたことによって、オートラントなる地理学的概念は歴史にも組み込まれたが――それ以外にはしかし、この都市は世界から忘れられているだけではなく、トルコ戦役から立ち直れないでいるようだ。ギリシア人のヒュドロス、ローマ人のヒュドルントゥムは、当時はエペイロスのアポロニアに向かうその名も高い渡航地であったが、今日では、そのごちゃごちゃと狭苦しい路地のなかで現在の不在という胸苦しい痛みが感じられる小都市、夢遊病的放心の都市《まち》である。人びとは、夢のなかを動いているようにゆったりと、城塞の外壁の背後に複雑に編み込まれた、登り坂の路地路地を歩いている。漆喰塗の家並みの前には、黒、白、赤の色をひけらかすようにして二人の治安警官が、目つきこそ猜疑心たっぷりながら自分のほうこそがいかがわしげに、さも芝居がかって立っている。一軒しかないカフェに男たちがすわって、上の空といった風情。二人の治安警官がパトロール料をはたけば店先にある全品が買えそうなお店には、猫と子供たちが居眠りをしている。

城塞の屋上にはオリーヴ・グリーンの制服姿の兵士が一人、自分の子供たちのために古雑誌の絵を切り抜いてやりながら、配置替え時間を待ってオートラントの美しい死んだ入江へアルバニアの方角にとじっと目を注いでいる。彼はこの何メートルもの厚さの壁のなか、この鈍重な大要塞のなかに、さながら忘れられた囚われの君主のように鎮座ましましている。悲憤も慷慨も彼には無縁だ。悪意あるよろこび《シャーデンフロイデ》をひた隠しにしながら、彼は昔日の家臣たちのだまされやすさ、城主のかつての権力の無意味を思い起こしているかのようだ。彼の石のテーブルは絵の切り抜きでぎっしり覆われている。それを貼り合わせておかしな夢像をこしらえている最中なのだ。大釜をかき回しているコックの鍋に、他の絵から切り取ってきた手や足をきれいに貼り込んでやっている。それで、彼が「フェラトゥーノ」という名をつけた、我流のフィクションの幻想的なメルヘン像をでっちあげている。彼は地上のいかなる人間より、またこの月面の切石建築めいたものの上のいかなる人間より暇だ。幻想遊戯に熱中するあまり、親切な聖職者と外国人が訪ねてきたのもわずらわしいような気がしているのである。

しきりにせっかちに自家の家政婦の料理の腕前を褒めたてる司祭に連れられてマンフレートが訪問した、当地最高位の人物たる大司教はすこし毛色がちがった。オートラントは、その殉教者たちの伝統と重要な中世の歴史のおかげで――一〇〇〇年から一四八〇年までイアピュギア半島で最高に栄えた都市――、市の無冠の君主たる高位聖職者の大司教を市の昔日の偉大さの最後の象徴《エンブレム》のように保護した。マンフレートはそこからアドリア海が見える、飾りけのないルネサンス様式の建物に迎えられた。部屋の床は室温をひんやりとさせる敷石に覆われ、数少ない家具には灰色の布が被せられていた。何もかもが冷んやりとしていて、一連の書物、絵画、彫刻が温かみを放っている大司教の執務室にいたるまで浴室のように清潔だった。大司教はやっとこさ歩ける老人で、メッサピアの有史以前からトルコ戦役にいたるまでの市の歴史をよろこんで話してくれた。トルコ戦役のところで話を終えた。それで終わりだった。それが市の最後の受難《パッション》＝情熱《パッション》、最高の実現、市がそれを糧に現在の不在のままに生きている思い出だった。城塞でモンタージュに熱中していた兵士と同様、大司教もその先任者たちの書庫の、死に絶えた一族たちの遺産の、おびただしい文書に夢中になっているのだ。ほとんど人には読めない文字で、彼は取るにも足らない記録資料をずっしりと重い一冊のアルバムに書き写した。何千頁もの黄ばんだ紙が書かれた——中世イタリア史の歴史家たちにとっての宝庫が。

町の一角に、往古のビザンティン時代南部イタリアの世界都市の沈める偉大さを物語る一つの生きた証拠が立っている。十一、十二世紀にヴェネツィアからコンスタンティノポリスへ行く途上では見逃すことのできなかった記念物、サンティッシマ・アヌンツィアータ大聖堂である。マンフレートは二人の司祭に案内されてそこへ行った。途々、司祭たちの手に子供たちがキスをし、人びとはお祈りをしてこのプーリア南東のロマネスク様式の驚異の美にマンフレートが参入するのを祓ってくれた。一〇八〇年に着手されたその建築は、外部から見れば特筆すべきものは何もない。それは周囲に押し寄せる住宅にしたたかに圧迫され、ルネサンス様式の列柱廊《ポルティコ》が正面主入口《ファサード》の邪魔をしていて、あらかじめ幻滅するようにお膳立てされている。しかし一旦内部に踏み込むと、非の打ちどころのない建築様式にいまも保存されている純粋さに圧倒される。三廊〔中央身廊と両側廊〕構成のバシリカが、それぞれ一列七本ずつの大理石柱で分割されている。なめらかに研磨された列柱で、もとは大ギリシア時代の破壊されたパラス・アテナの神殿にあったものだったという。さんさんと光あふれる動性を帯びた、均斉のとれたいくつもの半円アーチが、装飾性豊かなロマネスク様式の柱頭から生え出ている。平らな、かなり新しい時代になって上から飾りつけた天井のある空間の箱のような趣は、両側に向かって不可視の存在のほうへと徐々にゆるやかに振り止んでゆくこの十二のアーチの波にさして目立たぬように破砕され、ために中央身廊ホールでは迷子になっていると同時に匿《かく》まわれているような気がしてくる。人はここでまたしてもプーリア精神の一面に出会う。たわむれ合って明晰な調和を紡ぎ出す、数のリズムの合法則性に出会う。やがてしかし、さまようまなざしがふたたび休止する点を求めるやいなや、床がおのずから――これがこの教会に独特の点だが――ぱっくり口を開けるように見える。つまりこの床は固い平面ではなくて、おびただしい人像や形姿のもつれ合う雑踏、大きくひろげた、まるで平らに延ばしたように見える夢幻風景なのだ。オートラントのこの奇妙な、夢遊病めいた硬直《こわばり》は、ここで永らく石の呪縛に閉じ込められてきた。床は四隅にいたるまでことごとくモザイクで構成されているのである。モザイクは一一五〇年頃に制作され、鈍《にび》色の黄、黒がかった緑、土じみた暗色の茶、鈍重な赤を主体に、くすみがちに弱々しく発光する色調とともにほとんど毀損の跡もなく完璧に保存されている。パンタレオーネという名の一人の修道士が、この技術的にも構図的にもビザンティンの影響を受けたロマネスクの傑作を、三年がかりで、今日の切り絵を切り抜く城塞の兵士やルネサンス建築のなかでせっせと原典資料を集める大司教のように、静かに、孤独に、仕事一途に造り上げたのだった。はじめのうちはこの一連の絵の意味が分からない。進もうとする足がためらう。まるで、腕や胴体や頭をがつがつ水面に伸ばしてくる生き物がうじゃうじゃしている水底の世界を覗いているようだ。この教会の無底性は、植物的な海底の深みを見せるこの図像のおかげで列柱や天井アーチの霊性と安定性が自由と限界の乗り越えを贈与してくれているだけに、いっそう強い効果を見せている。神話にしたがえば大洋《オケアノス》の暗い深淵から光が生まれるというのだが、さながら循環する血液流から思想が生じるように、ほとんど痛いような明快さでやさしい列柱の連なりがさまざまの形姿や円や象徴の迷宮から生え伸びていて、こうして右の神話がいまも不滅であることを保証しているかのようだ。

正面主入口にはじまって祭壇すぐ手前にいたるまで、一本《ひともと》の生命樹が巨大な建築プランの基礎を形作っている。枝葉を支えるその樹には、四方から悪霊《デーモン》や有翼の獣や怪獣《キマイラ》が群らがり飛んでくる。次に、いくつもの円内に捕われている、旧約聖書、古典古代の伝説、ブルターニュの伝説のいろいろな姿が見えてくる。いかなるリアリズムをもせせら笑い、それだけにもっとも悪魔的な蛇の自然主義的形象よりも毒々しく見える三枚舌の蛇が、またじりを裂いて逃げてゆくアダムにみだらな背徳行為を餌にじりじりと近づいてゆく。それは芸術でもなければ信仰心でもなく、ヨーロッパのロマネスク芸術のあらゆる怪物から出てくる、ある根源的な魔術でしかあろうはずはない。

二人の案内人とともに地下聖堂《クリュプタ》までくると、マンフレートはキリスト教建築芸術のもっとも奇妙な例の一つに即して、南部イタリアにおける古代からの建築技術のほとんど継ぎ目の跡の見えないはたらきをはっきり見てとった。四十二本の非の打ちどころのない柱が丸天井を支えている。その柱はすべて、古代とビザンティン時代のじつに区々《まちまち》の時期の産物である。ドリス式、イオニア式、コリントス式、ローマ式、ビザンティン式の柱、さらには大胆きわまる並列――じつに多様な諸要素から伐り出して組み合わせたような柱も見られる。それはあたかも一人の建築家がプーリアの建築芸術のために、ここであらゆる時代の様式仕様の図版本から、野性的な、いっそずばりのことばを使えばシュルレアリスム的な絵解きを伝え残そうとしたかのようだ。素材の多様性も見られる。大理石があるかと思えば、斑岩《はんがん》が、凝灰岩が、玄武岩が、ペペリーノ（凝灰岩の一種）がある。台座はギリシア、柱軸はローマ、柱頭はビザンティンという柱もある。一方の壁からは往古の神殿の遺物の、二本の巨大なドリス式の柱がこちらに押し出されているが、その真向かいにある壁にはビザンティン時代のフレスコが見える。ここには数百年が編み込まれている——ただし精神不在の諸神混淆《シンクレティズム》の意味においてではなく。初期中世の建築職人の素朴と仕事三昧は、瓦礫の破片を組み合わせながらも、結果はある一体性に到達している。人はこんな印象を持たされるのである。ここにはいかなる発展もない。そこでなら異質のものも一つにまとまることがあり得る、ある無時間的存在への忠誠があるだけだ、と。

陽気な正餐《チェーナ》を終えるとマンフレートは二人の聖職者にお別れを言い、当地に一軒しかないというお薦めの宿を捜した。この「ホテル」は、正体を顕してみれば何のことはない、城塞の足下の居酒屋じみた丸天井のある建物だった。黄昏時に入っていくと、丸天井は石油ランプで照らされていた。宿の亭主の娘たちが石のテーブルの上でパン生地をこねており、台所からは酸敗した油の臭いがした。亭主は新しい客に、パスポートを見せて名前を記帳するよう馬鹿丁寧に促した。それから馬鹿でかい前掛けを締めてナプキンをせかせかいやにこまめに動かしている小男が、二つある客室の二番目の部屋にマンフレートを案内した。一番目の部屋には今夜のところはバーリからきた商人が泊まっていた。宿の人たちの冷たい住居のほうにはやたらに階段が四通八達していた。家具は白いシーツが被せてあった。部屋は考えられるかぎり質素だが、清潔で――窓からは険しくそそり立つ城塞外壁の角石が見えた。

マンフレートはベッドにくつろいで眠ろうとしてみた。休めなかった。階段がギシギシ鳴る。ドアがバタンと閉まる。その度にギクリとした。彼は疲れ切って、やがてはおびえてひとり罵った。そうしたところで神経過敏が高まるだけだった。孤独が喉を絞めつけた。彼はすべて慣れ親しんだものから遠く追放されたような気がした。空間的にばかりでなく、時間的にも。蜘蛛や毒虫や壁のなかの生き物が恐ろしく、身を護ろうとして眼を開いた。パイプ煙草を二、三服喫《の》みかけたがすぐにやめた。静けさが増した。起き上がろうとしたが、それには疲れすぎていた。なかば開いた窓の背後には汚れた茶色の壁石が立ちはだかっていた。部屋の輪郭はぼやけていた。不安に襲われた。この夢遊の都市のがらんとした部屋のなかに慣れ親しんだ習慣からもぎ離された自我だけと差し向かいで残されてしまい、へたに動けば破滅が避けられない、そんな感じがした。世界とか生活とか呼ばれているものが、いきなり、致命的に近づいてくる波の山の、いつまでも片づけることができない無限の厄介事の正体を現した。理解できるものの領域にあると見えるすべてのものは微小になり、無意味になり、解体する影のひしめく群雲のなかに四散した。残ったのは、固有の自己のひらめくような把握であった。そう、固有の自己とは不変の、したがって消え去ることのない存在の一部であり、人が神と呼ぶものこそは存在の本質に相違なくて、自分自身の自我もまた神の微小ではあるが決して消え去ることのない一部だ、と確信したのである。突然、このように保護されていない何ものかのなかで生きることができるということさえもが、理解の外のように思われた。だが考えている暇《いとま》はなかった。というのもほんのわずかでも意識を働かせると、数秒しか持続しないのに数時間も続いたように思える、この至福の、息を奪うような、外にさらされていながら保護されている状態は終わってしまうからだった。自分が束の間そこに深淵が覗く鏡になったような、しかし鏡なしで自分の眼でも自分自身を見ることができそうな気がした。すると吸着性の足を下ろして根源にある底をもぎ取ってくるこの奇妙な世界の上に、さまざまなイメージがごちゃごちゃに縺れ合いながら立ち上ってきた。この根源をなす底でも一切は一枚の鏡だ。自分自身への驚愕を映す鏡、自分のうちなる至福を映す鏡にほかならなかった。

マンフレートがふたたび我に返り、直立不動の姿勢をとれるようになると、すべてが消え去っていた。彼は新たな勇気が湧くのを感じた。底知れぬ恐怖と見えたものを思い出して、自分をあざけり笑った。二、三の詩句をつぶやき、服の埃をたたいて顔を洗った。二重窓の外側の窓を開けて、外に顔を出した。オレンジの樹々の香りがどこかの庭から湧き上がってき、空には星の光がせせらぎのように流れた。異様な感じ、それに不安と寒さはまだ残り、手足に軽い痛みがあった。しかし酒場で痛飲する漁師たちの真ん中にすわり、地酒のワインを数杯がぶ飲みするとそれも消えた。二番目のランプに灯《あか》りが点された。灯りは壁の上でも、黒ずんだ皮膚の顔の上でもゆらゆらゆらいだ。もうほとんど骸骨に近い老人が一人、ギターを爪弾いていた。商人が隅の席にすわって焼き魚を食べていた。娘たちは緩慢な動きで給仕をした。彼女たちの身体は豊満で、マホガニー色の髪は油で光っていた。例の小人じみたボーイは、配膳用戸棚際に立ってパンを切っていた。お内儀《かみ》が、イタリア女だけにできるような口振りで調理場からののしった。それを聞いているのは悪くなかった。マンフレートはなおもいくらかパンと果物を食べた。それから、いやらしい商人がアポロンみたいに、娘たちがつつましい服を着た詩女神《ムーサイ》のように、いや、しまいには魅惑的で情の濃いマイナデスのように見えてくるまで飲み続けた。おそらく人目には、猥褻な考えを起こしたと見えたかもしれず、それともワインに錯乱したと見えただけかもしれなかった。亭主御自らがじきじきに部屋まで案内してくれた。マンフレートはすぐに眠り込んだ。何日かしてようやく、あの驚愕の部屋の記憶がよみがえったものだ。そう、ゴルゴンの像の前にきてよみがえった。

レッチェの綺想曲《カプリッチョ》

なまけ者の神の近くに、ナプキンや盃を
山と積んだ食卓がもうもうと湯気を上げ、
料理とえり抜きの酒から、
鼻をくすぐる香の雲を送っている。

——ジャンバッティスタ・マリーノ

グレゴローヴィウスによってプーリアのアテナイと呼ばれたレッチェは、「世界の涯」なるあれらの海岸都市からやってくると、瀟洒に垢抜けした領邦国家首都のように思われる。教会も宮殿も記念物も、バロックの綺想曲《カプリッチョ》につれて小躍りしている。庭園からは数寄を凝らした花壇がうなずきかける。辻馬車がなめらかな街路をすべり、決して派手に目立ちたがらない市民的典雅が街路を往来する。ホテルの貫禄堂々たるロビーでは従業員がマンフレートに転送された手荷物のインフォメーションを丁重かつ冷静に告げ、氷のように冷やしたレモネードを注いでくれ、すみやかに温浴の注文を手配してくれた。ホテルのロビーはさかんに人びとが行き交い、しきりに車が出入りした。何人もの紳士たちにエスコートされた厚化粧の貴婦人が一人、にぎやかな出迎えを受けて車を降りてきた。ボーイがマンフレートに目くばせをして耳元にささやいた。ナポリからきたプリマドンナです、当地のオペラ座に客演なさりに只今到着されたところでございまして。現代のさる若手作曲家の『フィオレッラ』というオペラの、レッチェ初演という。ビロードの赤絨緞を敷いた大理石階段の先にあるのは、女歌手とスタッフご一同様かねて御予約済のお部屋だった。入り乱れる声、声、声には、この都市が初対面で見せたのと変わらぬ、抑制された祝祭的なスタイルがあった。

ホテルの部屋はきちんと清潔に片づいていた。やわらかい革張り安楽椅子が一脚、いささか多すぎる鏡、室内水道、それにさわやかな冷気の流れを送ってくれる石板造りの床。緑色の鎧戸が日光をさえぎっている。マンフレートはその鎧戸を押し開け、サンタ・クローチェ大聖堂の光にきらめく仮面じみた正面《ファサード》を目にして驚愕した。ほとんど石を投げれば届くところに、螺子《ねじ》留めの装飾芸術たる黄金色の彫刻作品、レッチェ・バロックの豪華品、やわらかいレッチェ産石灰岩製の大胆な編み細工見本が、これみよがしに偉容を誇っていた。宝石箱を思わせるその透かし編みの金銀細工は、猛暑に煮えたぎる空の下で鬼面人を驚かす風情を見せながら、蜃気楼《ファタ・モルガナ》かと見まごうばかりだった。ドレスの裾を地面に引きずり、袖はふくらませて腰回りを細くベルトで括ったいでたちの老貴婦人が何人か、大聖堂正面の扉を開けて内陣の影に消えていった。自転車に乗った男が通り過ぎ、小学生の一団が隊伍を組みながら角を曲がった。まるでモンテヴェルディの台本《リブレット》からでも抜け出してきかねないようなオペラの書割が、現実のものとしてまかり通っていた。

ここでは当地に産する石が誘惑者の悪役を演じてきた。大ギリシア＝南部イタリア精神の厳格な総譜のなかに彼らだけのためのアラベスクをこっそり持ち込んでやろうと、レッチェの尊敬すべき手工芸家たちをその柔軟性で誘惑してきたのが、このご当地産の石なのである。大地は本来の性質を剝奪される。それは粘土状のボビンレースにまで気化されて石の織物となり、もはやいかなる深さをも隠し持たないかわりに、どうやら悲喜劇的なお手上げ状態を抱え込んだ、そよ風のようにやさしい紗のヴェールと化している。しかしまた、イタリア最南端の華奢でやや苦酸《にがず》っぱい交響楽のなかのこのセンセーショナルなティンパニーの打撃音たるレッチェのバロックには、都市の体面の見せどころである大世界劇場にさえも重々しく登場してきかねない、きれいな舞台衣裳を着せられたブロンドのお人形さんの硬直した魅惑のようなものもあるのである。マンフレートには、やたらに渦巻状模様をくねらせたグロテスク様式が、その様式規範で厳格な美学者の憤激を買うまでにきらめき輝いているように見えた。なぜならこの美もまた、いやったらしさのかぎりを尽くしながらも、己れ自身への当てつけとして成立しているのである。すなわち、バロックが古典主義の均整を持っているのだ。そしてこれは、自分自身を捕える脱線であるこの都市の唯一の矛盾ではない。

卓上の会話

私は感じた、大地の芳香を、大気の匂い、パンの香り、木の根と薪束の火の適度の熱気を。

――ジョヴァンニ・パピーニ

温浴をすませ、着替えの服を一つずつたのしんで考えながら着おえると、マンフレートはホテルの食堂のいわゆる独身者用テーブル（一脚しか椅子がない）に陣取った。食器はピカピカ、テーブルクロスは真っ白、ボーイの躾はよく行き届いていた。何人かの客が居合わせた。地元の葡萄畑産の透明な白《ビアンコ》を注ぎながらマカロニの山を黙《もだ》しがちに食べている将校たち、古風なモードの服を着た官吏、若い人たちが二、三人――おそらくは教師、医者、または弁護士。彼らは新聞の論説記事を一行一行検討しながら大声で論争していた。意見が熱っぽく力説され、それでいてするどい論理で解剖された。食事なんぞは二の次だった。フランスでなら、どうでもいいような話題で美食三昧へのがつがつした関心を優雅にはぐらかしつつ、もっぱら技巧を凝らした料理に打ち込むついでの卓上会話になるところだが、そうはならなかった。あくまでも話をすることがここではメニュの中心にきた。意見と意見との合間に口に放り込む一口の食物を正当化するために話をしているみたいだった。南部イタリアのラテン系田舎っぺえの元気溌剌とイリュージョン好みがこの会話ではおっぴろげになった。小都市生活の単調さの補償、もっと広い世界への架橋、ローマやフィレンツェやミラノへの修辞学的求愛行為、そんな感じだった。若い世代はだれもがジュリアン・ソレルを思わせた。目立たぬようにした登場は、いつでも飛び上がろうと身構えている野心的なインテリの擬態だった。

ハングリーな目つき、まだ試されていない気質に典型的な雄弁家的な誇張、満たされない健康な野心を抱えた人間の張りつめた大旦那風の顔、あらゆる変装せるロマン主義者の常套である、「大」理念の軽々しい扱い――新しいイタリアは、フランスと同様、属州《プロウインキア》のこの力の貯蔵庫から、使い古されていない実質にその敏捷な知性の源を持つもっとも大胆で癖のある人材、とはつまり活力あるラテン民族の永遠に無名の革新者たちを獲得してきているのだ。それが、ここでは如実に感じられ、また分かる。目につくのは、彫りのするどい、ほとんどローマ風の横顔、波うつオールバックの髪、不穏な、キラキラきらめく眼、身ごなしの挑発的な誇り高さ、姿勢の驚くべきしなやかさ。それはもはや形而上学者たちの種族ではない。すばやい決断力、さまざまな地上的な課題のすみやかな処理、実践的目標や機敏さや鋭利な分析能力という範囲内における男性的自負心が、南の新世代のこの有能な行動タイプでは打って一丸と化しているのである。

　諸都市を再組織し、沼沢地を干拓し、さらなる経済的可能性をやすみなく追求し、向こう見ずな市街地計画を構想し、産業を興して指導しているのは、こういう人たちである。懐疑的で現実主義的な精神がこの人たちの持ち前だ。こうした精神は自分がマキャヴェッリで、未来に拘束されていると感じている。この新しい世代は、ウンガレッティ、ストラヴィンスキー、アフロ、カミュ、ジャズ、スポーツと政治が好きだ——一属州たるここでも、いやまさにここでこそ、よそ者が訪ねてゆくと、今日でも未知の国《テラ・インコグニタ》の探険をしているような思いを抱かせられる。しかし——新しい基盤が据えられればそれだけ、その基礎が固まればそれだけ、彼らの一人ひとりはまたしてもこれとは異なる、さらに重みのある遺産を想起させるのである。

だが影もある。それも悪い影もある。お国自慢、いにしえの「帝国の」偉大さという誤った錯覚、党派的反目、不治の地方主義。まさに最南端にあるこの若い世界は、ぼろぼろになった皮膜に囲われているようにいまだに瀕死の仮象の世界に、ひたすらゆっくり、一歩一歩克服されてゆく十九世紀の環境に固執しているのだ。マンフレートには、プリマドンナが途方もない化粧をして車から降り立ったこのホテルの食堂が、いましも人びとがかなぐり捨てようとしている仮面の見本のように思えた。食堂は真四角なホールで、両側の長い壁はマカルト風のフレスコに覆われていた。豊満な胸を濃緑色の水中に浸している人魚たちの絵が描かれている。赤銅色のほどいた髪をして人魚たちは不可解な歓びを見せながら、へたくそに描いた花々で埋めた地平線に向かって目をしばたたかせていた。まぬけな目をした奇怪な魚どもが彼女たちのかたわらをかすめ過ぎていった。しだれ柳が枝先を波立つ水に浸し、その幹の背後からおずおずと——おそらくこの仕事熱心な画家の無意識の分身のつもりであろうか——頭の赤いファウヌスが顔を覗かせていた。そのやや後景には情欲的なニンフたちのやつれ切ったまなざしが、とある傾斜に沿ってゆったりと伸びている——それは、今日ですらもう、魔法を解かれて激情的にハイパーテクノロジー的な未来にあまりにも急激に高まってゆく世界の、埋め合わせをつとめている代償夢なのだ。

オペラ見物

会話はサークルのゲームである。
――R・W・エマーソン

その午後も晩《おそ》く、マンフレートは一通の紹介状を携えてレッチェの名士クラブに請じ入れられた。これは、迷宮めいた市街からくる騒音を和らげる二重扉がいくつもある、いささか奇抜な家具を備えつけた家であった。玄関ホールの椰子とオレンジの樹の下、筒抜けの空の下には、市の著名な人物たちが二、三人、立ったりすわったりしていた。屋内遊歩場の背後には読書室と遊戯室と音楽室が見えた。お仕着せ姿の従僕たちが冷たい飲み物を渡した。オーストリアのカフェのように、もっとも重要なヨーロッパの新聞が壁に沿ってずらりと架けてあった。この家に入ると、レッチェをテラ・ドートラントの地方首都たることをめざし、また「交通の中心地」たることをもめざす大都市として認めよという要求に出会う。しかしそればかりではない。外来者たちに手ほどきしてこの都市とこの国の独特さに請じ入れようとする会話にさえも、歴史意識と父権制的な商人の自負心が見てとれた。周囲一帯のいくつもの発掘を指導した高等学校教師が新しい発掘品の写真を見せてくれた。テラコッタ、花瓶、古銭などだ。ある薬局店主は経済的発展に関する情報を提供してくれた。彼は注目を喚起した。レッチェは十五世紀にはヴェネツィアやジェノヴァと同様、例外的な特権を享受し、一五〇〇年頃この都市はすでに南方における文化的中心を形作り、またフィレンツェと同様、この時代の著名な人文主義者たちのグループはこうした経済的開花のおかげで物質的基盤を得たのだ、と。すでに一四九〇年にこの都市では一紙の新聞が発行された。数々の邸館《パラッツォ》や教会は、十五世紀から十七世紀にいたる、この都市の発展がもたらしたいくつかの経済的文化的頂点を証拠立てるものだ、とも言った。

以上のざっとスケッチしたこの都市の自己紹介の名刺の後で、会話の「サークル」は自発的に話題を換えた。マンフレートは政治的質問を雨あられとばかりに浴びた。この色あせた領邦国家首都においても、またこのメランコリックな気分でかつての光輝を要求するサークルにおいても、ヨーロッパにのしかかる重圧が感じられた。何がこのヨーロッパという大陸を神経症的に痙攣させているかがほとんど知られていないままの村々とは逆に、ここでは重要な世界情報がいちいち株式相場の上げ下げに響いた。人びとはここでも、世界中の大都市で毎日何百万という人間を同じように苛立たせたり励ましたりしている出来事を話題にした。此岸の世界の運命をめぐる関心が支配していた。ここでも人びとはまだ、de finibus terrae つまり「世界の終わりについて」語ることこそなし得ないとはいえ、de finibus aeternitatis すなわち「永遠なるものの終わりについて」はとうに考えているのだった。

夕方、マンフレートは彼の面倒をたいそうよく見てくれたあの高校教師とオペラ劇場で落ち合った。この町のエリート連は、人びとのざわめく天井桟敷《ガレリア》の下できらびやかに夜会服姿を誇り、制服組は勲章を飾ってひけらかしていた。オペラ上演前の社交界的な自己顕示が、スタンダールがかつてミラノでこよなく愛し、ゲーテがナポリで驚嘆したようなあの祝祭的性格が、ここにはまだそっくり保存されていた。この身分制的差異化には、調和があり、また一目でそれと分かった。マンフレートは、同伴者から桟敷の二、三の家族を紹介されてそれを観察する機会に恵まれた。これらの桟敷《パルコ》の一つ一つが、劇場の社会的有機体のなかだけでなく、都市のそれのなかでも一つの細胞の機能を果たしていた。それは、それぞれがその重要性にしたがって直接または間接に他の細胞と結合していた。細胞のなかには特殊な種類の、緊密に組み合わされた有機体を形作っているものもいくつかあった。全体のなかには高貴な部分もあればさして高貴ではない部分もあり、それらが外部の雑踏する天井桟敷に対しては、優雅、色彩の豪奢、装飾、技巧を凝らした調髪を打って一丸と化した一団を保持していた。貴族とブルジョワ、兵士と商人、家族Xと家族Y、高位の人と名誉市民——あまたの微妙な対照が、全体像における強調された一致と同時に感じられた。さらに目を凝らしてながめると、賢明に段階づけがなされた、ここではまだそれが自然と感じられている位階制《ヒエラルヒー》がもっとはっきりしてきた。目と目の交わし合い、友愛的判断もしくは嘲笑的判断、家族の陰口、陰謀、嫉妬深い監視、愛のある讃美と下心の見えすいたコケットリー——楽器の音合わせにつれてがやがやと人声が入り乱れた。十九世紀イタリアのオペラ劇場のホールにほとんど古代のアゴラに匹敵する意味を授けていたあの古風な前奏曲がここではいまだに幕開きの前に奏でられていて、それがはじまったのだった。

序曲の最初の一振りで人声ははたと止み、それがさながら悲嘆のため息のように聞こえた。それからしかし、気がつくと熱しやすい心は捕えられ、舞台がすべてに君臨しはじめる。レッチェ人にはまだ無名の当の作曲家は度外れなまでに慣習を墨守していたので、メロディアスな序曲にはちっとも驚かされるところはなかったのに、しまいに嵐のような拍手が沸き上がった。作曲家は、よくやってくれた市のオーケストラに貢献を上回る敬意を表した。拍手の趨勢を決めるのは、いまや民の声《ウオクス・ポプリ》、天井桟敷だった。それが観衆の主導権を握った。作曲家が観客の反応を理解していることは最初の何場かで見てとれた。フランス占領時代のミラノである悪いフランス将校に苦しめられる人形師の娘の感動的な運命が——文字通りに積み木箱スタイルで——愛のモティーフと祖国の理想の上に構築された。ソロやデュエットを歌いおえる度毎に劇場をゆるがせる拍手の拍車が入り、するとそれだけプリマドンナの技巧《ブラヴーラ》に熱がこもった。感傷と熱情がくるくると入れ替わった。第二幕では天井桟敷が熱狂のあまり叫び出した。喝采につれてめったにない大胆なテノールがつい出てしまい、それがいわば熱くなりすぎて、テノールと一緒に図にのったおもねりまでもが露骨になったのである。声がうわずった。笑い声が上がった。口笛が鳴った。そのいささか肥満気味の歌手はあらためて身を構えた。すると苦しまぎれに滑稽な顔つきになり、いよいよ残酷なことに、遠慮会釈もなく、笑いは爆笑にまで高まった。あらゆるダイナミックな徴候の熱に浮かされたようなてんやわんやのなかでとうの昔に嘲笑う風情の見えたオーケストラは、邪魔っけな笑いの波に怒濤のようなフォルティッシモをかぶせて押しひしがんとした。無駄だった。長年の舞台経験を一瞬使いこなしてプリマドンナがようやくその場を救った。作曲家にとっては幸運なことに、アリアの番が彼女に回ってきたのだ。プリマドンナはほとんど聞こえるか聞こえないかの声で歌いはじめた。こちらからだと口の動きしか見えなかった。しかし彼女は首尾よく危機を取りひしいだ。突然、静かになった。彼女は効果満点の甘さを声に込める術《すべ》を心得ていたので、このほとんど痛いほど感情のこもったレチタティーヴォ・アリアが終わる頃にはドジは救われていた。天井桟敷の凱歌の叫び!

マンフレートはそのあと新たに知り合いになったグループ一行とさるレストランに入ると、現代のオペラ作曲家たちの表現の不毛さをあげつらう、いたってするどい批評をあれこれ聞かされた。しかしさわがしい人波を縫うように抜けてゆく帰り道で、彼はレッチェの若い、簡素な身なりをした市民たちが、腕をからませて歩いているのに出会った。彼らはもう新作オペラの主旋律を、五母音を音響のベースにして歌詞をつけずに口ずさんでいた。声の音程は確かで、二重唱は申し分なく、プリマドンナが聞いたら厚化粧の下で真っ青になったにちがいないソプラノが夜のなかを響き渡った。黒いアーモンド型の目をした、若い娘の声にちがいなかった。青みを帯びた黒髪をして、野苺の赤とマルメロ色のほとんどもう甘すぎる肌色の顔の、プーリアのいくつかの古都の街区で見かけるタイプの、あのうっとりさせられるようなイタリア娘たちの一人だ。マンフレートは彼女たちの後をついて回って、その歩行の軽やかさとおそらくは輝かしいものと思える生きる自信にあやかりたいものだと、そのつど思った。だがすぐにある種の動作で、目つきだの、咳払いだの、唾の吐き方だので、ちっとも変わりばえのしない人たちであって、その先祖代々受け継いできた陽気さも日々の暮らし向きのためにせいぜい作為的なものにかぎられる、大概が心配事を抱えた人間だと気がつくのだった。シュバリス！　その幸福のうちにさえどれほどの悲しみがなければならなかったことか！

タンクレドゥスの教会

悪から醒める。
——エンペドクレス

レッチェから出てゆく道路は、太陽のさなかで石膏の舗石のようにはちきれんばかりにふくらみながら陽炎《かげろう》にふるえる大気の野に延びている。バネに弾む乗合バスを石造りの小屋から顔色の蒼い子供たちがじっと見ている。バスという交通手段がこの国では不気味なまでの増え方をしているのである。バスの行先の表示板には、フランカヴィッラ、オーリア、マンドゥーリア、ガラティーナといった、ラテン語の詩を思わせるような単語の町の名が読める。すさまじい音を立ててくるトラックを水運びの女たちが裸足でよける。女たちは取り乱したように走り続けるけれども、悪態は吐かない。ぎごちなくうなじを緊張させながら、彼女たちは箱のような一軒の家に荷を引き渡す。汚れた灰色の縞模様になって壁の漆喰がぼろぼろ剝がれ落ちている。だがおそらく明日にはもうすべてが一変しているかもしれない。明日になればここにはピカピカの団地が建ち、水道が引かれるのである。水道はその「衛生」を通じて住民の平均寿命を上げるのに寄与している。今日の技術的創造力は日に日に虫食い層を暴いて廃棄する。その点ではこの建設する明晰な頭脳は構成的であるのが証拠立てられている。というのも内面に手を触れさせない、もっぱら外面的な変化では、人間は変わって得をするからだ。人びとは自分たちの大地をもっと自由にながめる。もうろうとした部分を克服する。うっとうしげな無関心の幼稚さは制覇されるのである。

このような光景を目して我が技術の黙示録的審判者たちが、技術は人間を脅かす、どころか絶滅せしめる！　と主張するなら、彼らは偽預言者に見える。ここでは技術はようやく問題の端緒をつかんだばかりなのだ。しかしここでもやがては、技術の力に対抗すべき内的な諸力は果たして充分にあるのかという問いは避けられなくなる。「魂」は――この人間のうちなる秘密の磁場――どこで惹きつけ結びつける新しい力を見つけるのか？　マンフレートはこの問いに、後になってようやく一つの答えを手にするはずだ。

しばらく散歩をしてから、マンフレートは彼の目的地、レッチェの共同墓地《カンポ・サント》にたどり着いた。それは、多くのロマネスクの墓地のように豆教会たちの小人都市を形作っていた。ここでは死者たちのほうが、生者たちより豪華な建物を建ててもらえる。またしてもこの国の本質的な一つの特徴が現れ出る。すなわち、晴れやかな生が死という暗鬱な想念の上に絢爛豪華な正面《ファサード》を建てるというそれ。デメテルの遺産……

砂利道の上を老婦人と子供連れの母親たちが歩いている。クローヴァーの花の前に一人の女が膝をついて、幸運をもたらす四つ葉のクローヴァーを捜している。乞食はたまにしか見かけない。大抵は、永遠の故郷にいまから慣れておくのがお目当ての老人たちだ。ガラスの花環と鉄の十字架の間に押し込まれて、花はごくわずかしか生えていない。しかし花の香りは強烈で、目を閉じてなんとかこの匂いの思い出を長引かせたいと思うほどだ。アマルフィ近傍のあのラヴェッロで、ティレニア海を眼下一望の下に収めるクリングゾルの庭園にあるような、真珠母のごときブルーに映えるシナ藤のアーチ、シナ藤のカーテン、シナ藤の橋。

この死者たちの景域の只中に、一一八〇年にタンクレドゥス〔タンクレーディ〕が建造したサンティ・ニコロ・エ・カタルド教会が幻獣のように無精たらしくむくりと身を起こしている。タンクレドゥスはこれをノルマン人の王になる九年前に建立させた。それは、ホーエンシュタウフェンのフリードリヒの狩りの館であるカステル・デル・モンテがシュタウフェン朝の南部イタリア最後の大記念物であるのと同じく、このノルマン王の最後の記念物なのである。このヒュペルボレオイたち〔北風《ボレアス》のかなたに住む神聖な民族〕は、彼らの故郷の肖像《にすがた》を、鷹のゆっくりと旋回する静かな狩猟日和の朝の薄明の孤独を、午後の玻璃質の光を、その落ち着きなさを鎮めてくれる黄昏の一様なテンポで消えてゆく火を、見出したのだった。

プーリア、その教会と城塞！　それを語るということは、つまりはロベルトゥス・グイスカルドゥス〔ロベール・ギスカール。プーリア伯〕について、ロゲリウス〔ルッジェーロ。ロベルトゥスの弟、シチリア伯〕について、フリードリヒ二世について、北方の南とのもっとも内密な遭遇の数々について、語るということでもあるのだ。レッチェではそれ以上にカール五世のことも思い起こさないわけにはいかない。彼はこの都市を建て替えさせ、城塞建設を命じた。一五四八年にはカールのために凱旋門が建立され、それは今日もなおそのコリントス式列柱と皇帝の紋章によって、ナポリ方面への街道沿いでローマの威光を背負った属州首都の絢爛たる偉容を告知しており、レッチェはオートラントとならんでオリエントに対抗する当時最大の古い砦であった。代々のレッチェ伯は、ノルマン人たちによってその名を高からしめたのだった。

比較的古い歴史記述にこれについて簡勁に報告されている。「レッチェのロゲリウス伯の娘のために、シチリアのロゲリウス王の長子ロゲリウスは燃えるような情熱に捕えられ、かの美しいシビュラはこれに応えて二人の息子、タンクレドゥスとウィレルムス〔グリエルモ〕に生を与えた。王はこれを知らされると、愛の享楽に神経をすりへらした息子をパレルモに呼び戻したが、彼はそれからまもなく死んだ。王は出来事の全体の責任をロベルトゥス伯に負わせて怒りをもって追跡し、果ては伯が助けを求めてギリシアに逃亡するしかないという結果になった。皇太子の息子たちはパレルモで厳しい監視下にあったが、タンクレドゥスはパレルモを脱出した。彼はアテナイに逃れたが、ウィレルムス王に呼び戻され、祖父の伯爵位を授けられた。ウィレルムスの死後ノルマン人たちは、王国の女子継承者たるコンスタンティア〔コンスタンツェ〕とその婿のハインリヒ六世王の不在を利して、彼を数々のすぐれた特性によって傑出していたために王座に挙げた。ドイツ人に対して彼らノルマン人たちの国家的独立性を擁護するためである。」

以上のように、中世南部イタリアの建築芸術記述に貢献すること大であったH・W・シュルツが、一八六〇年に写真術初期の時代の歴史家スタイルで述べている。神によって己れに証された好意に感謝の意を表するために、タンクレドゥスは聖ニコラウス（ニコロ）と聖カタルドゥス（カタルド）にベネディクト会の修道院を寄進した。シュルツはそこで修道院建造物の東部分の教会を、「数学的単純性とその装飾のこまやかな対称性《シンメトリー》のゆえにも、またすべての細部の仕上げの驚くべき緻密さのゆえにも、南部イタリアのもっとも傑出した建築の一つとして、またこの地方に古代ギリシアの諸時代以来根づいている、あの繊細な感覚と趣味がそこに最上に啓示されているものとして」、いみじくもいたって近代的に礼讃するのである。ドゥオーモについては、シュルツは、「レッチェのドゥオーモのどれ一つとして、美しさと均整とほとんど古代的な典雅においてこれに比肩するものはない」と言う。美術史の即物的記述の内部でのこのわずか数行の文章にさえ、プーリアのロマネスク芸術をバーリ、ルーヴォ・ディ・プーリア、カノーザ、トラーニ、モルフェッタ、ビシェーリエ、バルレッタ、それに――なかでももっとも有名な――ビトントなどの教会によって際立たせている、本質的な何ものかがふくまれている。すなわち、かなり近代に入ってはじめて評価されるにいたった「イスラーム的要素」にいともあっさり粉砕されてしまった古代ギリシア精神の反映がそれである。

墓地の縁《へり》にはアカシアや傘松や糸杉に囲まれて、全体の見通せないその教会堂が建っている。二重の囲い帯で囲ったポルティコの弓形曲線の葉飾り装飾は植物的な軽やかさに装われている。葉の位置と葉の形、花序と円錐花序の息吹、散形花序の開きや互散花序の弓なり弧線には、オートラントの大聖堂のモザイクにおけると同様の親しみやすさが示されているが、同時にしかし幾何学的形姿がじつに巧妙に織り込まれているのが認められる。それはあたかも、植物界の非合理的なものは、たとえばライプニッツが存在と非存在の間の両生類と名づけた虚数のような、数学における非合理的なものをも表現するはずだ、とでもいうかのようである。装飾《オーナメント》がここでは植物界と幾何学に範を取って形成されている。数学者たちはいみじくも、無理数にあって明らかな線分と数の非通約性が宇宙的存在のある謎を表していることを強調したのである。ほかならぬ古代の装飾芸術とロマネスク装飾芸術とに――芸術家がそう望んだかどうかは知らず――それが明らかに見てとれるのである。またしてもガリポリとオートラントの謎だ！　シチリアの神殿を想起させるタンクレドゥスの教会の装飾は、グレゴローヴィウスが強調するように、「レッチェの造型的嗜好がそれに倣って形成された、理想的なお手本」になった。一例がサンタ・クローチェのような、レッチェのかなり後代の建造物のバロック＝ロココ的奇矯《エクストラヴアガンツ》さでさえもがなお古典的な印象を与える理由も、このことからして説明がつくのである。

二列の柱によって三廊に分かたれた長堂の教会の内部も、アプス〔後陣張出し部〕がないために長方形の単純な図形を見せている。明快な比例関係は、展望を隠す修道院の壁の不快さを避けて、屋根からながめてはじめて完璧に見通すことができるようになる。マンフレートはそのための許可をもらい、いまは老人ホームになってしまった修道院に足を踏み込んだ。幅の広い廊下を通り、ブリューゲル風の亡霊じみた老人や身体障害者、盲人や聾唖者のうずくまっている中庭をいくつも抜けた。皺だらけで骨と皮ばかりになり、びっくりしたように顔をしかめながら、一団のメガイラ〔復讐神《エリニュエス》の一人。意地悪女の意も〕たちが階段を降りてきて、訪問者のところに駆け寄るとその手をさすった。彼女らとは別の、最悪の意味での傷害を受けている人たちは上階のホールに微動だもせずにすわっていた。彼女たちは訪問者へのあいさつにけたたましい笑いで応えた。何もかもが清潔に光っていた。しかし墓地内の小礼拝堂や墓窟のように、何もかもが硬直して生気がなかった。修道院はそれ自体が墓地の縁《へり》にあるにぎやかな前＝墓窟に変容していた。そこには生ける屍たちが、最後の数歩のあゆみが自分たちのためになしてくれることをひたすら待ちわびているのだった。

マンフレートは目を閉じて吐き気と戦わないわけにはいかなかった。一人の修道士がグラスの水を差し出してくれた。「どうも暑くなりすぎたようですな」、と修道士は言った。マンフレートは悪寒にふるえながら、その汲み上げたばかりの冷たい水を飲んだ。

壁体の石組みの核心にこそ最後のノルマン人たちの宝物はある。教会の角石が高まったところ、その屋根からアドリア海が見え、そのはるか後方には暗い青色のベルトのようにエペイロスの山々が望まれた。建造物の精密さ、面と面とが快く調和するように案配する分割が、いまにして全貌を見せた。屋根のさまざまの部分は細長い橋やこぎれいな階段や小体《こてい》なアーチで相互に結びつけられており、各部の計算の行き届いた構成は、古代の大広

女神頭部（デメテル，コレないしアプロディテ？）。テラコッタ，前4世紀，ターラント美術館

場の一つにきたかと思うばかりに組み合わされている。力の陶酔に溺れて、その陶酔のいかがわしさを知らないチンギス・ハーンのやからであれば、このような節度と限界を設けての、芸術作品による克服、自己克服は諦めたかもしれない。節度なき者どもの評判は歴史において呪われた。しかしそうではない者たちの名声はつとに、彼らが後に遺し、多くの世代に確信と自由とへりくだりとを贈り、いまもくり返し贈り続けている、こうした徴《しるし》の上に築かれている。石造のこのロゴスの徴は、その超時間的言語を精神の氷点に近づく私たちの現代にまで保持してくれているのである。

ガラスの眼の聖母《マドンナ》

アルクマイオンの言うところによれば、人間は発端と終末とを結びつけることができないがゆえに破滅する、というのである。

——偽アリストテレス

街中《まちなか》を歩くうちに、マンフレートは高校教師の案内でレッチェに典型的なある工房に入った。大聖堂広場際の、混凝紙《パピエ・マシエ》で彫像をこしらえる「彫刻家」の工房である。サン・トロンツォ大聖堂には塔があり、それがどちらかといえば鈍重で背が低い教会の建物とおもしろい不釣合をなしていた。大聖堂の塔は七十メートルあって、ミナレットのような感じだった。しかしここではこの尋常ならぬ厚かましさも、司教館とそれに接続している神学校の大がかりな水平線のために均《なら》されている。大聖堂広場はしばらく前に幅広の敷石を敷きつめられ、噴泉と一連の五本腕の枝付き柱頭式街灯をあしらって飾りつけられた。それはバルザックのパリを思わせる。こうしてちょっと人目を惹く小広場《ピアッツァ》ができ上がったのだが、しかしいにしえの特徴的な要素は意識的に保存されていた。銀の色調を混じえた黄土色が、バロック的劇場装飾のジャングルにすっかりファンタジーを誘い込んだ。

　こんなふうに大聖堂際にじかに接して紙張り子《カルタペスタ》師の工房が店を開けていた。混凝紙彫刻はレッチェ独特のものだ。それは素朴な手工芸で、製品は半島全体に見受けられる。この材料でマドンナ像や聖人像や民族衣装姿の郷土人形を作るのである。水で濡らした紙を圧縮し、裁断し、貼りつけ、成型する。周知のお手本に倣ってとうとう姿形ができ上がると、それはあのナポリの石膏聖人像の悲惨な甘美さを何倍も凌駕している。工房にはプーリアの人気聖人像として、マドンナや聖ニコラウスとカタルドゥス、それに天使や翼を生やした幼童《プット》だの、きびしい面持ちの髭を生やした聖ペトロだのが見える。親方は子供のような手をしたすばしこい小人で、客のマンフレートにバロック的な襞《ひだ》だらけの等身大のマドンナをしきりに薦めた。そうして薦めながら彼は、マンフレートにはほとんど一語も分からない、しかしそれを高校教師がニヤニヤしながら簡潔にアルフィエーリ〔十八世紀末に活躍した国民的劇作家〕の科白風に翻訳してくれる方言で制作技術を説明してくれた。最後に戸棚から小箱を一つ持ち出してきて蓋を開けると、マンフレートの驚いたことに、茶色とブルー、黒と緑の、おびただしい数の精巧なガラスの目玉が目の前に飛び出してきた。「ベリッシモ！　ベリッシモ！（とってもきれい）」親方は顔をしかめてそう叫び、これほど精巧な出来の製品の裏側を返して、さるドイツ商会のスタンプを指さした。それから彼はマドンナのほうに行って、そのうつろな眼窩にブルーのガラス玉を二個はめ込んだ。突然、その部屋にもう一人の人間がいて、大聖堂広場のほうをほがらかに明敏にながめやっているような気がした。奇妙な服装をした人間、色彩と紙とラッカーのつんとくる臭いの只中でこまやかな造作の手に十字架を持った一人の女。その眼に太陽の光がきらめいて、直立不動の姿勢が見せかけであることをあばき出した。技術的小道具を嵌め込む、太母《マグナ・マテル》の最後にして最新の変貌！　マンフレートが高校教師と一緒に外に出て広場でもう一度ふり向くと、半開きにした扉の空隙《すきま》から、ひたすら外からの光だけで生きているまなざしでこちらを追っているかのように、あの明るい眼をした死んだ顔が見えた。親方は扉際にたたずんで、ぴょんぴょん足をたがいちがいにして跳ねていた。片手にガラスの目玉入りのあの小箱を持ち、もう一方の手は別れのあいさつのしぐさをしていた。それからサン・カタルドの老人ホームの老婆たちそっくりに、けたたましい声を立てて笑った。それが嘲笑だったのか、何の意味もない慇懃なのか、知るよしもなかった。

レッチェ―ブリンディジ特急《ディレッティシモ》

かつて私が見たものも
いまはもう見ることができない。
――ウィリアム・ワーズワース

レッチェでブリンディジ行き特急を待っている人間はほんのわずかしかいなかった。この早朝の時刻には駅員でさえまだ髭を剃っていなかった。待合室のボーイはマンフレートがコニャック入りのコーヒーを注文すると、ご当地では聞いたこともないこの注文に目を剝いてぶつくさ言いながら差し出した。ビュッフェはこれ見よとばかりに磨きにみがいたニッケルと銅のお飾りでピカピカに悪光りしていた。旅行トランクのラベルもかくやとばかり惣花式にずらりと並んだ酒瓶の列が、室内の荒涼とした雰囲気と戦っていた。貨物列車を連結するときのけたたましい汽笛が、鋭利な針を刺すように神経にさわった。普通列車が着いて、近郷一帯の小学生がガヤガヤと改札口を出てきた。教科書をルーズに紐で束ねて持っていた。寝ぼけ眼《まなこ》をこすっているような顔である。

くすぶるシガレットの煙の耐え難い臭気に辟易として、マンフレートはまたプラットフォームに出ていった。彼は駅員に話しかけた。列車はやや遅れておりますが、お天気はこのままずっとよろしいでしょう、駅員の老紳士はそう言い、にこやかに帽子の縁に手をかけた。まだ時間があったので、マンフレートはプラットフォームの端まで歩いていった。シャツの腕まくりをした労働者の一団が、茴香《ういきょう》、隠元、菠薐草《ほうれんそう》、人参といった新鮮な野菜を満載した籠を次々に引きずり出していた。大地と植物の芳香、マンフレートがいましも別れを告げてきたテラ・ドートラントの香り、あらゆる属州中の属州の香り、イオニア海の、白漆喰塗の村々の、罌粟の花に縁取られた街道筋の香りが、貨車のなかから流れ出した。砂丘よ、さようなら、緑の木陰深き教会よ、さようなら。熱狂的なイタリア旅行者ならだれしも別離の瞬間に経験するつらい数分だ。香りと色彩をいわばうっちゃらかしてしまわなければならず、それを一緒に持ってはいけなくて、指と指の間でオレンジの花をすりつぶして酸っぱい甘さをまた味わえる日まで永らく待たなければならないのはつらい。

ようやく特急列車《ディレッティシモ》がきた。共和国鉄道南端の駅にしゅっしゅっ、ぶうぶうとやかましい音を立て、もったいぶって到着した。ブリンディジ——バーリ——ナポリ——ローマ——ミラノ。鉄鋼陛下の威厳の前にはさすがに属州の平静さもたじろぐか？　どういたしまして！　労働者たちは大地の恵みを引きずり出し続け、鐘が鳴り、ボーイは外には目もくれず、線路の間には草が生え、あばら屋の屋根では鳥がさえずっていた。プラットフォームのベンチに女の子が一人腰掛けて、人形の捲毛のくせを直してやっている。列車は出発し、女の子は顔を上げ、人形を胸に押しつけた。ひとかたまりの家々がその光景をさえぎった。列車の進行のハンマー打ちのようなリズムはやがて、旅慣れた旅行者でさえもが「大幹線《グランデ・リネア》」の上等の車輛にあってふかふかしたクッションの居心地の良さに、新奇なものへの期待に、「大いなる世界」の接近に感じる心臓の鼓動に圧倒されてしまう。

途々マンフレートは、この旅行にたえず薄手の手鞄に入れて携えていた、ポケット版のウェルギリウス作品集に読みふけった。『アエネイス』第八歌で彼は次のような詩句にぶつかった。

彼の身のまわりのものすべてが精神と
まなざしを誘《いざな》った、
一帯は過ぎにしものをずっしりと担い
またいにしえの死者たちをはらんで。

彼はブリンディジで下車し、そこで何時間か過ごして、それからまたバーリまでの旅を続けようと決めた。この古代ローマのブルンディシウム、往古のギリシアのブレンテディオンで、ウェルギリウスはギリシアからの帰る際《さ》、紀元前一九年の九月二十一日に客死したのだった。ヘルマン・ブロッホはその秘教的にして晦渋な本『ウェルギリウスの死』のなかで、このマグナ・グラエキアと母国とオリエントとの「交点」のことを述べている。「現在と未来との間、海と陸との間、岸辺なる場所の、火に浮かび、火に包まれて流れる現在。」死の床にある詩人は、奴隷たちに担われて港から当地にある皇帝の宮殿に運ばれてゆく。「ウェルギリウスに道をあけろ！　そなたたちの詩人に道をあけろ！」と担い手たちは叫んで、道をふさぐマドロスや娼婦たちを追い払う。だがマドロスと娼婦たちはそれを一笑に付して、「魔術師だぞ！ 皇帝の魔術師だぞ！」魔術師？ 過ぎにしものをずっしりと担える詩人を、彼らはそれ以外にどう理解しようがあったろうか！

ある人は、港町はどれも醜いと言う。そうかと思うと、港町独特のロマンティシズムを讃える人もいる。ヨーロッパ最古にして最良の港の一つであるブリンディジは、まさにある独特の顔のなさによって、ネオレアリズモの監督たちがイタリアではじめて「背景」として選んだ、あの悲しい醜悪さによって際立っている。地震、戦争、大火災が、数々の重要な歴史的記念物を破壊した。ちなみに帝国ローマ時代のブルンディシウムはオスティアのように、神殿、劇場、公衆浴場、邸館がどっさりあったという。ホーエンシュタウフェンのフリードリヒ二世の治下にあってそれはふたたび新たな開花を閲《けみ》した。スエズ運河建設後、それは永らくもっとも重要な「インド貨物便」、とはつまり極東方面行き商品の積み出し基地であった。

「過ぎにしものの重荷」のわずかながらの徴《しるし》を見つけるのに、マンフレートはさして長い時間を要しなかった。港に沿ったマルゲリータ女王街道には辻馬車ですぐに着いた。まもなく波止場には高名な二本の大理石の柱が見えてきて、思うにそれは、ここがアッピア街道の東端であることの印らしい。兵士たち、船、積荷、倉庫、物置小屋。起重機やトラックがなければ、この環境もウェルギリウスの死以後ちっとも変わってはいない。どっこい！　とある壁際に「Don't forget Athens!（アテネを忘れないでね！）」と書いたプラカードが立てかけてある。プラカードには蒸溜水のように純粋な紺碧のさなかに、仮面のように幽霊じみたアクロポリスがさまよっている。

みすぼらしい建物に四方から攻め立てられている小邸館のある旧市街にくると、マンフレートはここの住民がレッチェにくらべてどれほど生きいきしているかを思い知った。大聖堂へ行く道を尋ねると、腕に子供を抱いた若い女が案内に立ってくれた。ぎごちなくこの都市の美点をいくつか誉め称えてから、彼女ははっきり報酬を頂きたいと言った。いまやふたたび外国人が珍しくなくなった地域での最初の関税。真ん丸な眼をしたバンビーノのためのチョコレート。

一二二五年、フリードリヒ二世は、ブリンディジの大聖堂で、ジャン・ド・ブリエンヌの娘で聖地の国イェルサレムの女子継承者、ジョラントと結婚式を挙げた。この婚姻を通じて一人のドイツ皇帝がイェルサレムの王になった。それを跡づける資料がおそらく大聖堂の文書庫にはあるであろう。教会の内部ではしかし、古きヨーロッパの王家の原則によるこの奇抜な組み合わせを告知しそうなものの痕跡はすっかり抹消されている。古い建物は一七四三年に地震で破壊された。だがマンフレートが大聖堂の案内人《チチエローネ》から聞き及んだところによると、ジョラントはカステル・デル・モンテ近傍アンドリアのプーリアの大聖堂に皇帝の三番目の皇妃イングランドのイザベッラとともに埋葬されているという。しかしそちらでも正確な事実認定はできないという。棺の中身はからっぽ。名前もない。西欧のこの皇妃の墓はまだまだ「異論の余地がある」のである。つい最近発掘された大聖堂地下の部屋部屋でも埃を被った棺が数個見つかっただけだった。皇妃の教養は世界最高の人びとを魅了した。その記憶は多くの点でマグナ・グラエキアのあまたの偉大な女性像を偲ばせる。ただ外的な徴《しるし》は一切ない。

とはいえ――王家風の考え方がつとにこのように奇抜な結びつきをいろいろと可能にするのであれば――他の「諸関係」をあえて探ってみてもいい。マンフレートのブリンディジにおける最後の訪問先は市立美術館だった。そこには、ほとんど知られていないが、美しい古代ギリシア婦人のトルソが一体ある。エウテルペと名づけられており、ということはフルートと悲劇のコロスの詩女神《ムーサ》の名である。この「遺物」は黴を放射している。それが表しているのは、概して当地の英雄伝説だけに名を残している、南方ホーエンシュタウフェン王家の女性たちである。当地のがらんとした「芸術的には無価値の」大聖堂は、ブリンディジの大理石のエウテルペのためにそう簡単に記憶を逃れることはあり得ないだろう。イタリア最南端におけるこの種の「グロテスク」なアナロジーを回避しない人間だけが、この土地の刺激的なコントラストをかいなで以上に把握して、当のコントラストの数々の導きに与るであろう。こんなふうにしてそこでは——ギリシア本土そのものよりもしたたかに——「過ぎにしものの重み」が、明らかに軽さばかりとはいえない「現代的なもの」とともに統合されて、永遠の現在としてくり返し体験されるのである。

合理的様式《スティロ・ラツィオナーレ》

だがこれを至高の美へと生起させるために比例が生まれた。
——プラトン

計算尺を持って歩きまわる詩人がいないのと同様、夢想する工学技師はめったにいないだろう。新しいバーリは、悪魔のしかめ面やあやかしを夢見るのでなく、むしろ鉄鋼とセメントの秩序整然たるリズムを夢見る、そんな類《たぐい》の夢想家の創造物になるかもしれない。イタリアの他のどの都市におけるよりも、バーリの新しい街区には現代の構成主義的ファンタジーが抽象美をはらむ都市芸術作品に濃縮されている。しかしアドリア海岸沿いの港湾＝見本市都市の伝説的な創造者として、何も右のような工学技師だけを考えなくてもよい。一人の結晶体の神秘主義者を思い浮かべるがよろしかろう。こうした比較が許されるなら、彼は内構造を展開した結晶体を都市計画のお手本にしたのである。

マンフレートは、プーリアの集落の特性をうまく概観できるように、高所にある展望点から観察するのが習慣《ならわし》になっていた。新しいパラッツォ・デッラ・プロヴィンチア（州庁）の塔からは幾何学的な線のシステムが展望された。真一文字の道路が何本も何キロメートルも延びている。十字路はすべてするどい直角を形作っている。こうしてみごとに精確な正方形と長方形ができ上がる。何階もの高層ビルの平らな屋根屋根は、それら相互の間に念入りに計算された関係があるのではないかと思われかねないような、面と線との視覚的系列を形作っている。真四角の窓を申し分のない比率で並べている六階建てや七階建ての建物がある。これらの摩天楼風の建物がもうすこし高く、石の色がもうすこしくすんでいたらニューヨークかシカゴを思い浮かべただろう。そう、南東イタリアにおけるアメリカニズムの反復を。

オリエントに向かったイタリアの門がアメリカ風とは！　だが、それはアメリカ風以上なのだ。そしてこの「以上」こそは、ノルマンとシュタウフェン王朝の記憶の、深南部の大ギリシア的節度と北方のルネサンスの品位のおかげなのである。合理的様式《スティロ・ラツィオナーレ》の現代性はすべてこれらのものに量り分けられてきた。度量は歴史によって決定され、また光に指定されている。技術が手を藉《か》したために生成の安らぎが与えられなかった、すべて促成栽培されたもののご多分に洩れず、新しいものばかりであふれ返っているのは、いささか血の気がうすいように思えるのは確かである。しかしリズムの遺産は現存している。死後の遺産の何たるかをわきまえつつ形作られた人間性ともっぱら合目的志向の現代性は、この光のなかにあっては、一つの統一的なイメージに結びつき、秘義と数の結婚へと魔術的に結合することがあり得るのである。

バーリは今日世界都市的な性格を具えている。この「アプーリアの女王」は、そのコスモポリタン的な精神様態を多様なあり方で示している。新市街も「女王」であることに変わりはないが、むろん古き王朝の出身ではない。彼女は先入見からは自由な、趣味の問題ではやや伝統にこだわらない、近代の女主人だ。かりに擬人化してみるなら、彼女はスマートでやや神経症気味の、古典的教養をなかば忘れた、スポーツカーに乗り、ショーツを穿いて白いスポーツシャツに小体《こてい》な赤いネッカチーフを巻いた若い女性と見ていいだろう。テニスが好きで、刺激の強い飲み物を好む。ウェルギリウスの韻律論的な重みよりはマリネッティの様式上のお行儀の悪さのほうが彼女には似合う。ウィトルウィウスの瑣事に拘泥するペダントリーだの、硬直的なビザンティン人やファナティックなイスラームの迷路趣味やごたいそうなごたごたよりは、飛行機や船に目がない。彼女はメディチ家時代のフィレンツェの女のように商売に敏《さと》い。けれども毎朝読むのはソネットではなくて、ニューヨークとロンドンとパリの株式相場の値動きのカーヴ。最高速度で走るスマートなヨットの上から、はるかギリシアのほうを見はるかしても、アクロポリスのことも思わなければ、デルポイのことも思わない。ギリシア——それは彼女にとってはバルカンの市場である。貿易船がひっきりなしにその港にやってくる。商品を、イタリアの商品を運んでくる。木箱や梱包の上には発送先の国々としてトルコ、イラク、シリア、日本、中国の名が読める。この若い貴婦人の天分は実際的・此岸的である。しかし成り上がりのこの女主人は、自分がその居城に過去から何を負っているかをわきまえている。彼女は受けた教育の促しゆえに、古き象徴の数々にその晴れやかに輝く権能のやりたい放題にさせておく。しかし彼女自身はがっちりと手堅い、実用的な知識を育成する。彼女は大学を経営する。しかしこの大学には二つの学部しかない。法学部と経済学部である。くだんの婦人はこの二つの学問を、秩序愛と営利精神という、彼女の本質のアレゴリーとして用いるのである。

ほぼ百年以上もの時間の間に、バーリはナポリに次いで南部イタリア最大の都市の一つになった。一九三〇年以来この「オリエントへの門」の重要度は、特に東方見本市《フィエーラ・デル・レヴァンテ》によって促進された。見本市への展示者の数は三倍増に達した。特にオリエントへの観光客の数が増加している。この都市はかつては十字軍の出発地であったが、いまやそれと同じく、東地中海へ、さらにそれを越えてかなたへ雄飛する、高度に商業的な取引の一拠点と化したのである。バーリはこの点で、ビザンティン人の間で九世紀初頭からロベルトゥス・グイスカルドゥスによる占領にいたるまでそれが有していた重要性を、ふたたび獲得したのだった。初期ギリシアの植民市としてバーリはローマ時代にも重要ではなかった。今日の旧市街には、いまもノルマンとシュタウフェン朝とスペインの支配の痕跡が認められる。近代の思慮深い王ムラートがはじめて、何世紀もの長きに及んで、ホラティウスの時代のように、漁業にすぐれているとの聞こえのみ高かったこの眠れる属州都市を揺り起こしてよみがえらせたのだった。新市街ができた。十九世紀の経過する間にゆっくりとひろげられてきた市街である。しかしすべてがほとんどアメリカ的な規模でみるみるうちに成長したのは、ようやく第一次大戦後のことだった。背高のっぽの、がっしりした塔がいくつも、じっと目を凝らして力を意識しながらアドリア海を見つめており、そしてそのアドリア海の波は港の領域をたち越えて長々と延びた岸壁に向かって泡立ちながら打ちつけている。これとよく似た純白の都市シルエットがレヴァント海岸や北アフリカの岸辺に見られる。女牆《じょしょう》や塔や外壁をしこたま抱えたそのシルエットは、オリエントをめぐるヨーロッパの観念を嘲笑しているかのようだ。バーリは未来志向的な企業欲一色である。鋼鉄ビルのうすい壁が生きているように見える。事務所、倉庫、百貨店、銀行の躍如たる活気！イタリアのどこかに二十世紀が見られるとすれば、ここ南ヨーロッパとオリエントとのこの転車台を措いてほかにない。それは古典的植民化地域における最新流行の新品なのだ。バーリは新たなタラスやシュバリスやクロトンを代表している。政治＝経済のいくつかの中心地の、新しくて同時に古い、急成長する世界都市《メトロポリス》である。新たな政治的象徴の数々が浮上してくる。すなわち、放送局、電信局、電力供給センター、高速道路、合理化されて統計学的方法をいろいろと完備した商工会議所。神殿や列柱につけられた名はすっかり変わっている。曰く、海上大学、精油工場、石鹼工場、綿糸織物製造工場、機械展示場、技術研究所、エレヴェーターとセントラル・ヒーティング、各室電話つきのホテル——そのすべてが、「イタリア＝オリエントの交点」としてヴェネツィアやトリエステと覇を競わんとするバーリにはある。二十世紀？　いや、それ以上の何かがここには告知されているように思える。すなわち未来主義《フトゥリズモ》的なもの、鋼鉄とセメントの時代のロマン主義＝構成主義的なもの、鋼鉄のメルクリウスに仕える、政治的使命を帯びた数学者たちの此岸への意志が。

バーリのレオナルド

私たちの身体は天の下にあり、また天は精神の下にある。
——レオナルド・ダ・ヴィンチ

ピエートロに紹介されていたバーリ大学法学部の一人の学生と一緒に、マンフレートはとあるカフェの白と緑のストライプの日除けの下にいた。青年はちょうど古本屋からやってきたところで、入手したての獲物を見せてくれた。光沢革張り豪華本二巻。ロンドン版のレオナルド・ダ・ヴィンチの手記である。フランチェスコ・Oは頁を開いて、レオナルドのあるメモを朗読した。二人はそれについて語りはじめた。声を張り上げて話さなければならなかった。幅の広い車道をタクシーが犯人でも追跡するようにクラクションをわんわん鳴らして疾走していた。カフェの前をぺちゃくちゃしゃべくるグループが何組かやかましく通り過ぎた。隣りのレストランからは安っぽいジプシー楽団が弱く《ピアーニ》と強く《フォルティ》をがたがた交替で演《や》るのが聞こえてきた。ラジオ店からはサンバのぎくしゃくしたリズムが流れてきた。カフェの他の大理石テーブルは全部男たちが明緑色の椅子を占領して、活発に会話を交わしていた。商人たちだろう。書類や新聞が手渡された。時々だれかが姿を消し、当てにならない流しのタクシーをどなるように呼びとめた。広場のまわりは刈り込んだ樹木が縁取っていた。車道の中央には絨緞様の刈り込みを入れたグリーンベルトが通っていて、真ん中に間を置いて一本一本ずんぐりした棕櫚の木が立っていた。こわばった感じの正面玄関《ファサード》の連なりは、女たちがそこに凭《もた》れている露台で和らげられた。路上には女性の姿をほとんど見かけない。代わりにあちこちに、買物袋を下げた男たちや、白靴下に黒靴、地味な色の半ズボン、それに黒白のカラーの、どれもお定まりの小学校の制服を着た子供たちの姿が見えた。女たちの身持ちは厳格だ。一人ではめったに外出しない。近東の影響である。

大学生フランチェスコ・Oがそんなことを怒りもあらわな表情で話していると、彼の友人の一人が突然姿を現した。やはり法学部の学生。マーリオ・Vは紙袋を開けて、野苺はいかがと差し出した。皆がわれもわれもと手を出した。屋外テーブルが二つ三つくっつけられた。マンフレートは突然、だれも彼のことに大げさに注目したわけでもないのに、バーリの輝く青年連《ジュネス・ドレ》の即席テーブルにいた。それは主として商人の息子たちだった。彼らはマンフレートにバーリの印象はどうかと尋ねた。マンフレートは自分の体験したことを二、三報告しようとした。彼が話し終えると、フランチェスコ・Oが立ち上がって、カフェのなかが見えるようにカーテンを押しのけた。起重機や船のスクリュー、鋼鉄の足場や弾み車の抽象的なフォルムがけたたましい色で描かれているのが見えた。その間に、わずかな筆触《タッチ》で暗示するように、人間の姿の輪郭が見える。労働者、農民、兵士たち。だが、その真ん中に英雄的な顔立ちをした若い男が一際大きく描かれていて、画家は――明らかにマリネッティの影響を受けた装飾画家――この男に、書物、コンパス、ペン、それにもっともらしい顔つきという、精神的労働者になくてはならない象徴的持物を授けていた。学生の一人が説明した。南イタリアはここ数年のうちに、組織力においても、あらゆる面での機械化においても、この国の北方にもはや引けをとらなくなっているでありましょう。「しかしだからといって」、と学生はつけ加えた、「イタリアが人文主義的伝統を忘れるとはお思いにならないで下さい！　われわれはギリシア＝ローマの遺産を現代の技術的精神と和解させるでしょう。」

「われわれは経済人と法曹です。皆で共同研究グループのようなものを設立しました」、マーリオ・Vがつけ加えた。「われわれの師はレオナルド・ダ・ヴィンチです。彼はわれわれのお手本です。自然科学者、神秘家にして芸術家。考えることと芸術的造形とは彼にとって、分割されていないもの、絶対的なもの、つまり精神を表現するために、それぞれ別個ではあるけれども価値は同じ方法と目されていました。われわれにとっても彼にとっても、科学と芸術は、精神と魂と同様、対立するものではないのです。われわれもレオナルドと同様に両刀遣いになろうと思うのです。偉そうに聞こえるかもしれません。しかしその点でもわれわれは蛮勇を持たなければなりません。」

「聞くところによると、ドイツの大学にもゲーテの仕事を研究する共同グループができているそうです」、とマンフレートは相手のことばをさえぎった。「ゲーテはレオナルドにとても近いですね！　それにタ－ラントではピュタゴラスの話を聞く機会がありました。ピュタゴラスは——ドイツのニコラウス・クサヌスと同じく——あらゆる対立するものを統一しようとしました。」

「ニコラウス・クサヌスのことはわれわれも議論したことがあります」、とフランチェスコ・Oがつけ加えた。「彼はわれわれの都市《まち》の守護聖人と同じ名です。旧市街のサン・ニコラ聖堂の聖ニコラウスの墓にはたくさんの人が巡礼にきます。リュキアのミュラのニコラウスの遺骸は、一千年頃バーリの有力な商人たちが不信心者たちの手から賞讃に値する策略を弄してかっさらったのでしたが、このミュラのニコラウスはわれわれにとっても、ニコラウス・クサヌスとはまた別の、より実践的な相反の一致《コインキデンティア・オポシトルム》の象徴です。ほかでもないここ成長を志向するバーリのわれわれにとっては。ミュラのニコラウスは、われわれの目には西方と東方を結びつける存在なのです。」

「この急成長の都市の学生として、また市民としては」、マーリオ・Vがまたしても割って入って、「ローマのずっと幸運な兄弟たちに比べてわれわれはもっともっと精神的統合に気骨を折らなければなりません。われわれはドラマティックな潤色がお好きな時評家とはちがい、むしろ空間的にも時間的にもさまざまの一致とその内的関連に注目を払わなければなりません。いたるところで突如爆発的に、新しい、いわゆる精神の、文化の、あるいは文明の時代とやらが宣言されたり、そうでなければ現代のさまざまの調停不能の対立命題がでっち上げられたりしています。われわれとしてはまさに鼻白む思いです。あなたは先ほどピュタゴラスの名を挙げられましたね。ピュタゴラスに関しては、この点でまさにドタバタ喜劇的に世界史的な誤謬を指摘することができます。お涙頂戴式のこの手の時評家たちのなかには、すべて精神的なものの統一性と関連をもはや見ることができないか、あるいは認めたくないかして、太陽中心説《ヘリオセントリズム》のいわゆるコペルニクス的発見で新しい時代を形成しようとするのを十八番《おはこ》にしている連中がいます。なぜなら彼らの考えでは、その後にきたものはすべて、このいわゆるコペルニクス的転回と関連しているからです。これはしかし間違った歴史理解で、コペルニクスは地球が太陽のまわりを回転しているという事実を発見した最初の人間ではありません。コペルニクスはただそれを彼独自の方法で新しく公式化しただけで、すでに古くからある教説のこの新解釈がそのうちに同時代のあの帰結に行き着いてしまったのです。ですから当時の時代現象という観点からはあまり誇大視してはなりません。太陽中心説の発見者はピュタゴラスであったか、そうでなければ彼の弟子たちの一人の、タラスのピュタゴラス学派の王アルキュタスの宮廷数学者ピロラオスでした。コペルニクス自身が、自分が発見者だとはいささかも考えていません。彼自身が教皇パウルス三世に捧げた文書でそのことを自ら報告しています。その文書のなかで、この教説の父としてはっきりピュタゴラス学派のピロラオスを名指しで挙げています。」

「ご自分の目でご覧になりましたよね」、フランチェスコ・Oがことばを補った、「われわれの南部イタリアではいろいろなものが建設中です。道路、家々、下水道の敷設、等々。たぶんまだまだ足りません！　しかしそうこうしているうちに注目すべき事態が発生してきました。何千という神像が二千年以上にも及ぶ眠りから白日の下に躍り出てきたのです。ですから重機器を使うとなると技師たちはえらく用心しなければなりません。産業化の結果発見されたのは、おそらく重大な意味のある経済構造よりはむしろこれらの神像でした。発掘にかかると労働者たちは、花瓶、テラコッタ、貨幣、装飾品、その他あらゆる種類の破片を、文字通りにショベル・カーで掻き上げたり、掘削機の歯でくわえ上げたりしています。とりわけターラント、フォッジャ、カノーザ、ブリンディジ、マンドゥーリア、メタポント、レッジョ・ディ・カラーブリアではそうなっています。そういうところには博物館を建てなければなりませんでした。それも南部イタリアの興味津々も最たるものである発掘品をどこへ持っていけばいいのか、それすらまだ分からないというありさまです。

地下室や倉庫に梱包したまま重ねたり寝かせたりしてあります。そういうのはまあ大方は月並みな二束三文のがらくたです。博物館長たちはこれらのくずを売っ払っていいかどうか、ローマ政府にしきりにお伺いを立てています。やるだけ無駄です。偶然に発掘されたときに何千もの断片が消えてしまうのは確かです。しかし大部分は——公式には——千年単位の墓から埃を被った倉庫へと移動しただけです。神々の保存所をこうして移動するのに、われわれは南方の近代的産業化という今日の技術のおかげを蒙っています。お粗末な木棚の上にずらりと並べた神像の列！　未開発地域の産業技術化によってオルペウス教の秘義は下克上式に裏返される、しかしそれだけではない、そんな恰好です。掘削機のうなり声の下で神々を捕まえると、すかさず今度は日陰に、ピカピカ新設の博物館倉庫の地下牢に片づけるというわけです。」

「そうペシミスティックになりなさんな」、マーリオ・Vが反論して、「ヨーロッパの忘れられた文化的原風土が掘り起こされるんだ。たしかにこの神々のゴミにどう手をつけたらいいのか、ちゃんと分かっているわけではない。発掘されたものの全部が全部センセーショナルではなくても、なかの二、三のものは考古学者たちがびっくり仰天を隠せないほど珍しい、質の高いものなのだ。古代ではその名も高かった諸都市が発見されたのだよ。」そしてマンフレートのほうを向くと、「マグナ・グラエキアをその新旧の精神的諸関連において述べようとされるおつもりなら、どうかシチリアをお忘れなく。とりわけジェーラをね! カルタニセッタ近傍のゲベル・ガビブ山上に、紀元前十二世紀から四世紀までの時代の岩石墓窟が何百基となくみつかりました。そうなると一つの都市を想定しないわけにはいきません。事実、ある都市の遺構にぶつかったのです。紀元前十五世紀にまでさかのぼる、シクリ人の植民市で、イタリア最古の都市の一つです。それは七世紀にギリシア化されました。その名前はまだ知られていません。そのほかの八十のギリシア都市については逆に名前しか分かっていません。それがあった場所すらはっきり分かってはおりません。それらの多くは、容易なことではたどり着けない山頂にあったらしいのです。調査は進行中です。計り知れないほどの考古学上の富が期待されています。その間にジェーラでは博物館が建てられて、この地域の発掘品がすべてそこに収蔵されました。カターニア、リーパリ、レンティーニ、パテルノ、ティンダーリにもこの種の古美術蒐集館が建ちました。ターラントの美術館でも、レッジョ・ディ・カラーブリアの、シラクーザやパレルモの美術館でも、このようにしてマグナ・グラエキアの印象深い遺物にお目に掛かれますが、そればかりではありません。古い象徴像の数々が突然、ふたたびわれわれの病めるヨーロッパについて離れなくなってしまったのです。おそらくそのためでしょう、それはふたたびわれわれにいにしえの精神的諸関連を示唆してくれます。」

「それは、よろこんで認めたいな」、とフランチェスコ・Oは言って、マンフレートのほうに向き直った。「ただし、今日のわれわれの経済的諸問題を看過ごすのでなければですね。実際、この新しい発掘は特別の注目に値します。今日のイタリア共和国は、もはやその精神的根を古代ローマのみに求めてはおりません。ギリシア的南部イタリアもシチリアも、歴史的生成やヨーロッパ同時代の思考のためのライトモティーフを提供しています。南部イタリア古代植民市のギリシア精神は、精神的にも多くの点でギリシア本土とはちがっています。最近行きつけの本屋で、マグナ・グラエキアに精通しているあなたの同国人エルンスト・ラングロッツのあるエッセイに遭遇しました。ラングロッツの言うところによれば、当時の南部イタリアには大ギリシア文化がナポリやバーリをはるかに越える範囲でひろがっていたそうです。最盛期は紀元前六、五世紀でした。ラングロッツによるなら、南部イタリアでは同時代のギリシア本土におけるより人間的感情の緊張の幅がはるかに大きかったのでした。政治的・精神的危険にさらされて、マグナ・グラエキアはしばしば思想的には無節度かつ無謀だったということです。ラングロッツはおよそ次のように言っています。いくつかのモティーフが幻想的なのがはっきり認められる。彫刻では造形的表現力がまもなく盛りを過ぎようとしていた。絵画的な質が、無構造なものが、すなわち具体的に把握できるものを避けるコンセプトや造形が、優勢を占めはじめた。へたくそな自然描写が意識的に目指された。いちじるしいコントラスト効果がいろいろと生じてきた——ときには悲劇的ペシミズムから、またときには不安な世界没落の気分からも。いくつものポートレートから語りかけているのは、かならずしもアポロン的明澄だけではない、ディオニュソス的な快楽と苦悩の力も語りかけてくる。盛期バロックは大ギリシアにそのもっとも早い実現を見た。アジア的修辞、すなわち過剰に誇張した修辞は大ギリシアにその最初の代表者を見出した。技巧を凝らした誇張は重要な徴候である。南部イタリアとシチリアには今日もなお四十を越える神殿の威風堂々たる廃墟がある。アグリジェントの大神殿の大きさはパンテオンのほとんど倍はある。詩にも、散文にも、演劇にも、これまたラングロッツによるなら、似たような徴候が見られると言います。加えて、思弁的音楽、オルペウス崇拝の偏愛、母権制的宗教性の欲求、魔術的図像という魔法嗜好が発展したと言うのです。」

「フランチェスコというお名前だそうですね！」マンフレートは言って彼に乾杯した。「あなたは不思議な神秘的傾向を持った実際家でいらっしゃる。あなたもどうやら、南部イタリアのマグナ・グラエキアを今日のヨーロッパのイデオロギー的お手本に仕立てあげようというおつもりのようですな。」

「めっそうもない！」大学生はほとんど憤然として答えた。「あなたがた外国人はさぞや、われわれの国にくり返し隠されたものや裏事情を探ろうとされることでしょう！　その点でわれわれはあなたがたに感謝しています。しかしまさにこの土地だからこそ先入見なしに、きわめて具体的な精神史的事実に目を背けるべきではないでしょう！　ギリシア的南部イタリアとシチリアはアジアとヨーロッパの間の独特の精神的融合＝媒介地域と化しました。それは二千五百年以上の昔からまさにここバーリで体験されたのです！　母国の古典主義はここでいたく緊張をはらんだシステムへと拡張されました。東方の思考、生活様式、芸術は、南部イタリアを経てヨーロッパに押し寄せたのです。ポンペイの家屋建築や同地の絵画はこの西ギリシアの影響の下にあります。ラングロッツの言うところでは、デメテルの神秘的祭祀はキリスト教を用意した宗教的原体験です。古代ローマのキリスト教化は南部イタリアから出発しました。この精神史的状況は、イタリア・ファシズムの支配した期間には暴力的・政治的ローマ崇拝のおかげで抑圧されていましたが、今日のイタリア人は、ピランデッロからトマージ・ディ・ランペドゥーサにいたるまでの、南部イタリアの風土色のいちじるしい同時代の業績からしても知っています。ヨーロッパ精神の弁証法的な、またオルペウス教めいて神秘的な富へのアジア的文化財の本質的にして創造的な関与が、こうした最新の発掘の機会に多くの人にふたたび知られたのです。」

それまで大部分の学生は二人の先輩のことばに辛抱強く耳を傾けていた。ここで反論がくり出された。ただしかならず個々の問題についての反論だった。その際、アクチュアルな政治的問題についてもきわめて批判的に語られた。これらの学生の知識と思慮深さは驚くべきものだった。彼らの懐疑とオプティミズムまた然り。マンフレートは何度もC伯爵のことを思い出さないわけにはいかなかった。C伯爵はどうやら、マンフレートが思ったほどアウトサイダーではなかったのである。しかし、とマンフレートはさらに自問した、なぜ新聞紙上ではこの手の若者たちについて、この新世代についてほとんど語られることがないのだろう？　やけに騒々しいだけの、いわゆるちんぴら、ふうてん《ヴィッテローニ》、怒れる若者、そんな手合いの発言が、若者論議になると大勢を占める。まるでそうしたタイプだけが今日のヨーロッパの若者全体の典型ででもあるかのように。けれどもこれはおそらく、私たちの時代のもっとも破廉恥な欺瞞の一つにちがいない、とマンフレートは考えた。おいしい見出しをでっち上げるために、味噌も糞もごたまぜにしているのだ！　いやに目端《めはし》がきくのが二、三人と阿呆がどっさり、それが青春代表としてまかり通っている。しかし若者の大多数はそれとは全然ちがう道を行って、明日は自分のために、とりわけしかし他人のためにも、完全にまっとうな責任感のあるセンスで活動できるように、今日きわめて真剣に我が身に即した仕事をしているのである。こうした若者たちにはたぶん大ギリシア的南部イタリアだけではなくヨーロッパ全体でも出会えるのだ。

マンフレートがあれこれと自分の考えにふけっている間に、学生たちの語り合いはイタリア人独特の生きいきとした色合いを帯びて続いていた。そうしていると無言の聞き手である彼には、さらにあることが分かってきた。バーリの大学には、いわば南方にいまのいま最優先する問題を介護する看護婦として法学部と経済学部と二つの学部しかないとしても、にもかかわらず欠けているものを自分で全力を尽くして補って現実の総合大学《ウニウェルシタス》に仕立ててしまおうとするように、この都市の多くの学生は多面性を見せたのである。

夕日の最後の女狐色の光線が、ゆったりとやさしく動くアドリア海の大波のなかで暮れていった。黄土色の家々の影がインディゴ・ブルーやすみれ色に反射する波に入り混じった。燕たちが、いましも息絶えようとする日のなかをその最後の光の行き着く先に届こうとするように、矢のように飛んだ。バーリのヘレニズム的にはなやかな海岸道路《ルンゴマーレ》ナザーリオ・サウロに枝付き柱頭式街灯の灯火《あかり》がサフラン色に点《とも》った。影が重くなった。と、燈台から銀色の光線が走り、サーチライトがその光球を空に投げ上げ、魔術的な手がほんのわずかの間きらめく真珠の鎖を、イタリア最大の劇場の一つ、ペトルチェッリ劇場のまわりに掛けた。いまやほとんど真昼のような光に照らされた街路の上に、ショーウィンドーが隠された光源からの光に豪奢に輝き渡った。

アプーリアの女王は光の街《ヴィル・リュミエール》と覇を競う。しかしそれはあくまでも新式だ。彼女がなし遂げた、技術による媚態《コケットリー》の賜物だ。それはもはやバロックの、あるいは擬古典主義の光の遊戯ではない。むしろ幻想的な機械展示場の配電盤から発する極精密に似ている何ものか。この手の配電装置をたった一押しするだけで、いきなり全都市を輝かせるさまをお考え頂けようか。そこには陰影《ニュアンス》はない。薄明かりの黄昏めく片隅がない。バーリが全世界からの、とりわけ東方諸国からの激増する観光客に贈るのは、技術による光のファンファーレ、大西洋のかなたの最新の世界貿易首都と競い合う、自意識ある古き世界貿易首都の中央制御された光のパレードである。

この繁華街の大通りから、マンフレートはフランチェスコ・Oに案内されて旧市街に入った。ほとんどメスでスパッと切断したように、それは二十世紀の目にまぶしい書割から切り離されている。それはいまも海の真っ只中で保護を求めている半島である。新市街の真四角の家並みに対して、それは海底の岩にからみついてほどくにほどけなくなった植物相《フローラ》のような感じがした。植物の象徴群が機械の寓意画《エンブレム》と隣り合っている。路地の奥にも縁にも触手がぶるぶるふるえ、からみつき、うねっている。飛梁《ひりょう》のなかの、暗い裏庭のなかの人間の珊瑚礁！　古バーリは新バーリと並びながら有史以前の洞窟のような、地下の謎の都市のような感じがする。この種のコントラストはきわめて刺激の強い意味でヨーロッパ的である。それは、技術的未来の幻影《ファンタスム》を前技術的な人間生活のこうしたイメージで測定せよと挑発している。私たちは自らの過去を、概して間違った諸関連においてではあるが、あまりにも整理分類しすぎている。未来にはまだいかなる法則も与えていない。今日の人類はたしかに未来のことは多々考えているとはいえ、それは不安の独裁下であまりにも一次元的に考えているのだ。

カステル・デル・モンテ

私たちは芸術の純粋な均整を愛し、思考の辛い仮借のなさを愛する。
——ペリクレス

シュタウフェン家の保養別荘《ドムス・ソラトリウム》——カステル・デル・モンテ——にきて、マンフレートは大ギリシア精神がその後も生き続けているのを思い知った。それは、ドイツ精神がともすれば誇張されがちなその特殊性を昇華して超国家的言語と形式を見出した、史上まことにまれに見る瞬間の所産である。ホーエンシュタウフェンのフリードリヒ二世お気に入りのこの城は、ピュタゴラスとゲーテがそこで過去と未来を鏡に映しつつたがいに出会う結晶体を思わせる。北方と南方の完璧な統一がここで成就された。ドイツ人はそうしてこそ、彼らの本質の対極をも自由で自然な人間性へと一体化させる力を発揮するのである。

しかもこの中世のもっとも完璧な建造物の建築家が何者であるかは分かっていないの

だ！　イタリア人が今日「もっとも天才的な仕事《オペラ・ジェニアリッシマ》」と称するものを設計したのは、哲学者と詩人と芸術家の友であった皇帝その人ではなかったのか？　彼の本性の緊張の数々からして、彼の完全性への衝動からして、そう想定することもできよう。しかしまた当時は今日よりなおずっと強く残響が生き残っていた、マグナ・グラエキアの精神力のせいにしてもいいかもしれない。

マンフレートはまたしても屋根の上からながめて、まずは完璧な調和と挑発的な奇異の印象を醸していることの建物が、その黄金《こがね》なす小麦色で遠方をまで支配し、いわば幾何学的磁気作用によっていくつもの遠い空間を我が身に惹きつけているさまを得心した。プーリアとルカーニアの全景観、それに海！　精神、幻想、感情、不可思議な魔力が――まれに見る一体性をなして――一人の君主のこの真に持続的な、空間を克服する成功の謎を説明してくれよう。彼は新たなアウグストゥスの帝国という政治的夢想を抱えて幻滅に次ぐ幻滅を体験し、歴代の教皇たちからは異端者、反キリストとして教会を破門された。そしてその地上の王国の管理においてはたしかにすくなからぬ偉大な事業をなし遂げたが、プラトンもダンテもくり返しあこがれた理想国家のあの完璧と持続はついに達せられることがなかった。

屋根の八角形のテラス――ピュタゴラスが理想とした平面――の上で、この独特の共振作用を起こしている遠方の眺望に対面すると、ヨーロッパ最初の「近代的」君主がここで、犯罪者にも狂人にもなりたくなければ、自分と神との間に引かなければならなかった一線に到達したように思えてこよう。しかしこのようなへりくだりの行為にあっては、そこで同時に権力の並外れて稀有の昇華が生じたものにちがいない。ということはつまり政治的に完全なもの、しかしこの地上では成就不可能のものを、芸術という中間領域において、すくなくとも石による構成物において――未来の世代のためのお手本にしてかつ警告としてあらかじめ造形しておくという能力に昇華したということである。したがって人類のすべての世代が歴史を意識して以来、血の流れをもって、もはや耐え難い苦悩をもってその代価を支払ってきた、偽りの、悪魔的な「秩序」志向の代表者となって創造的なすべてのものの前に立ちふさがりたくなければ、シニシズムではなく完璧さへの努力が、おそらく中位の政治家や小政治家の原動力になるのでなくてはなるまい。政治家たちの擬似神秘的秩序は、これまで概して無意味な戦争が政治家たちすべてに対する確実に論破し難い攻撃材料と受け取られるとき、カステル・デル・モンテのようなこうした象徴像から、つまり幸福、和合、精神的秩序のこのように完璧な象徴像から出発するとき、ものの役には立たなかった。あらゆる国々、民族、人種の政治家たちのいわゆる「リアリズム」は――このような人間的に偉大なもののイメージの前にあっては――病的なヴァイタリティーの、精神病理学的感傷主義の固定観念《イデー・フィクス》にすぎないと思われる。あるいは擬似合理主義的強迫観念と思われるしかない。権力の思い上がりによって、権力の諸範疇による盤上遊戯によって生み出されるのは、大量虐殺という歴史の隘路だけだ。そして人びとはそれを、性的精神病者の生活記述では「犯罪的」とか「精神異常的」とか称しているのに、「君主」たちの伝記では「自明」と見なし、あまつさえ「誉れも高い」と賞讃さえするのである。

おそらく二、三の最古の、たえず教会の異端すれすれのところに位置している修道院を除くなら、世界の他のどんな場所も、権力をたえず疑問に付していない権力行使はいかなるものにもあれ人類絶滅に、名誉なき自己破壊に、自分たちの技術装置による自己破壊に行き着くほかはないことを、新しい、批判的感性を信じることを認めつつ、今日のヨーロッパ人の一人ひとりに明らかにすることはできないであろう。そそのかされて道を誤る未来の英雄たちは、個人的な勇気によって破滅するのでもなければ、精神や魔力によって破滅するのでもないであろう。オートメーション化してゆく彼ら自身の剣によって破滅させられるだろう。黙示録《アポカリュプス》はこの悲惨なドラマを予見して、避け難いとしている。

世界のもっとも精神的な君主たちの一人、フリードリヒ二世はカステル・デル・モンテの石のなかに反黙示録のようなものを書き込んでおいた。そのために彼は——ピュタゴラスやウェルギリウスやレオナルドやゲーテと同様——「魔術師」といういかがわしい風評を立てられた、と考えていいかもしれない。しかし南部イタリアのしがない民衆は今日でもなお、フリードリヒ二世が慈愛ある魔法使いでほんとうは死んではいないと信じているのである。彼は、いまでもエトナ山山腹の洞窟で命をつないでおり、世界の終わりが到来するとき帰ってくるであろう、と(後になってこの伝説はキフホイザー伝説としてフリードリヒ一世バルバロッサに転移された)。世界の終わり? 地球の終末! この終末はひたすら馬鹿げた拍子抜けという結果を呼ぶだけで、したがって悲劇とはならぬであろう。なぜなら権力の担い手は権力の要求と権力の現実との間の調停を目指すことができなくなるからであり、悪魔的にラディカルな意味で人間精神の調停をする力が忘れ去られたからだ！　人間精神のうちにはたらいているあの唯一絶対的なもの——神の——の真の権力が秘密を打ち明けることすらないであろう。それを知らない者、知ろうとしない者は、何ものをも打ち明けることができない。

ヨーロッパ人ならだれしも、今日、カステル・デル・モンテの視点からそんな観察をするよう促されるにちがいない。それはいみじくも、因習的な学校教育によってはこのような精神の冒険に備えて前支度をしたこともなく、顔のない驚愕に傾きがちな時代にいよいよ不快感を募らせながらここまでやってきた、マンフレートのようなドイツ人旅行者についてこそ言えた。マンフレートにはカステル・デル・モンテの神秘の理解はずっと容易になっていた。幸運にも、前もってマグナ・グラエキアの顔に、とりわけこの独特の風貌を造形し解釈した人物に、おそらくはまたとないギリシアの賢者に出会っていたからだった。神の子キリストと比べられはしないが、しかし確実にキリストの考えを準備した人、ロゴスにおけるその神秘に満ちた前＝対応の一つと見なすことはできる、そういう存在に出会っていたからだった。

観察？　思弁？　このテラスにすわって太陽を浴び、ほどほどに制御された魔力にぬくぬくと安住して、単純なもの、官能的なもの、気楽なものを別に気にもしないでいることをマンフレートはほとんど恥じた。さよう、謎の城郭の対称と非対称のこの謎めいた共振は精神の冒険に赴くことを強いたのである。マンフレートは自分がいかにドイツ人であるかをいやというほど思い知った。物思いに沈んであれこれと考え悩む、贅沢＝優雅な官能性の数々はすっとばす、単純な人間的事件を見て見ない、何度も性急に混ぜ合わせ調合して知的百層倍をこね上げる、そんな国民的欠陥の遺伝子をずっしりと背負わされたドイツ人なのだ。だがまもなく気がついた。この土地の精霊《ゲニウス・ロキ》を避けるのは至難の業だ、自分が物思い好きなのを自認しなくてはならない。彼の民族に所属する人びとは聖化された国家の名において犯罪を犯した。他の民族に所属する人びともそれはやった。しかし絶対権力による他のいかなる破局的時代の際限のない虐殺よりも、あの犯罪ははるかに質《たち》が悪かった。あれは、冷たい、思想敵対的な、醒めている方法のもたらした結果だった。論理的狂気の所産であり、それは芸術や文学ではくり返し可能であって正統認知さえされかねないが、しかし政治権力の空間では絶対に正統認知されることはあり得ない。なぜなら政治権力は生きている人間を相手にして面倒を見、管理しており、ひたすら配慮、いたわり、育つがままにさせること、庇護にこれ努めなければならないからだ。一篇の詩のなかの思想的・文体的欠陥はだれも殺しはしない。殺すのはせいぜい著者の名声くらいのものである。「管理」にあってはそれは、殺人を遂行することがあり得る。自己防衛のできる成人男子のみならず女子供や老人をさえ殺戮することがあり得る。自然の真実、すなわち精神と権力の一致が要請され、教えられ、説教されたことはめったになかった。この精神と権力の一致に希望を託して確信を守り通そう、とマンフレートは思った――原子の火が空から落ちてこないかぎりは。たとえ道徳神学者たちが何と言おうと、傲慢以外には絶望こそが最悪の大罪なのだ。

建物内部の空間がその装飾で物語っていた。フリードリヒが昔日のマグナ・グラエキアの領域に建てさせたのは、軍事防御用の城の一つである城塞ではなくて、むしろ城館だったのである。屋根のテラスではすべてのものがどうしても諸時代に目を向けさせ、建物内部ではすべてのものが、生と、賢明にいくつかの段階を踏んだ嘲笑と、美の享受と、フリードリヒがもののみごとにたわむれていた時代相に目を向けさせる。そのフリードリヒのたわむれとは、珍奇な花々、難解な詩、陰影豊かな絨緞、彫込模様のある銀の大皿、ギリシア彫刻や花瓶、狩猟と盤上遊戯の諸問題、複雑な哲学的推論と頭脳明晰な神学的異端、数多くの象徴に満ちた神秘主義とヘブライの魔術、オリエントの占星術とギリシアの秘教、複雑に入り組んだ音楽と技巧的な祈禱などだ。ここで当時の人びとに〈世界の驚異にして《ストゥポル・ムンディ・エト・》奇蹟の変革者《イムタトル・ミラビリス》〉とかと呼ばれたフリードリヒは、レッチェの君主であったタンクレドゥスと同様、またしてもマグナ・グラエキアの生の文化の恩恵に与り、しかし同時にオリエントの生の技法の恩恵にも浴したのだった。

マンフレートは納得した。そう、この空想力豊かなカエサル＝皇帝は、彼の息子マンフレートの母親の愛するビアンカ・ランチャとともに、ここで別して幸福な数週間を、いやおそらく何ヶ月かを過ごしたのだ。いくつもの民族、人種、文化の対立の数々をも克服しようとした、一人の君主のこの環境では、日々の生活にあってもとりわけ——何であれ具象的なものに没入することで——意識の拡張が目指された。

この超現実的な皇帝についていけたのは、二、三のごく少数の友でしかなかった。彼自身がつとに、そのあまりにも晩《おそ》きすぎた新ローマ帝国の地盤崩壊を感じていた。だが辛酸の末に獲《か》ちとった権力の恐ろしい壊滅を体験しなければならなかったのは、息子のマンフレートであり、とりわけそのまた子供たちであった。一二五四年、フリードリヒの後継者コンラート王の死後、マンフレートはそのまた後継者コンラディィ王のイタリアにおける摂政になった。一二五八年、彼はパレルモで戴冠式を挙げナポリおよびシチリア王となり、ギリシアのエペイロスのミカエルの娘ヘレネと結婚した。シュタウフェン家の王位継承権を容認するつもりのなかった教皇ウルバヌス四世は、シャルル・ダンジューと組んでこれに対抗した。マンフレートは敗北を喫し、一二六〇年、ベネヴェントの戦役で戦死した。こうして元の木阿弥と化してゆく一つの権力のデモーニッシュですらあるその後の活動の一場がここに幕を開ける。マンフレートの末亡人はトラーニに囚われ、そこで彼女はまもなく病んで死んだ。マンフレートの息子たちのハインリヒとフリードリヒとエンツィオは、シャルル・ダンジューによってカステル・デル・モンテに幽閉された。祖父の詩女神《ムーサイ》の城は一変して牢獄と化した。マンフレートの息子たちは、二十三年間もそこで罪もなく鉄鎖につながれて餓えと渇きに苛まれた。「そなたらは生きるがよかろう、ただし牢獄で死ぬためにこの世に生まれた、とでもいうように生きるがよかろう」、アンジュー家の面々はそう命じた。一二九九年、二人ともいまだに囚人として永らえていたハインリヒとフリー

女神頭部。グランミケーレのデメテル神殿遺跡出土，テラコッタ，前5世紀，シラクーザ考古学博物館

ドリヒはナポリのカステル・デッローヴォに連行された。その途上、フリードリヒは逃亡した。故郷も、足を留める場所もなく、彼はヨーロッパ中をさまよった。彼の足跡はアフリカで消える。ハインリヒは眼を患い、精神を病み、獣ですらそれから解放してやりたくなるような果てしのない苦患のうちに、ナポリのあの城塞で生を終えた。これでも、思い悩むまでのこともないというのか？

マンフレートはざっと以上のような話を、フリードリヒの息子たちの、またその息子たちの年代記で読んだ。カステル・デル・モンテのその後の歴史も、もはやいい話を聞かせてはくれない。しばらくはそのまま牢獄だった。それから「快楽の館」(別荘)になった。十七世紀には略奪された。犯罪者や政治亡命者に隠れ家として用いられ、農業労働者や羊飼いには寝場所として、ペスト患者たちにはアジールとして利用された。最後にこの城はイタリアの保護文化財の多くのモニュメントのうちの一つになり……とりわけドイツ人観光客たちがくり返し見物に訪れる。

マンフレートはドイツ人観光客たちを観察した。彼らは部屋部屋を通り、階段を昇った。ポルティコの前、小部屋の大理石の象嵌細工の前にまぶしそうにたたずんだ。せまい窓から外をながめ、装飾模様の意味をあれこれ考えあぐねた。彼らは足を動かさず、屋根テラスではうろたえ気味に歩き回り……しかし無言であった。対するにイタリア人たちは大声であれこれの家具調度が足りないと文句を言い、フランス人たちは熱心に旅行案内書の頁をめくり、イギリス人たちはひそひそわけの分からないことばをつぶやいた。

ドイツ人たちのこの場での沈黙は、ふつうならこの種のモニュメントの前ではやけに声を大にして教養のあるところをひけらかすのがつねであるだけに、マンフレートには感動的だった。そして外国で見るとかならずしも好感が持てない同国人に、自分の心が開くような感じがした。なぜ彼らは沈黙しているのか？　なぜ彼らは、知識人も教養のない連中も、突然こんなふうに感じのいい人間に変身してしまったのか？　彼らの眼を見ると分かった。それは重く沈んでいた。彼らのなかには期待外れを味わった者もいた。高らかに歌い上げるようなもの、壮大なもの、彼らの「国民的」過去のラッパを期待していたというのに。もっと具体的に手に摑めるもの、はっきりした、容易に読み取れる徴《しるし》、説明書、この過去の偉大さを証す証明書がほしい人もいたかもしれない。しかしだれもが明らかに感じていた。自分たちがここで立ち会っているのは、ドイツの可能性のまれに見る極相なのだと。彼らと話し合うまでのこともなかった！　彼らは、決定的な生の状況になるとどんな人間にも起こることながら、突然自分たちの日常が頼りなく思われ、自分たちの故郷の自己確認のもろさが意識されたのだった。

ありとあらゆる国々からの見物客たちが近くの宿に引き揚げ、まもなくそこらからワインの一杯気分の歌声が聞こえてきても、ドイツ人たちはその場を動こうとしなかった。戸惑いがいまや不満の感情と同じくありありと浮かんできた。象徴の効きめが――催眠術師の眼の効き目のように――現れはじめた。するとマンフレートにとってはじつに奇妙と思われる事態が起こった。ドイツ人のグループが解散した。ゆっくりと解散して一人ひとりになる――雪の結晶の溶けるように――そのさまがマンフレートには息を呑むような無言劇と感じられた。だれもが独りきりになりたかった。だれもが、大胆きわまるドイツの夢想の一つとそれに踵を接する恐ろしい挫折の現場で、己れの分際に甘んじよと宣告する判決を自分で自分に納得させたかった。

そのために一人ひとりを捕えた不安がいよいよはっきり目に見えてきた。だれもが動揺し、それからまたためらい、それからまたあらためて――その魔術的建造物のほうに近づいていった。遭遇はどうしても避けられなかったのだ。結果はなんとも間の悪い困惑だった。ほとんど、自分たちの最悪の罪がまだはっきり分かってもいないのにそれを懺悔しようと、罪人たちが告解室の前に長蛇の列を作っているようなものだった。それから全員がふたたび、この魔術的な石の呪縛圏から引き揚げていった。一人ひとりの個人として。彼らは——思い思いに——城の前の丘の傾斜地に立ち戻った。城塞に目を遣りながら、芝草の上にすわったり寝そべったりした。長い間呪縛されたようにそのままにしていた。かえりみてかつての和合を懐かしむ、飛び散ったモザイクの石の断片のように。プーリアのランチをすまして戻ってきた非ドイツ人の外国人客は、このばらばらになって押し黙っている、物思いに沈んだ「チュートン人たち」を見てグロテスクに思ったに相違ない。外国人たちは見回した。笑った。ワインのほろ酔い気分でまたふらふら歩いていってしまった。所詮は大昔の建築家の作品にすぎない建造物を前にして、彼らにどうしてこの冷たい悲哀が理解し得たであろうか？

トラーニの薔薇

相称形のものは非相称形のものによってはじめてその美を保持するのにちがいない。
——プロティノス

だがプーリアは歴史の悪夢からも解放してくれる。大地は透明になり、そのイメージが芸術にまだ把握しがたい現実と一致するようにと——人間的ないたらなさのはるか上方にあって——誘《いざな》うさまを、マンフレートはくり返し体験した。レオナルド・ダ・ヴィンチに関するある論文のなかでポール・ヴァレリーは書いている。最終的明察が人間に叶えられるのは、しこたま間違いを犯し、迷いに迷った後、さんざん偶像崇拝におすがりした後のことだ。レオナルド的な意味での「普遍」人は、〈単純に〉ものを見だしたところから展開しはじめるのだ、と。

マンフレートは、カステル・デル・モンテにほど近い港町トラーニを、日の出時のボートの上でこの最終的明察の象徴のように体験した。彼は自分自身にも他人にも何かと申し訳をひねり出して帰りを延期し、夜間の船出をして漁師たちと鮪の群れのなかにいた。ボートは、血まみれの、月光色の獲物を舷際いっぱいまで積み込んでトラーニの港に帰ってきた。トラーニの港、それは女王ではない。だがまぎれもなくアプーリアの魔法をかけられた詩女神《ムーサイ》たちの一人、奥深い変身を閲《けみ》して花咲く色の石と化した詩女神《ムーサ》だ。

はじめにマンフレートには琥珀の地《じ》の上に大聖堂の塔が見えた。と、屋根はやわらかく淡い赤のなかで身を寄せ合ってすみれ色の厚い雲の層になった。粒々の小さな塊になって浮かんでいるものの縁から港のいかつい防波堤の上にまもなく金が流れ出した。それがゆっくりと海中に身を伸ばした。砂に頭を埋めては新たな海の獲物を捕る力を汲み取る、太古の眠れる両生類。しだいに屋根、窓、塔が現れ、最後は門や扉だ。ボートが着岸した。漁師たちは船賃はいらないと言った。マンフレートは数十四の鮪を水揚げしていたのである。くたくたに疲れ切ったアドリア海の鮪獲り漁師たちは、だからあべこべにあつあつのカプチーノまで振舞ってくれた。

それからまもなくマンフレートは、またしても独りきりで「ヴィラ」に、市の公園にいた。夾竹桃の花が咲き、ゼラニウム、自分の茂みでむせ返っているカーネーション、鳩がばらばらとたむろする棕櫚の木陰では薔薇の木に花が咲いていた。それから霧に濡れた静寂《しじま》のなかで暗くこもった顫音《トリル》を響かせながら最後の夜鶯の歌が絶えた。とみるや突然、みごとな技倆《わざ》ではじまるオーケストラのように、その木の枝から喉も裂けよとばかりの多声のディスカントが、大地の香りを慎重な荒々しさで称《たた》えながらきらめくように弾けた。それから二拍子おいてサン・ニコラ大聖堂の鐘が、まだ眠っている市民たちにあんまりむくつけに神のことを思い起こさせないように、高音を消してバリトンで鳴り響いた。鐘はアマーティのヴァイオリンのように共鳴し、教会は朝を迎えて手足をうんと伸ばした。それから第二の鐘が鳴った。目を覚ました一組の鐘のリズムは、光のせせらぎをどんどん急がせようと拍車をくれるように、いよいよ速くなっていった。それが功を奏した。鎧戸が次々に開けられた。人びとの最初のまだ眠たそうな声が、ざわざわと海のほうへ注ぎ込まれた。朝の最初のボートが一艘、まだなかば夢の上掛けのかかった港を出ていった。

今日では一切が多くの人に地獄《インフェルノ》のように思われている。煉獄や天国が――人間のなかにも――あるということを、あまりにも多くの人びとが忘れてしまった。マンフレートはこの何分かのうちにあらためて——肉体の愛のように——、人生は、地獄・煉獄・天国という基本的な目盛りにおいてそれを体験する可能性が個々の人間に与えられてこそ意味があるのだと思い知った。ブリオーゾーアダージョーアレグロ！　作曲家だって、なぜかこんな法則通りという感じの楽節になってしまうではないか！

足音が聞こえた。赤い顔、真っ白な髪、ぼろぼろの制服の男が一人、こちらにやってきた。彼はマンフレートにも、花壇の花の蜜を吸いにきた朝一番の蝶にも、目もくれなかった。薔薇の枝の曲がり具合をきちんと案配し、雑草を摘み取り、萎れたゼラニウムの花をむしり取った。枝先の垂れた枝は、もうすぐ萎れてしまうのだからその前に救ってやろうとでもいうように、やさしく剪定してやった。しまいに男は大きな花束を腕に抱えた。マンフレートは彼に煙草を差し出した。イタリアの六月がまるごと匂い立つ、そんな贈り物を一体どなたに？　男はよそ者を一瞬いぶかしげに見つめ、彼の煙草を抜くと縁なし帽に手をやってから丁重に言った。「船乗りの守護、マドンナさまのためでさあ。朝のミサのためでさあ。」申し訳ないが、と男は言った。ちょうどその時間でして、マドンナは遅刻をお許しくださらねえ。

マンフレートは男の後姿を見送った。庭師は、彼の身幅ほどある花束を、行列で信者たちが聖人像を頭の上におし戴くように、肩の上高く掲げて運んでいった。

またしてもマンフレートには、かつては人間が万物との精神的結びつきをそれを通じて告知していた、あのヨーロッパの消え去った顔が、すべての事物の何かと何かの絆めいた性格に現在も残っているという気がした——ただしかなり多くの人の意識からはおそらく逃げてしまったのにちがいない。幻影は最初の日のようなはたらきをした。小さな、目に見えないもののためにも魂が感動に開かれていれば、小さな、目に見えないものは姿を現して絶望を祓ってくれる。見えない手があって、光のなかに書き込まれた比喩のようにそれを差し出してくれるのだ。

バーリからサレルノへ

神は完璧に眼であり、完璧に精神であり、完璧に耳である。
——セクストス・エンペイリコス

　マンフレートは相変わらず帰途につく決心がつかなかった。彼は自分の義務の数々に臆していた。あれらの義務にどんな意味があるというのか、またどんな結果へと導いていかれることか？　彼が見たこともしたこともない権力亡者どもは、彼にも、友人や知らない人間すべてにも、未知の何百万人という人にまたしても毒杯を仰がせようとたくらんでいた。それをほんとうに飲みたいのかどうか、だれも彼に問い糺《ただ》しはしないだろう。スウェーデン飲料〔三十年戦争時に行われた拷問を指す隠語。口に汚物を流し込んだという〕みたいに気軽に彼の喉に注ぎ込むだろう。だが義務といえば同時に責任ということだ。帰らなくてはならない。歯車装置のスイッチに戻りました、と申告しなければならない。それともこんな見知らぬ人たちの間で蒸発してしまえたらどうだろうか？　マンフレートの父親〔フリードリヒ二世〕が建てさせた、あまたある城塞の一つで隠者になっては？　すべてのものをシャットアウトしては？　物乞いのパンと肉を食べて生きては？　いっそ生きるのをやめてしまえば？　ひたすら影うすく生きること。いいではないか。見捨てられた塔の部屋にただ一人！　仕事をする、読む、書く……夜は漁師たちと……昼日中は歌手や学者を相手に……娘を一人みつけよう！　黒い髪に苺色のほっぺたの子だ。そしてこの忘れられたヨーロッパ南方の無名性のなかに埋没沈潜する。

これこそは第二の安楽死めいた誘惑だった。ガリポリへ！　いまや意志であり活動ですらある、死への憧憬。

オデュッセウスのようにマンフレートは耳に栓をした。セイレンのいよいよ激しくなり勝る歌がひたすらな真理を告げているのだとしても、その歌声にだけはもう耳を傾けるなと！

マンフレートは荷物をもうチッキで送ってしまっていた。懐具合はめっきりお寒くなっていた。帰りたかったし、帰らなければならなかった。しかし回り道をして行こう。帰り道はもう一度バーリからナポリまで戻るのだ、と思った。それくらいの金はまだあった。それでもまだ一日、モルフェッタに寄った。そこのプーリア一の美しいドゥオーモに二時間いた。外に出るともう日が暮れていた。くたくたに疲れきっていたので、聖堂の閾際の乞食の隣りに横になって眠り込んでしまった。目が覚めると朝だった。だれかが身体に新聞紙を掛けてくれていたが、上着のポケットからは最後のあり金が盗まれていた。

お先真っ暗！　野菜を満載した車に便乗してマンフレートはバーリまで戻った。友人になったあの学生が金を都合してくれた。そのうえ学生の母親が豪華版の弁当包み一式を持っていきなさいといってきかなかった。これだけあればシベリアまで旅をして行けるだろう。

そんな重装備を整えてマンフレートは駅に向かったが、改札口の前まできて尻込みした。その気持ちはいきなりやってきた。取り消しがきかなかった。まだ出発はできない！　郵便局で留守宅に、学生に借りた金を振り込んでくれと依頼する電報を打った。帰宅は二、三日後になります。午後は図書館で過ごした。そこで大ギリシア関係の文書類を読めるだけ読んだ。沿岸道路の海沿いのベンチで、彼はたまたま道を尋ねたエージェントと朝飯の弁当包みを分け合った。男は週に二度、バーリからポテンツァとエボリ経由でサレルノまで車で行くのだという。車のなかは商品見本のおかげでちょっと手狭だけれども、よかったらご一緒にどうです。アドリア海から出てティレニア海まででですぞ！

マンフレートがこれまでに遭遇した突発事件で不愉快なものといえば一度だけ、財布の盗難事件だけだった。たいした額ではない。旅のはじめにターラントで出会った親切なもてなし《シャリテ》にずっと恵まれてきた。どうやらそのもてなしが幸運の新たなサインを彼に送ってきたのだ。どうやらいよいよ深い啓示を打ち明けてくれそうなこの土地にできるだけ長く居坐ることのほかに、これと決まったプランはなかったので、マンフレートはご好意をありがたく頂戴した。本物の秘義に遭遇するのはやっとこれからだ、と思っていいのではないか？　秘義との遭遇はこれまでの旅路でずっと用意されてきた。だが最後の聖別式に彼はもう与っているのではないか？　バーリ駅の改札口の前でどうして尻込みしたのだろう？　どうして帰り旅の決心がまだつけられなかったのだろう？　いろいろな理由が混じり合ってはいたことだろう。しかしいま分かったのは、最後の本質的な部分はこれからやっと姿を現すはずだということだった。

アブルッツォ横断の旅は快適というにはほど遠かったが、突然の驟雨ですっかり暗くなった山岳地帯を横切る間、疲れを知らないドライヴァーは、ハンドルを握ったままカラーブリアのマフィアのスキャンダルと腐敗の物語を話してくれた。それから政府に対する悪態が爆発した。やつらは南のことを何とも思っていない。そうして次々に雷とばかり落ちる、この地方の後進性に対する悲嘆。それにしても対向車さえこなければ。おっとどっこいひやりとするような手だれでカーヴを切ってのけるエージェントはだんだんくたびれてお手柔らかになってきた。イタリアにはよく、と第二部がまたはじまった。今度はアレティーノ式愛の物語だ。夕方サレルノに着くと、弁当包みはからっぽになっていた。家族全部の写真をというお定まりの望み、また会いたいとの願い、そんな切々たる別離の一幕が続いた。

商店がまだ閉まっていなかったので、マンフレートは歯ブラシと下着を手に入れることができた。上等なホテルで風呂を使った後、食堂に入ると広告ポスターが目に留まった。パエストゥムおよびエレア（現ヴェーリア）方面タクシー。バーリの図書館で、彼はあの最初の存在の哲学者の故郷であるエレアについても、またパエストゥムについても読んでいた。そしてこのポセイドニア〔パエストゥムのギリシア名〕はシュバリス人の娘都市だった。日記帳のそれをメモした頁をめくった。それこそが最後の目的地であったし、またそうでなくてはならなかった！ 焦燥と期待が熱病のように彼を襲った。サレルノには目下のところまるで食指が動かなかった。彼はポーターを通じて明日の午前のエレア行きタクシーを予約してもらった。「でもエレアでは泊まることはできませんよ」、とホテルのポーターは言った。「あそこには人が住んでいません。」

「だったらパエストゥムまで戻ろう！」とマンフレートは決めた。部屋まで行くエレヴェーターのなかでもう、彼はくたくたに疲れてほとんど眠り込んでいた。

エレア

存在のみが存在する。非存在は存在しない。生成もなければ、また衰滅もない。
——エレアのパルメニデス

エレア！ オリーヴ林の平たい丘陵がルカーニアの山という巨大なテラスから海の近傍までえんえんと延びていた。断崖がどっと海に落ちた。その上にかつてはアクロポリスが立っていたのだ。丘陵の両側にはおだやかな平野が、翡翠もさながらに明るく展《ひら》けていた。そして比較的暗色のウチワサボテンの葉の上にはすみれ色の若芽が燃え立ち、遠くのほうに散らばっている農家が白猫のように暑さにうとうとまどろんでいた。大ギリシアの死都すべてのなかでも最高に謎めいているこの死都の環境のなかでマンフレートに吹きつけてきた孤独は、クラーティの沼沢地のように、ガリポリの海辺でのように、オートラントの宿の部屋でのように、不安にさせると同時にうっとりともさせた。マンフレートはプーリアのトラーニ近傍の景観の、デモーニッシュで同時に悲歌的《エレジアック》な、晴朗な音楽的テンポを思い出した。ここでもそんなふうに思慮深く変奏する「テンポ」が風景に刻印されているように思えた。しかし種類がちがう。オレンジ色の岩石塊の情熱的で混沌たるブリオーゾ、パルメニデスとゼノンの都市のもっぱら極度に乏しい廃墟しかない丘陵地帯のやさしいアンダンテ、熱い葉裏に大きくふくらむ無花果《いちじく》を実らせる、果物の豊富な平野の舞踏のようなアレグロ。それから最後に海の青金色のマエストーゾだ！　だがそのすべてのうちに、至高の調和的存在が微笑んでいると見える紺碧の海にさえも、蛇のうようよする頭を持ち、うっすらとこわばった笑いを浮かべたゴルゴンの残酷なまなざしがじっと窺っているのである。

死都の廃墟の地域に、マンフレートはこの思弁哲学の故郷の謎へと彼を案内してくれそうな痕跡を何一つ見つけなかった。発掘はくり返し行われているが、さしてめぼしい成果はない。哲学者の都市《ポリス》の入口に広場が見えてくる。石の破片、泉水、モザイクの遺物、家々の基礎、列柱の台座部分など。大部分はむろんローマ時代のものだ。ただ施設の規模の壮大さが見えてくる。エレアはかつてポセイドニアより富裕であった。紀元前六世紀にギリシア人によって創建されたマッシリア、すなわち今日のマルセイユとの交易で富み栄えた。ローマ時代には、今度はヴェーリアと呼ばれたエレアのケレス神殿の前で、カエサル暗殺後にキケロとブルトゥスが会った。この都市は四世紀にいたるまで、久しくルカーニアの原住民の攻撃に対して己れの権利を主張した。それからマラリアがやってきた。ポンペイとヘルクラネウムがウェスウィウス（ヴェズヴィオ山）の灰に壊滅したように、この都市はアノペレス、すなわちハマダラ蚊によって絶滅せしめられた。アクロポリスの上にだけはいまもごつごつした凝灰岩の塊がある。最古の神殿の遺物であり、パルメニデスとその弟子ゼノンがそこで、現存在の本質的なもの、存在の隠れた顔を最上に表示できるのは、概念かそれとも形象かの論争を戦わせたかもしれない。彼らは間違いなく、ことばであれ、音であれ、色であれ、あるいは概念であれ、人間が所有する手段は、人間の体験の本質的なものを告知するには不充分であることを知っていた。

マンフレートはこのあまりにも抽象的な廃墟の、孵化の時間にじっと耐えているような孤独のなかで、薄荷とタイムの匂いのする死者の瓦礫のなかからただ足蹴にするだけでこの過去の証拠を魔法で喚び出すために巨人の力があればと思いはしたけれども、やがて石のなかに証拠を探すのは断念した。この稀有の人類の時刻《とき》のいやでも目につく遺産を魔法で喚び出すとは？ 絶望した信心家が五感のすべてを挙げて秘義を摑めるようにと何度も何度も奇蹟を念じるように、恋人たちのように覆い隠されているものへの情熱的な好奇心に駆られて魔法の喚起力に頼るとは？ 絶望したロマンティストよ！ 偽の神秘家よ！ 神的な存在は、それを眼で見、耳で聞き、味わい、嗅ぎ、触れられるときにしか、わくわくする地上の恋人のようなものとして出会うときにしか、把握し得ないだろうなどとどうして信じることができようか。

マンフレートは泉水の場所に戻った。意味はなかった。ここでは石が無言だった。しかしそれゆえに死者たちは物言わぬままでいたのではあるまいか？ 彼は泉水の銀《しろがね》なす冷たい水をがぶがぶ飲み、昔の道路の縁に腰を下ろした。見渡すかぎり人っ子ひとり見えない。この暑さでは鳥の声さえ聞こえなかった。そしてまたしてもマンフレートは、いましがた飲んだばかりのあの明澄な水のように、突然一切が明らかになったと思った。マグナ・グラエキアの秘義はエレア人のことばのなかに明かされていたのではなかったか？ マンフレートは、日記帳に書きとめておいたパルメニデスとゼノンの断片から彼なりのやり方で、この消え去った顔の意味ありげな特徴を見分けようとしてみた。

頭上のアクロポリス——打ち捨てられたとある驢馬厩舎の横手でいまは荒れ果てた廃墟となっているその近くで、およそ三千年前にエレアの名家出身の青年パルメニデスはこう書いた。「存在は運動がなければ強い箍《たが》に縛められて静止している。」この認識はピュタゴラスの弟子アメイニアスの刺激を受けたものだった。私たちの「核物理学の世紀」の後半においてすべての本質的な哲学的営為とこれに応じた芸術的営為一切の起源と目されているエレア人の哲学は、その源流をピュタゴラスとその弟子たちまでさかのぼるのだ。エレアではピュタゴラス学派の認識は、抽象化へ向かって高次の段階に引き上げられた。それは犠牲を要した！　義務のあり方のまったく異なる存在のために、人間の現存在の魔性から逃れようとしたのである。

パルメニデスは上流家庭の両親の家を去り、これに見合った政治閥を捨てた。たえず変化する生成に「現実主義的」に甘んじる一切を断固として拒絶した。彼はたんなる生成を偽の絶対と認識し、これに対して不変の存在を真の絶対と認識した。ポエジー豊かな教訓詩の形で彼ははじめて存在を記述した。ただそれ自身にのみ似ている、完全無欠な存在、分割不能の存在、時間的には始まりも終わりもなく、過去も未来もない存在、すなわち永遠に現在しつつも己れ自身のうちに限界づけられている存在。

こちらにより強いもの、あちらに関連を乱すより弱いものがあるのではない。すべてのものが存在であふれている。

意味が知覚される世界は生成のうちに数えられる。したがってそれはあらゆる運動と同様、みせかけだけのものにすぎない。思考する体験は人間のかけがえのきかない本質的なものの一部であるから、パルメニデスは「思考」を存在と対等視した。真知はそれゆえに存在に拘束されていることから生じ、生成のたんなる仮象への関連から生じるのは臆見にすぎない。たんなる臆見は、人間が――生成に引っかかって――ただの現存在というみせかけの夜の側に留まるかぎり、絶対的存在の神性に把握され導かれないかぎり、そのかぎりにおいて誤謬のジャングルと国家《ポリス》におけるその致命的な諸結果に人間を閉じ込めてしまうであろう。

両頭の怪物どもは
　感覚は惑い心は困惑して、
あてどもなく、猪突猛進して、あたかも聾者や盲人の如く、
　よろよろとよろめき歩くのだが、
ものの白黒《あやめ》も分かぬこの手合いには、
　存在と非存在とは同一であり、
もしくは同一でない、と見なされている、
　というのも彼らの途はすべてにつけて逆方向を向いているからだ。
だが、汝は探究のこの道から
人間のこの当てにならない臆見から
　汝の思想を遠ざけるがよい。
多くの経験に由来する慣習をして
この道に強制せしめて、

目当てなき眼、耳鳴りする耳を働かせることなきよう心せよ。
それよりは理性をもって
侃々諤々の論争の試練に白黒の判定をつけるがいい。

このように存在に立ち戻りつつ拘束されている人間は根源的である。そうではない人間は、偶然で本質的ではないものに依拠し続ける。事物の世界はつねにひたすらいかがわしく、それゆえに疑わしくもある。

存在の徴《しるし》はしかしながら光である。存在はしたがって認識することも、表象することも、ことばで把握することもできない。五感によって光においてのみ認識できるだけだ。

マンフレートはガリポリの海辺の体験を思い出した。あの個人的な光の体験をマグナ・グラエキアの魔術的な力として思い出したのである。キリスト教徒のもっとも偉大な教訓詩を書いたダンテは、「天国《パラディーゾ》」最後の至高のヴィジョンのなかで「光線《ラッジョ》」としての、「光《ルーチェ》」あるいは「光明《ルーメン》」としての、永遠の光源としての神に出会うのではなかったか？神の創造になる宇宙の全体は、ダンテにとって愛を通じて動かされる。しかしパルメニデスの「原＝女神」もまた神々一統のなかから、すべて生成したものがそのおかげを蒙っているところの「愛をまずもって」創始する。絶対者の概念としての存在と絶対者の形象としての神の光は不変である。生成した世界は――とパルメニデスは書いている――「いよいよ生成し続けて、しまいには終末を迎えよう。」

しかし存在において生成は消滅し
その消滅の跡はまるで行方も知れぬ。

存在に概念または形象において出会った者は、絶対的確実さで存在と思考する体験が不滅であることをもわきまえている。現存在に与えられたこのものは、それ自身が「存在である」からである。

この風景のなかでは、人間のうちなるたんにデモーニッシュなものの無意味なダイナミズムは耐え難くなるにちがいなかった。存在は、その光においてとりわけ象徴的・感覚的に、生成に対して対抗的に自己主張する。それが、この風景の美しさの只中でゴルゴンの眼が異様にぞっとさせるように窺っている所以でもある。エレアとは一つの地名にすぎない！　なぜ、ほかではなくここで、ヨーロッパのこの死せる片隅で、存在の概念、神的なものの概念という最高の哲学的概念が、そのもっとも抽象的な形式において、パルメニデスに女神によって啓示されたのだろうか？　なぜ、生成全体の上に張りめぐらされた存在という概念がこれほど形象的に作り出されたのか？　マンフレートはそれをいま、別の脈絡からしても理解したと思った。南方の風景の美しさは、このように残酷にも無慈悲に見えることがないではない。ゴルゴンの貌《かお》をこのように露《あらわ》にさせることがないではない。その結果人は、たんなる現存在の一切の恐怖を囲い込み仕切るのにも、同じような無慈悲さでやってのけることを余儀なくされる。しかも抽象的存在とはまるで異なるその反対像を通じて。ここはヨーロッパのあらゆる精神的根源性の生まれてきた場所のなかの一つなのだ。やはりエレア出身の、パルメニデスの弟子ゼノンが言ったとされるものに、飛んでいる矢は空間では止まっている、という有名なことばがある。矢は人間の眼からすれば（人間の生成においては）動いているのに、人間の精神に捉えられるような、存在の無限性においては止まっているのである。

パルメニデスとゼノンは思考を生命より上位に置いたと、あえてそう言える人があるだろうか？　あるとすれば、「技術」は新手の「自然回帰」によって克服できると信じている、あの感傷的な新生気論者だけだろう。技術は精神への帰還を通じてのみその限界を指摘され得るのだ。技術の現場において！　のみならずパルメニデスもゼノンも、合理的な存在に対して非合理な生成がどこに古き危険を抱えているかを弁えていた。古き危険は彼らにとっても権力の傲慢のうちにひそんでいた！　だから彼らはエレアの支配者たる僭主ネアルコスのもっぱら動物的なだけの精力に反対して戦ったのだ。パルメニデスもゼノンもネアルコスに、権力のうちなる、また権力を通じての存在の充溢を要求した。パルメニデスは都市から追放され、ゼノンは拷問室で共謀者たちの名前を吐かないように舌を嚙み切ったので、死刑は乳鉢のなかでのように碾かれすりつぶされるように執行された。

二人とも、きわめて抽象的な形式における神的なものの概念像を通じて、つまりすべての生成の上に張りめぐらされた存在というあの概念像を通じて、あまりにも人間化された神々とあまりにも神化された人間との仮面と渋面を克服しようとしたのだったろうか？　一つだけ、彼らがとりわけ望んだことがある。つとにゴルゴンの首が非人間的な自然暴力の後釜として次々に生えてくるのなら、すくなくとも人間＝国家《ポリス》においては存在のうちなる理性を通じて恐怖を永久に追放すること、である。

ポセイドニア

数には二つの特別の形がある、すなわち曲線と直線。この二つを合わせた第三の形が直＝曲線である。二つの形式ともにしかしさまざまな造形がある。

――ピュタゴラスのことば（ピロラオスによる）

神殿都市ポセイドニア（パエストゥム）でマンフレートが見たものは、ヨーロッパのこの原＝真理の石と化した反映だったが、そればかりではなかった。ここでも慈愛の女神がまたしてもその幸運を贈ってくれた。というのは、ある新しい発掘現場で熟練した案内人はいないかと尋ねると、頭から埃を被った発掘労働者の一人が声をかけてきたからだ。「一時間もしないうちにケレス神殿巡回がはじまるだ！　あれについて行きなされ！」労働者の一人がそっとささやいた。「S教授ですよ！　発掘監督の！　全部を取り仕切っておいでのディレクター！」労働者はイタリア本土の大ギリシア文化記念物の最高に貴重な遺宝をコンパスで測るような、誇らしげなしぐさをした。

マンフレートは巡回のはじまる時間を待つ間に、まずはポセイドン神殿をながめやった。だれしもが南方でいろいろと体験し見物もすませた後いささか旅に疲れて、真昼刻《どき》のブルーの地中海の空に、ふと孤独で巨大な一つの雲を打ちながめるように。とたちまち、空間の無限性を截然と仕切る、その白い威容に圧倒された。まだ多少の疑問はあるにもせよ、まずは間違いなかった。壮重に自らのうちに安らいつつも独特の静けさのうちにかくも不気味に、植物のように生きているこの神殿は、ピュタゴラス教徒たちがマグナ・グラエキアのイオニア海岸側で、エレア学派の哲学者たちがティレニア海岸側で、彼らの同時代人と後代の人びとにひときわ深い人間性の危機的なヴィジョンとして告げ知らせたものを体現する石造物なのだ。

暑くなってきた。ラヴェンダーの茂みの香りが衰えてきた。神殿は花の盛りだった。神殿は均整を示していたが、しかしたんなる幾何学的調和とは異なる何かをも見せていた。それは充溢を示して、人を幸福な気持ちにした。というのもそれは、存在の静けさを呼吸しているからだった。しかしそれはまた、このような静けさを観る人が地上の不安定を現に身内に抱えており、つねに抱えているに相違ないのを知っているかのように圧迫を加えもしていた。神殿は告発した。その謎めいた二重存在を通じて人間というむら気な生き物を告発した。そしてまたこの生き物をいたわりもした。この二重の活動が、ひっきりなしに入れ替わり立ち替わり交替でやってきた。

待っている時間がほとんどなくなりかけていた。マンフレートは「案内」の列に加わるかどうかを自問した。ことばとイメージの一致を見るだけのことなら自分の体験から充分承知していると思った。だが何もかも分かっている人間などがいるものだろうか？　一つだけ確かなことがあった。ガリポリでもエレアでもピュタゴラス的自然風景として見ていたものが、パエストゥムではいまやこれに対応する人工風景として現前してきたということだ。ガリポリでは魅惑的な逆の流れが、結局は錯綜して分かりにくい円の十分割から生じていることが明らかにされた。この節度と無節度の戦いが、まことに論理的に、四面体、六面体、八面体、十二面体、正多面体といった、いわゆるプラトン立体の規則的な結晶体の平面射影から見えてきたのではないか？　だがこの種の奇抜な「分割」は、秘義をその真の深みにおいて明らかにするに足りるだろうか？　それではすべてが、幾何学一辺倒と自然一辺倒に終わってしまうのではないか？　両者ともおたがいに無関係に？

エレアでマンフレートは、存在の概念のほかに、ゴルゴン＝メドゥーサの無秩序状態において非存在の形象をおぼろげながら見た。しかしまだ決定的な何かが欠けていはしなかったか？　本質的なものの至近距離まで迫りはしたとしても？　マンフレートはギリシアのもっとも重要な芸術家の一人ポリュクレイトスがピュタゴラスの数の調和の教説を信奉していたことを思い起こした。それかあらぬかポリュクレイトスはその著作『カノン』のなかで、芸術作品の成功は多くの数の比例関係如何による、と書いた。もっともポリュクレイトスはこれにわくわくするようなことばを一つつけ加えた。「その場合決め手になるのは些細なものだ。」

マンフレートは短兵急に連鎖の欠けている部分を見つけ出そうとした。彼は、ギリシアのアルカイック期のドリス式神殿についてこれまでに読んだ本をあれこれと思い出した。なかのあるものは「完璧な」均整について書いていたが、「気障りな非規則性」を云々しているものもあった。彼はいらいらとメモ帳をめくった。すでにヤーコプ・ブルクハルトは「ポセイドン神殿にはたった一本すら数学的に明快な線がない」ことに気がついていた。いまやマンフレートは後代の学者たちのさまざまな認識に反発を覚えた。全体のあくまでも合法則的な規則性にもかかわらず、この神殿には——大多数のドリス式神殿におけるように——驚くほど〈合法則的な変則性〉が見られるのだ。規則正しさのほうが勝り、不規則性は取るに足らぬほど些細なものではある。すなわち、超＝古典的芸術と超＝マニエリスム的芸術にとっての決定的な決め手である、そのつど反比例する、ポリュクレイトスのいわゆる「些細なもの」とはこれなのだ。ポセイドン神殿はいまにしてはじめてマンフレートにとってそのまるごとの、いたって刺激的な生気を帯びてきた。

ポセイドン神殿はピュタゴラスの天球の音楽《ハルモニア》とエレア学派の存在＝確信を反映しているのだ！　しかしポセイドン神殿にはまた最高にデモーニッシュな緊張が振動してもいる。ポセイドン神殿は純粋存在の形象として存立しているが、人間と自然におけるひたすらな生をも喚起する。それは充実した存在の寓意画《エンブレム》と不充実の現存在の寓意画とを一身に具えている。このように秩序と無秩序、原＝神託と反＝神託が包括されている。無限性と時間性がかたみに緊張しつつ、まさにこの神殿へと、このヨーロッパの原形象へと、この存在と自然の間のユニークな芸術的・人工的構成物へと化しているのである。

マンフレートはメモ帳に、ヨーロッパの著名な考古学者たちが巻尺を手にして作成したその証拠を見つけた。彼は多くのことを正確に書き留めていながら、二の足三の足を踏んでいたのだった！　彼は陶酔しながら疲れてもいた。たえず猪突猛進しようとしながらすぐに力が萎えてしまう今日のほとんどすべての人間のように、くたくたにくたびれていたのである。今日のそうした人間たちは、本質的なものはいつもポケットに持っていると思い込んでおり、だから個々の、彼らのいわゆる退屈な証拠はあまりにも簡単にあきらめてしまう。学者たちは精神の栄養源となると図式で間に合わせてしまう！　肉体のほうとなると、さすがにそんな栄養剤は受けつけまい。そちらではたっぷり展開された細部がお望みだ！「案内」の後についてゆくのに遅れてしまう危険を冒しながらも、マンフレートは新たな精神的緊張を余儀なくされた。彼は神殿の内室《チエッラ》に入り、そこでメモ帳から日記帳へと、この不気味な聖所のまとまりのないまとまりの理解のために必要と思われるいくつかの要素を書き写した。この神殿の伝説的な建築家は、メトペとトリグリュポスを三対二というたんなる数の比例に固定させようとしなかった。そこで柱と柱の間隔をまちまちにしたり、あるいはそのつどあえてメトペの幅を広げたりしようとした。列柱もところどころにかぎってながら、内側に斜めに建てた。隅柱の直径はしばしばむしろ楕円に近い形にした。建築家はくり返し、直線をことごとくほとんど目につかないほどの曲線にした。

識者たちが認めるところでは、これによって神殿建築の純粋に「古典的」な理念がゆらぎだしたという。では謎めいたマニエリスムか？　ここで私たちは古典主義とマニエリスムとの高度の総合命題の一つと関わっているのだ！　すなわち緊張に満ちた完成の理念に由来する存在の芸術と！　対称《シンメトリー》が優位を占める。が、ときにほんのわずかながらの非対称《ディスメトリー》、ポリュクレイトスのいわゆる「些細なもの」が、あまりにも自信に満ちた高貴なもの、威風堂々たるものに対するドラマティックな補完物を形作る。したがって問題は、断じてたんに技術的に限界のある不純性なのではない。統計的な不完全の問題でもなければ、その世紀の間にこうした建築物が「移築」された結果というわけでもない。パエストゥムの神殿は、一つの超古典主義的にして超マニエリスム的な芸術の石造による肖像《にすがた》なのだ。それは、ある神話的秘義、あるオルペウス教的秘儀の石造の証人なのだ。キオスのヨアンネスの伝えるところによれば、ピュタゴラスは「自分が創造したいくつかのものを、さかのぼってオルペウスが創始したものとしたことがある」という。するとどうだろう、このマグナ・グラエキアのピュタゴラス＝エレア学派的原＝証言の秘密は音楽にあるのではないか？　すくなくとも楽音のつながりや和音のなかでもっと明快になるのではあるまいか？

ゲーテは一七八七年三月二十三日に『イタリア紀行』のなかで、パエストゥムのポセイドン神殿が彼には最初「恐ろしく」思えた、と書いている。そのうちだんだんこれに「親しみが増して」きたという。数日後になるとゲーテは、ポセイドン神殿は「いまもシチリアに見られるもの」一切よりずっと好きだ、と書いた。『ファウスト第二部』にはゲーテのこの体験の核心が見られる。

　柱身も、トリグリュポスさえも鳴り響き、
　神殿全体が歌うかとさえ思われた。

きっとこのメロディーも聞けるのではあるまいか？　マンフレートは我ながら自恃の念

をなくしたと思いつつも、自分は約三千年遅れてやってきた奥義探究者として大ギリシアの秘教の奥殿への最後の閾を、いまだにまたいではいなかったと思い知った。自分自身を疑い、また自分で勝手に最終的な啓示と思い込んでいる独善的な「体験」にも疑いを抱いて、すでに奥義に達した先人の知識を通じて自分の獲得したものをくり返し補強しなければならないのではないか？　マンフレートはその種の教養形成のやり方をことさらに好むほうではなかったので、神域の「案内」には参加すまいとほとんど決めていた。しかしいまにして気がついた。他人の知識を妙に高慢に毛ぎらいしていれば、まともでないものや出来損ないをいかに個人として「体験する」ことになるかを。自分がその気になることと、すでに経験を積んだ先人の先導する知識によってこそ秘義に精通する道は現実に開かれるのだし、しかもそうするうちにも経験ある先人たちの知識はどんどん熟してきて、経験も知識も新しい相を生じるのである。人間は孤立した動物ではない。人間は「都市国家《ポリス》の（政治的）動物」である。しかしまた精神的動物でもある。人間は先達たちの精神の王国にも、同時代人の精神の王国にも生きている。交換！　おたがいに共に思考し、共に体験し、共に感じること！　すべて高度の礼節とは、おたがいに相手に関心を持ったり持たれたりすることではないのか？

　マンフレートはまたしても慈愛の恵みに感謝しなければならなかった。この聖地で案内の列に加わることへのためらいから、外科手術を施したようにすっぱりと解放されたのである。S教授に引率された観光客たちはケレス神殿を引き揚げたところだった。一行はエレガントな密集陣形《パランクス》をなして動きながら、いましもこちらを指して容赦なくやってきた。もっと知らなければならない。マンフレートの念頭にはすくなくともこれだけはあったので、彼はまっしぐらにS教授のところに歩み寄ると自己紹介をした。彼は好意をもって、奇妙に色とりどりの一団の列に加えてもらった。一行がポセイドン神殿に向かっている間に、思いやりのある気さくさでこちらに近づいてきたスイスの画家の口からマンフレートは、この、本人たちの言うところではポセイドニアではごくありきたりという観光団に関して手短な人物目録を手に入れた。画家H・Mはささやき声でしゃべり、あとは顎を上げるだけでそちこちを示した。国賓のS国王、それにイギリスの公爵夫人、フランスの大映画女優、スイスからきた学者夫妻、ドイツの考古学者、夫人同伴のベルギーの実業家、くわしい説明は抜きで二人の女性連れのイタリアの作曲家、オランダの女医と連れ立ったアメリカ人彫刻家、といった面々である。

新たな発掘の数々を見せ、新たな神殿博物館の宝物をくりひろげて、活発な会話にはずみをつけるこの考古学的逍遥は、マンフレートに新たな細部をたっぷり供してくれた。それでも自分に――彼の思うには――欠けているものが何なのかのヒントは依然として得られなかった。そのくせ、はるばるやってきたこの種のイタリア旅行者たちの知識に驚嘆する機会は大いにあった。画家のH・Mに言わせれば、「飽くことを知らないヨーロッパ・ハングリーたちですな。」

こうした混成グループが神域近くのレストランにお茶を飲みにゆく段になると、マンフレートはさなきだにこの集団スナックに尻込みをしている画家を引き留めた。マンフレートは自分がポセイドン神殿の前で考えたことをすばやく話した。でも我ながら了見が狭すぎるとおそれをなしましたよ。見かけの若さが年老いた印象を与える眼とちぐはぐな感じの画家のH・Mは、これに応じて言った。「私は北ヨーロッパのお茶は好きです。ここではしかしどちらかといえばワインを飲みます。庭先にテーブルを出させるのですよ！　ほかの人はどうぞ、あの味も素っ気もないイタリアのお茶をお飲みになるがよろしいのです！　ところで、もしかするとお困りの件でお手伝いできるかもしれませんな。」またしてもマンフレートには、明らかに幸運《つき》をつけに自分についていてくれるだけではない、慈愛の女神に感謝する理由ができた。慈愛の女神は彼に「奥義精通者《そのみちのつう》」をも紹介してくれた。それはときにはかなりの奇人であることもあったが、しかし決して愚かな熱狂家であることはなかった。

その宿屋と神域は生垣一つで隔てられているだけだった。鶏が二、三羽、椅子の脚やテーブルの脚の前でくわっくわっ鳴いていた。五杯目のグラスを空けると、H・Mは声を上げて生ハムとライ麦パンを注文した。かたわらの道を海のほうに向かって銀色の黒水牛の群れが通った。シュバリスの金貨銀貨の上の牡牛のように、こちらに目もくれずにのっそりと。H・Mは今度は老人の顔になり、眼だけがワインに冴えて若々しかった。彼はいきなりマンフレートにこう教えてくれた。

「スイスに、これまで学界がどちらかといえばないがしろにしていたある学者がいます。ハンス・カイザーという名です。何十年来というもの、数と音の関係を研究しています。彼はアルベルト・フォン・ティームスの設立した、調性の価値形態であるいわゆるエクテュピークの学派を継承しました。そういうものは皆あとでお読みになれます。さしあたりはポセイドン神殿とその問題に、われわれすべての問題に留まりましょう！　ハンス・カイザーがポセイドニアに関するさる著書で指摘したところによれば、この神殿は、数に基礎を置いているのもさることながら、音にも基礎を置いているところの、ピュタゴラスの秘密教説に由来しているというのです。ポセイドニアの神殿はどれも、それのみに固有の音の秩序にしたがって建造されているのだそうです。いわゆるバシリカはその主要なプロポーションにおいて全音を表し、またその上さらに八度音程《オクターヴ》を表しています。ケレス神殿は三度音程《テルツ》として神に捧げられています。ポセイドン神殿は五度音程《クヴィンテ》に導かれ、また七度音程《セプティメ》にも導かれています。その比類ない音列をカイザーはこんなふうに翻訳しています。」

Des, f, c^1, f^1, b^1, f^2, es^3〔変ニ、ヘ、ハ、ヘ、ロ、ヘ、変ホ〕

画家はマンフレートがメモをとる余裕《ゆとり》を与え、それからまた続けた。

「神殿の数の法則はこのように造作なく音楽的関係に翻訳できます。どの神殿にもそれだけに固有の旋律線《メロス》とそれだけに固有の和音があります。だがそればかりではありません！　建築の規矩から導出されたこの音楽的形象は、正確に規則性と不規則性の、その静力学的ないしは反静力学的な石造構造と同一の緊張を示しています。ですから石から導出されたこの音列は、存在確信と現存在不安の混合のように聞こえるのです。カイザーは和音の只中にこの非和音の証拠として、次の間隔＝音程《インターヴァル》c——*b〔ハ—ロ〕をみつけました（次頁図a）。このいわゆる七度音程には、神殿の内側と外側の多くの建築的な七数の列と同様、もはや調性の現実とは合致しない、何か見慣れない気配があります。それは、存在を確信しつつも、どのような観点から見ても不明のものにくり返し投げかけられる疑念だったのでしょうか？

カイザーはいみじくもこの問題を強調しています。彼はそれに最終的な解答を見つけたでしょうか？　私は知りません。確かなのは、ポセイドニアの神殿群の調和＝不調和の比例関係における調性のサンプルが説得的だということです。それをなるべく簡単に説明したいと思います！　長さ（奥行）、幅、列柱の高さの単位比率には、——カイザーによれ

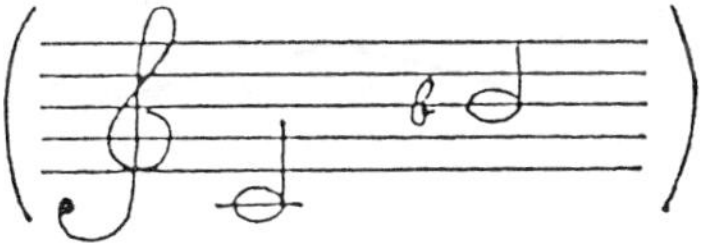

図a

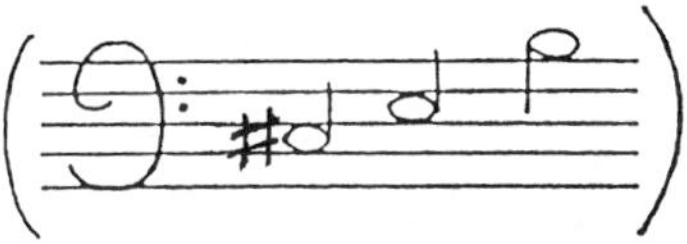

図b

ば――全音の数にして九度という数が隠されています。これに対して真ん中の内室には二列の列柱のみごとな不調和があり、その列柱の一列はそれぞれ七本ずつです！　それはいわゆる永遠の変遷の間隔《インターヴァル》＝音程としての七度音程を反映しています！　しかしさらにもう一つ。

列柱の数の調性的比率は、次のように*cis＝e＝h〔嬰ハ―ホ―ロ〕という音列を生じさせます〔図b〕。またもや疑問への呼びかけ！　不完全なものにも、完全なものにも、くり返し疑問を持てという警告です。そしてついには最後の疑問！　この疑問は明らかに根本的な精神の不安の表現です。しかし超感性的な世界の秩序に関わりがないとあれば、それが何でしょうか？　カイザーは、ポセイドン神殿の切妻の中央角が正確に音階の真ん中を象徴し、これに対して左右両側の角がもっとも重要な異名同音《エンハーモニー》の諸度の一つ

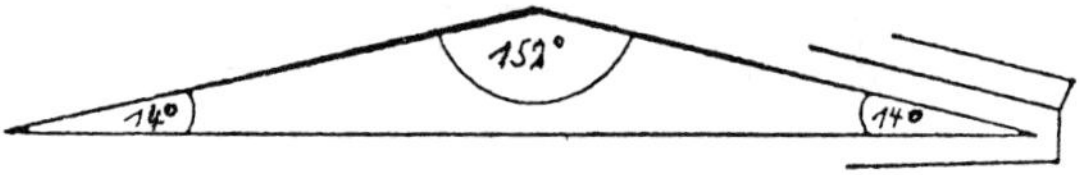

図c

を象徴していることを認めています。ここにそれを描いたものがあります（図c）。規則と変則のこの対立の全部をしかし、神殿の全メロディーはそっくり包摂しているのです。」

最後の旅

重為軽根。〔重きは軽きの根たり〕
——老子

ワインをがぶ飲みし、メモ用紙にしきりに数字や音符をなぐり書きしてのことながら、H・Mの言うことはよく考えられていた。しかしそれはことばの上で説得的に聞こえただけだった！　だがこのポセイドン神殿の謎めいた楽音の連なりは、さて音楽的にはどう聞こえたのだろうか？

夕方になっていた。今夜はどこで泊まろうか？　画家のH・Mはこの記念すべき「案内」の何人かの少数の同行者たちと一緒に例の宿屋に泊まっていた。空いている部屋はもうなかった。ごく手狭な旅館にはもうどこにもこれっぽっちの余裕も、「片隅《アンゴロ》」さえもなかった。王様も、公爵夫人も、大映画女優も、とっくに出発してしまっていた。H・Mにはお別れの時間が迫っていた。ものうげにマンフレートの手を握ると画家は言った。「バッティパーリアのほうに行く街道際に旅籠屋《ロカンダ》がある。あそこならきっと寝かせてもらえますよ。」

寝るだって？　もう寝ちまうんだって？　マンフレートは眠る気なんかてんでなかった。メロディーだ！　すくなくともそいつだけは聞かなければならない！　それも今日中にだ！　サレルノ―レッジョ街道まで出ると張りつめていた気持ちがほぐれた。神殿見学とH・Mとの会話の後、いますみやかに日が暮れてゆく黄昏のなかで、しかもいらつかせるシロッコの雨が降っているとあっては、何もかもが灰色で荒涼としているように思えた。長い時間をかけて、ようやくみすぼらしい料理店《トラットーリア》が見つかった。まさにピュタゴラスとエレア学派のこの国でこそお目にかかれる、あの暗澹たる一膳飯屋の一軒である。安電飾の灯り、土埃、汚れた窓ガラス、これに比べれば豚小屋でさえまだ清潔と言えそうな、――これでもそう言えるなら――トイレ。おそるべきコントラストだ。至高の完成志向と卑俗な自堕落との間の耐え難い上昇と下降。南方では、このめまいを起こさせるブランコはどなたさまも先刻ご存じ！

ところがまもなく魔法にかかったように、これを埋め合わせてあまりある出来事にお目にかかる。マンフレートはそれを、ほとんどオランダの農家もかくやとばかりにピカピカに磨き立てたように見える、当の料理店の「サロン」で体験した。二十歳《はたち》になろうかという娘が一人、お給仕をしてくれた。顔は慈愛の女神で、肉体のほうはアプロディテのそれ。客はマンフレート一人きりだった。魚のスープは長らく待つまでのこともなかった。キュプロスのアプロディテの料理で、あの地中海対岸沿いの古くて新しいマッシリア（マルセイユ）風の辛みのきいた大皿である。コンチェッタはそれに地ワインを運んできた。舌の上でふうふういうような、ものすごい辛口だった。マンフレートが食べている間、コンチェッタは楽器の音を低く抑えながら何やら彼の知らない歌をギターで爪弾いた。と、そのギリシアの親しげにも暗いまなざしが、さかしらに明るい電飾の灯りに凱歌を挙げた。マンフレートは娘に一杯おごりたいと申し出た。彼女は断った。だがあんまり無邪気な微笑みを浮かべてこちらを見たので、マンフレートはこっちへきてご一緒しませんかと声をかけることができた。まもなく何もかも聞かせてもらった。両親はナポリに旅行中で、明日にならなければ帰らないこと、男兄弟は二人とも隣家にカード・ゲームをしに行っていること、お祖母さんは家にいるが目はほとんど見えないし、耳も聞こえないこと。ギターが手から手へ渡った。マンフレートはコンチェッタと一緒に、ポセイドン神殿のメロディーをなんとか見つけ出そうとしてみた。コンチェッタの指使いがためらうと彼が手伝った。二度と忘れないと自信がもてるほど楽音の連なりを覚え込んでしまうと、マンフレートは娘のかしこく官能的な眼にキスをして、ここに泊めてもらえるかと訊ねた。いいわよ、どうぞここで寝ていって下さいな、でも車庫しかないの。マットレスは持っていってあげます。マンフレートがそれからさらに、後でワインを持ってこられるかしらと訊ねると、娘は目を伏せることもなく言った。「欲しいものは何でも持ってきてあげます。でも夜中過ぎて皆が寝るまで待ってて下さらなきゃ。駄目よ、眠り込んじゃ！」そう言ってコンチェッタはまた微笑んだ。

マンフレートが目を覚ますと、まぶしいように明るい日だった。鶫《つぐみ》の鳴き声が聞こえた。が、ガソリンの臭いがした。喉が渇いた感じがあったが、身動きはしなかった。鶫の歌にはポセイドン神殿の楽音の連なりが組み込まれていた。みすぼらしい車庫のなかは、それ

女神頭部。ロザルノ出土，テラコッタ，レッジョ・ディ・カラーブリア美術館

でもぬくぬくしたベッドの温かさがうれしげにコンチェッタを思い起こさせながら、こんなふうにみすぼらしさを忘れさせつつも心を緊張させるあの楽音の連なりに、ことあらためてなじませてくれた。それはいまやあらゆるものを包み込んでいた。ヘラ、神殿、エレア、死ぬほど悲しげでオプティミスティックなピエートロ、C伯爵、ターラントでの慈愛の恵み、レッチェのプリマドンナ、オートラントの司祭、シーバリのシニョール・カンディド、論争好きの学生たち……廃墟とオレンジの花盛りと人っ子ひとりいない孤独な浜辺、哲学者たちと皇帝、タランチュラ、プラカード、最新の機械、いくつかの美術館、老人ホーム、水道、城塞、庭園、ウェルギリウス、神々と沼沢地。ヘラの楽音の連なりはそのすべてを統治していた。ピュタゴラスの数のヴィジョンも、パルメニデスの規則的な「存在」も、ポリュクレイトスの変則的な「些細なもの」も、私たちの精神的＝肉体的実存の二重性も、精神と権力の間の緊張も。人間における永遠と有限性の相反の一致である、正しいと間違いの用語索引《コンコーダンス》が、新しい時代の闕際にあって未来の救いの前奏となるかもしれない、忘れられたハーモニーに共鳴する響きを見出したのだった。

どれも二重の義務を負っている、私たちの時代の芸術も、文学も、音楽も、それゆえにふたたび存在の完全性を目がけるべく努めなくてはなるまいが、しかしまたくり返しあらゆる人間的なものの疑わしさをも映し出すのでなければならない。美と技術とはかつては相互に関連していた。両者の間にはしかしつねに夢という無理数のための余地があった。現代の憧憬はこれまでにもう現実になっている。神話と技術、存在と数は、相互に緊密な関係に結ばれている。完全性と不充足は人間的空間において共に関与してきた——これからもつねに関与するであろう。このような芸術のみが、人間が自らのデーモンを支配する助けになることができる。「新しい神話学は精神の最深部から形成されるのでなくてはならず」、「すべての芸術作品のなかでももっとも芸術的なもの」、「あらゆるポエジーの源泉の新たな享受」でなければならないと述べたとき、フリードリヒ・シュレーゲルはつとに正しい道を指示していたのではなかったか。シュレーゲルは言う、「普遍的な若返り」であるこの新たな時代を理解し、あの「永遠の革命の原理」を理解している人間には、「人間性の両極を把握する」ことができるにちがいない。そのような人間は「地球をも太陽をも理解する」であろう、と。

マンフレートが旅籠屋《ロカンダ》の勘定を済ますと、コンチェッタが外まで送ってきた。「あたしは泣きたくないわ。でも、あんたは私たちのために お祈りをしてくれなければ駄目よ。向こうの異教徒の神殿にはもうマドンナがいません。お国に帰る前に、ぜひともカパッチョに登ってね。あそこに行けばマドンナが見つかるわ。」そう言って彼女は、神殿廃墟のかなたに見える山の中腹の小さな都市《まち》を指さした。マンフレートがそちらを見ている間にコンチェッタはあることをした。それは心底から彼を驚かせた。これまでに彼の身に起こったことのないことだった。コンチェッタは彼の手にキスをし、さっと家に駆け戻ったのである。

さしたる急ぎ足ではなかったのに、マンフレートは三時間後にはほとんど人影の見えない山懐の村にいた。太陽がまた照っていた。それは金牛宮の星位ではじまったこの旅の終わりに、巨蟹宮のところへきていた。農民たちはここではもう、たいていは何時間も離れたところにある農地で二度目の収穫《とりいれ》に入っていた。無表情なサンタ・マリーア・デル・グラナート（石榴《ざくろ》）教会は人気《ひとけ》がなかった。マンフレートがたった一人差し向かいでいたときの、ポセイドニアの表情豊かなポセイドン神殿のように人気がなかった。だが、祭壇の上には威容あたりを払うマドンナ像が君臨していた。マドンナは左腕で「幼児《バンビーノ》キリスト」を胸に抱いていた。右手には石榴《ざくろ》の花を持っていた。聖母の慈しみのかげでは慈愛の女神の好意もさすがに色あせた。

マンフレートは願い事がなかった。彼はひたすら感謝を捧げた。この旅行のために感謝を捧げた。自分の感じた加護に対して感謝した。慈愛の女神たちが幸運ではちきれんばかりに豊満になりすぎたときにこそ必要とした加護に感謝した。

それから立ち上がって、香部屋係に会いに香部屋に入っていった。香部屋にはだれもいなかった。埃と蜘蛛の巣だらけの、がらんとした、くねくねと曲がり角の多い廊下をどんどん進んでいった。階段の上で屋根裏部屋状の部屋にたどり着いた。するとなかには人間の腕の長さほどもあるのまで、あらゆる大きさの蠟燭が何百本となく置いてあった。そのすべてに石榴の花の刻印が押してあった。しかしごつごつした木棚の上には、そのほかにまだ置いてあるものがあった。何ダースかの、風変わりなパン素地《きじ》を捏ねてつくった、船みたいな恰好の大小のこしらえものである。大きさも種類もそれぞれまちまちの、蠟燭、石榴の花、船。そして人間のいるわずかな気配すらない！　一歩でも動くと、木の床からもうもうと埃が舞い上がった。くたびれた古い土と黄変した手紙の臭い、とうの昔に過ぎ去った願いと希望の臭いがした。しかしすべてのものが、今日ではもう直接には人間の役には立たない魔術的な道具の、何かと気難しい生気を保っていた。

マンフレートは結局、いかがわしい安酒場めいたカフェ・バーで香部屋係をつかまえた。マンフレートは香部屋係に、特大の蠟燭を買ってマドンナに寄進したい、と言った。二人は一緒に教会に戻った。マンフレートは彼の寄進物を山のように蠟の貼りついたブロンズの燭台に安置して、火を灯した。それからあらためて感謝を捧げた、今度は燃える蠟燭の前で。

終わると、香部屋係を「ちょっと一杯」に招待しなければならなかった。彼らは教会の前にすわり、まめまめしい給仕の小僧にワインを運ばせた。それからマンフレートは、石榴の花を手にしたマドンナとパン粉を捏ねた小船について、聞くだけの値打ちのあることはすべて聞き出した。またまた安らぎをもたらしてくれる物語、またしても――今度が最後だが――すべて本質的なものは永続するということ。マドンナは五月と八月に巡礼たちの手で石榴の花と小船を捧げられるのだが、それはポセイドニアの町近傍のセレ川の河口でギリシアの女神アルゴスのヘラが三千年前にギリシア人によって崇められたさまとまったく変わりがない。そちらではヘラの持物が石榴の花と小船であった。いよいよ殺人的になり勝る沼沢地の熱病が蔓延してからというもの、ポセイドニア最後の住民たちはこのソプラーノ山上に上がってきた。彼らはここに新しい植民市を築いた。それが後のカパッチョだ。そして彼らがキリスト教化されると、彼らもその子孫たちもキリスト教の聖母を、いまは打ち捨てられた海辺のギリシアの女神のシンボルの数々で崇め続ける。そこで石榴の花が今日にいたるまで愛と多産のシンボルたり続けているのだという。

マンフレートは、マグナ・グラエキア最後のこの日の残りをここで過ごし、夜になってからここを出て徒歩でバッティパーリアまで行き、そこで北行きの列車をつかまえることに決めた。といって、泥棒みたいに暗がりを這い回って歩くつもりは毛頭なかった。歩くのは昼日中《ひるひなか》だけ、日光を利用すること！　そしてこのような国を出て行くときは夜、この光のあらゆる色彩、あらゆる徴《しるし》、あらゆる音色が目に見えなくなっていたほうがいいのではないか？　マンフレートはパンと果物を買ってソプラーノ山に登った。やがてポセイドニア湾、サレルノまでの海岸、さらにそのかなたまでもが、水と大地と光のフーガのように眼下に展《ひら》けてきた。そこで彼は疲労に打ち負かされた。オリーヴの林に日影を見つけた。目を覚ますと午後ももう晩《おそ》かった。彼はまたポセイドニアまで歩いて戻った。神々の野に神殿は落日の火に包まれて燃えていた。ポセイドン神殿は金色《こんじき》が石榴の花の真紅と交じってある色調を醸し出していた。雨のない日、別離の際に海に触れるときの太陽よりほんのわずかだけ暗めの色調を。

星明かりの夜の最後の徒歩旅行！ 遠いサレルノの空で、灯台が滔々たる海の水にほとんど歩行のリズムでサーチライトを投げかけていた。街道はプラタナスの並木に覆われ、ときおり蔓棚の樹の枝のようにさやさやと触れ合った。浜辺のほうからは風に運ばれてくる海藻の匂い、畑地のほうからは刈り取ったばかりの干し草の匂いがした。月光を浴びて漂白された死都のように見える最寄りの村で、マンフレートは灯りのついた家を物色した。喉が渇いていた。光が漏れてくる空隙《すきま》はどこにもなかった。ほとんど抜き足差し足で前進した。

次の土地まできてはじめて灯りのついた窓を見つけた。ノックをした。男が一人扉を開けた。仕事場にいた籠職人だった。男はマンフレートに水を一杯とレモンを一個くれた。

街道の心を躍らせるこだわりのなさがふたたびにこやかにマンフレートを迎えてくれた。マンフレートはそれからまたかなりの距離を歩いて、やがて海岸のほうへ曲がった。砂丘で小休止をした。風が止んで温かくなっていた。ほとんど耳には聞こえない、銀色にきらめく水の王国、いくつもの空間を鏡と映す水面に、星々がキラキラ光りながら身を寄せた。

また街道に出た。マンフレートはいまは意識的に均等な、小止《おや》みない、張りつめた歩行を心掛けた。結局同じリズムで元気の出る拍子を見つけて行くにつれて、目にはぼんやりとしか見えず、想像力のなかでは非常にはっきりしていたものが、いよいよ彼のなかでいっせいに融け合ってきた。そう、海と大地、銀河、月の冷たいイロニー、プレイアデスたちの会話、白鳥座の滑走、一角獣《モノケロス》座に立つ埃の帯、やわらかく満ちてくる上げ潮とおずおずした引き潮、いぶき麝香草での筏流し、強情に根を張ったオリーヴの樹、無愛想な石屑、洗い出された岩石、砂の結晶や露のしずくがそこから滴ってくるビロードの苔。日曜日の朝の子供たちの矢車草の収穫《とりいれ》、無限の空間をめがけて迸る糸杉の矢、葡萄の房の回りくどいメロディー。夜鶯の鳴き声、不安の羽ばたき、背日性の虫の徘徊。星々をもどく姿になるときの放散虫類の至福、黒い緑のなかでふたたび新たな日にゆっくり変貌してゆく山々の背後にひそむ太陽のじりじりするような期待感。

と、新しい事態が生じた。皮膚の下にうっすらと見える静脈のように、青っぽい紐が地平線にふっと脈打った。それが分岐してほとんど動きのない木の枝となり、それからいきなり、急激に、さっと突っ走るように大きくひろがった。次の地点ではもうそれがさらに撚り合わさって、鐘楼のシルエットを撫でた。

朝霧に濡れた大気が目を覚ます。延声記号《フエルマータ》を長々と引っ張って、オリーヴの林から最初の小鳥の歌がくぐもった声を上げた。と、影がこなごなに砕けた。海の上に霧が立ち昇った。牡蠣の殻を開けたような色をしている。

まだ日の出前にマンフレートはバッティパーリアにたどり着いた。長らく列車を待つ必要はなかった。車室はがら空きだった。マンフレートは横になると、すぐに眠り込んだ。目が覚めるとナポリはとっくに過ぎていた、はるか南に。マグナ・グラエキアの門はマンフレートの背後で閉ざされた。

そなたは冥界《ハデス》の家に
一つの源泉を見出すであろう。
かたわらには白い糸杉が立ち、
番人たちが前に立っている。
されば語れ、
「私は
大地と
星々きらめく空の息子だ。
けれども私のそもそもの起源は

天上の故郷。
渇きのために私は干からび、
憔悴している。」
すると番人たちはそなたに
聖なる源泉の水を飲ませてくれよう、
そこでそなたは
他の解放された者たちとともに世を治めるであろう。

——オルペウス教＝ピュタゴラス教団の（冥府降下のための）死者の呪文。ピュタゴラスのみまかったメタポント近傍トゥリオイ付近で発見された、いわゆる金の小板の銘から。（一一五頁）

参考文献

Bérard, J., *La Colonisation grecque de l'Italie méridionale et de la Sicile dans l'Antiquité : L'Histoire et la Légende*, Paris, 1941.

Id., *Bibliographie Topographique des Principales Cités Greques de l'Italie Méridionale et de la Sicile dans l'Antiquité*, Paris, 1941.

Briggs, M. S., *In the Heel of Italy*, London, 1910.

Brown, D. F., *In search of Sybaris*, American Journal of Archaeology, 1954, 58, 2.

Byvanck, A. W., *De Magnae Graeciae Historia Antiquissima*, Den Haag, 1912.

Callaway, J. S., *Sybaris*, Baltimore, 1950.

Chaignet, A., *Pythagore*, 2 Bände, Paris, 1873.

Ciaceri, E., *Storia della Magna Grecia*, 3 Bände, Milano, 1927–1932.

Id., *Storia della Magna Grecia*, Bd. I, II, Milano, 1928.

De Santis, T., *Sibaritide*, Cosenza, 1960.

Dunbabin, T. J., *The Western Greeks. A History of the Greek Colonies in Sicily and South Italy from their*

Foundation to the Death of Gelon (750–478 B.C.), Oxford, 1948.
Giannelli, G., *Culti e Miti della Magna Grecia*, Firenze, 1924.
Gigli, G., *Il tallone d'Italia*, Bergamo, 1911.
Hands, A. W., *Coins of Magna Graecia*, London, 1909.
Kleinschmidt, M., *Kritische Untersuchungen zur Geschichte von Sybaris*, Hamburg, 1894.
Klumbach, H., *Tarentiner Grabkunst*, Reutlingen, 1937.
Koldewey und Puchstein, *Die griechischen Tempel in Unteritalien und Sicilien*, Berlin, 1899.
Krahe, H., *Sybaris*, Festschrift für H. Krahe, 1958.
Langlotz, E., *Wesenszüge der bildenden Kunst Großgriechenlands*, in : Antike und Abendland, Bd. II, Hamburg, 1946.
Larizza, P., *La Magna Grecia*, Roma, 1929.
Lenormant, Fr., *La Grande Grèce*, 2 Bände, Paris, 1881.
Napoli, M., *Napoli Greco=Romana*, Milano, 1959.
Neutsch, B., *Archäologische Ausgrabungen in Tarent, Reggio Calabria und Salerno*, Sonderdruck des Archäologischen Anzeigers des Deutschen Archäologischen Instituts, Roma, 1956.
Norman, D., *Old Calabria*, New York, 1938.
Pais, E., *Storia della Sicilia e della Magna Grecia*, Torino-Palermo, 1894.

Randall-MacIver, D., *Greek Cities in Italy and Sicily*, Oxford, 1931.

Rohlfs, G., *Griechen und Romanen in Unteritalien*, Genève, 1924.

Wuilleumier, P., *Tarente: des Origines à la Conquête Romaine*, Paris, 1939.

一般関連

Grote, G., *Geschite Griechenlands*.

Curtius, E., *Griechische Geschichte*.

Duncker, M., *Geschichte des Alterthums*.

Meyer, Ed., *Geschichte des Alterthums*.

Busolt, G., *Griechische Geschichte*.

Nissen, H., *Italienische Landeskunde*.

Burnet, J., *Die Anfänge der griechischen Philosophie*.

パエストゥム

Kayser, H., *Paestum*, Heidelberg, 1958.

Krauss, F., *Paestum, die griechischen Tempel*, Berlin, 1941.

ピュタゴラス——ピュタゴラス美学の展開と諸問題

Mössel, E., *Vom Geheimnis der Form*, Stuttgart, 1938.

Kayser, H., *Abhandlungen*, Leipzig, 1938.

中世関係

Gregorovius, F., *Wanderjahre in Italien*, 1856-77.

Schulz, H. W., *Denkmäler der Kunst des Mittelalters in Unteritalien*, 1860.

Ricci, C., *Romanische Baukunst in Italien*, 1925.

Willemsen, C. A., und Odenthal, D., *Apulien*, Köln, 1958.

訳者あとがき

グスタフ・ルネ・ホッケのいくつかの著書には、末尾に短い年代記風の「著者紹介」が付されている。一九〇八年、ブリュッセル生。ベルリン大学に学んだ後、ボン大学においてエルンスト・ローベルト・クルツィウス門下生として四年間を過ごし、一九三四年、クルツィウス審査のもとに哲学博士号取得。

ここまではロマニストとして順当な経歴を歩んでいた。その後、ケルン新聞でジャーナリストとして活動するが、やがてイタリアとの最初の接触を体験する。

「一九三七年、最初のイタリア旅行をおこなう。とりわけ彼が惹かれたのは、エレア学派とピュタゴラス学派の活動の場である南イタリアの古さびた大ギリシア《マグナ・グラエキア》の風景であった。この体験は決定的なものとなった。すなわちイタリアと大ギリシア文化研究への方向転換である。その最初の成果は『消え失せた顔』（*Das verschwundene Gesicht*, 1939）にあらわれた。

かくて一九四〇年、ケルン新聞の通信員としてローマに派遣されたとき、ホッケはこれをきわめて意味深い転回と見なさざるを得なかった。」

右の「イタリアと大ギリシア文化研究」の最初の成果という、旅行小説もしくは紀行文学『消え失せた顔』こそは、ここに訳出した『マグナ・グラエキア』(*Magna Graecia: Wanderungen durch das griechische Unteritalien*, 1960) の前身となる作品であり、それがどういう経緯《いきさつ》でどのように戦後改作されることになったかについては、つとに本訳書の「著者によるまえがき」にくわしい。

ケルン新聞通信員としてのイタリアでのジャーナリスト活動は戦争によって中断されたが、戦後も一九四九年にはふたたびケルン新聞通信員としてローマに立ち戻り、以後は一九八七年の没年まで、イタリアの地を離れることなく著作活動を続けた。

それにしても今世紀最高のロマニスト、エルンスト・ローベルト・クルツィウスの門下生として一旦は学位請求論文「フランスにおけるルクレティウス」のようなロマンス語学の研究に手を染めながら、二十代後半一九三七年の南イタリア旅行の後、ホッケはなぜ突然大ギリシア研究に方向を切り換えたのであろうか。

北方からラテン世界を見ていた師のクルツィウスの博大な教養を受け継ぎながらも、クルツィウスとはほとんど逆方向と言ってよい視点の変換が生じたのである。南イタリア、それも地中海沿岸の古代ギリシア植民市から、ときにはそれ以前の環地中海的原古層から、ヨーロッパ精神の成立を捉え返すこと。帝国ローマや西方教会中心の大陸内部においてではなく、海洋都市的ギリシア、それもギリシア植民市の南イタリアという異種交配の現場から、ヨーロッパの発生と生成と、場合によっては没落と再生を再吟味すること。それが二十代後半の青年としてイタリア半島という長靴の底を旅していたホッケにひらめいた、啓示のようなモティーフだった。

マグナ・グラエキア、あるいは大ギリシア、またはメガレ・ヘラス。前八世紀頃からはじまったギリシア人たちの海外植民活動の成果、とりわけ南イタリアとシチリアに創設された植民市がそう呼ばれた。西のティレニア海側のナポリから、東のアドリア海側のマンフレドニア（フリードリヒ二世の長子マンフレートにちなんだ地名）にいたるまで、イオニア海を東南に望みながら、一人のドイツ青年マンフレートが遍歴する。マンフレートは、かつて栄えて今は地中や水底に沈んだ、あるいは古代や中世そのままの外観を残しつつ今のなかに当時をさりげなく沈めている都市《まちまち》を訪れ、かつての植民市と植民市をつなぐ街道を移動する。しかしそのマンフレートはあくまでも「体験の担い手」であって、この特異な「小説」の真の主人公が「マグナ・グラエキア」であることは、あらためて断るまでもないだろう。

しかしマグナ・グラエキアという土地、あるいは文化形成の場が主人公であるにしても、この主人公の形姿は奇妙に不安定である。一義的ではない、と言ってもよい。そこではキリスト教教会のマリア崇拝の表皮のすぐ下に、あるいはマリア崇拝と並んで、ユノ信仰がいまだに生き続けている。ことばも現代イタリア語のど真ん中に古代ギリシア語が、ときにはビザンティン的ギリシア語と共生しながら、現役で生きている。時間における遠いもの同士の結合ばかりではない。空間もノルマン人やホーエンシュタウフェン朝人の北と深南部イタリアが歴史的に結合されて、ヨーロッパ南北軸のもっとも重要なものの一つがここに残されている。没落するヨーロッパがよみがえるとすればここからだというC伯爵の確信も、かつて高度の異種交配の試みられたここで提出されればこそ現実味を帯びないわけにはいかないのである。

アフリカを対岸に望み、アドリア海に向かってはバルカン半島から小アジア、オリエント、さらに「インド貨物便」を通じて海運が極東にまでつながっていた大ギリシアはまた、東西軸でも今日も重要な交易の拠点たり得る。シュバリス（現シーバリ）を未来の貿易港としてどこか外国（日本という可能性もあるわけだ）に管理してもらってもよいと言う、シュバリスの農園主カンディド氏の発言は、その後の世界市場の展開を見ればあながちに妄言とばかりは言えないだろう。

しかしこの場合をも含めて、マグナ・グラエキアの個々の都市の、いわば町興し的発掘が問題なのではない。あくまでも精神の祖型としてのマグナ・グラエキアが、この隠され、消え失せた顔を探索する旅の目的である。それは場合によっては隠され、消え失せもせずに、さりげなく露出しているのかもしれない。何から何まですっかり地中に沈下して考古学的発掘を待つのみの土地であれば、どだい「小説」の素材にはなり得ない。隠されたようでいてあっけらかんと露出しており、消え失せたようで現役で健在であるような双面神《ヤヌス》的両義性、そこにこそ大ギリシアという土地の奇妙に不安定な魅力があって、それが考古学的探険紀行ではなく旅行小説という形式を招き寄せたと見るのが道理ではなかろうか。

一例が一膳飯屋のコンチェッタという娘との邂逅である。コンチェット（綺想）、コンチェッティズモ（綺想異風体）といったマニエリスム的概念とも無関係でなさそうな名の、この娘との行きずりの接触も、たんなる考古学的・民族学的探険旅行の報告でならむろん書かれる余地はない。「あたしは泣かないわ」、と言いながら、山の上のマリアの教会に詣でることを示唆する娘もまた一人の「ユノの上なるマリア」であって、私たちの身近でなら、白山姫神の地上の化身として現象しながらはかなく消えてゆく泉鏡花の女を思わせないでもない。

ことほどさように、古代や中世の遺宝をぎっしりと担いながらごくありふれた現代の田舎町の体《てい》を装っている土地は、わが国にもいくらもありそうだ。応じていわゆる古都巡礼めいた、余分な背景としての現代の日常生活を幻想の古代中世から切り離してウェルメイドにまとめた旅行記もすくなくない。というより和辻哲郎や亀井勝一郎の名を挙げるまでもなく、そのほうが一般であろう。

少数ながらしかし、地方都市の今日と当時をつなげる組み合わせ術としての旅行記もないではない。身近に思い当たるものに、川村二郎氏の河内を舞台にした旅行記『河内幻視行』（トレヴィル）がある。そういえば氏は本訳書にも出てくるヘルマン・ブロッホ『ウェルギリウスの死』（集英社）の訳者であり、また訳者《わたし》の知るかぎり、わが国におけるもっとも早い『マグナ・グラエキア』の読者の一人である。個人的な思い出をお許し頂けるなら、訳者がはじめて『マグナ・グラエキア』を手にしたのも、そもそもは川村二郎氏にテクストを貸与されたのがきっかけだった。同じホッケの『文学におけるマニエリスム』（現代思潮社）を訳出中のことで、ちなみに一九七二年版同訳書の「あとがき」には、「幸い、この大ギリシアを主題にしたユニークな旅行記『マグナ・グラエキア』を校了直前に川村二郎氏から借覧することができたので」とある。ことほどさようであって、川村二郎氏にはこの場を借りてあらためてお礼のことばを申し上げたい。

さて、この層位学的・考古学的旅行文学は、多少とも美術史や文芸学や思想研究といった枠組みのあるホッケの他の著作とくらべても、「小説」であるだけに、翻訳は格段に難渋をきわめた。なにしろ地名だけでも古代ギリシア植民市のそれ、ラテン語名のそれ、現代イタリア語名のそれと、同一の土地にどうかすると三つの異なる名がある。人名も、何《なに》人《じん》がいつ、どんな脈絡で発言しているかで、たとえばタンクレーディなら、タンクレーディなのかラテン語名のタンクレドゥスなのかが問題になる。古カラーブリアと現行名のカラーブリアのように、アドリア海側からティレニア海側に地名自体が変換されてしまったような場合さえある。原著者はかならずしも厳密に意図して使っているわけではないが、訳書ではできるだけ、タラスーターラントのように当時と今日とを区別した。

ところで、ホッケの業績についての手っ取り早い概観としては、つとに『ユリイカ』のマニエリスム特集（一九九五年二月号、青土社）がある。個別研究では、古代植民市関係については川島清吉『古代ギリシア植民都市巡礼』（吉川弘文館）、中世については高山博『神秘の中世王国』（東京大学出版会）を参照されたい。ホーエンシュタウフェン朝のとりわけフリードリヒ二世については、E・カントーロヴィチの『皇帝フリードリヒ二世』が未訳である以上、法理論的観点からの論考『王の二つの身体』（小林公訳、平凡社）が側面的理解の役に立つ。しかしこの興味つきないドイツ皇帝についての評伝・論考は、訳者の知るかぎりでも、関連書目が単行本一冊を優に満たせるくらいで、私たちにはまだまだ知られざる「世界の驚異《ストウポル・ムンディ》」の観がある。

ゲーテの『イタリア紀行』、スタンダールのあやしげな『ローマ、ナポリ、フィレンツェ紀行』にも、部分的に、あんまり当てにならない南イタリア風景が書かれてはいるが、大ギリシア紀行はグレゴローヴィウスの『イタリア遍歴時代』などを除けば、めぼしいものはほとんどが二十世紀に入ってからの産物である。たとえばノーマン・ダグラスの名著『古カラーブリア』がそれだ。ごく最近にも、大ギリシアの地震都市をテーマにした数章を含む、奇書と言えなくもない建築史家の本が邦訳された（ヤン・ピーパー『迷宮』和泉雅人監訳、工作舎）。そこには十七、十八世紀に建設されたシチリアとカラーブリアの地震都市が意図的に平面幾何学性を攪乱しつつ計画された、マニエリスム的構築物であることの消息が興味深く述べられている。ちなみにヤン・ピーパーは自ら「あの有名な『迷宮としての世界』の著者であるホッケ」の「きわめて刺激的な著作から無数のヒントを」受けていることを認めている。

ところで大ギリシアに舞台を設定した書物には、なぜか小説に傑作が多い。土地自体が幻想的な背景を提供するからであろうか。一例がプラトン立体風の石がごろごろしている荒地が舞台の、死の見世物を披露するピエール・ド・マンディアルグの『大理石』（澁澤龍彦・高橋たか子訳、人文書院）、それにウンベルト・エーコの『薔薇の名前』（河島英昭訳、東京創元社）の大評判にあやかってヨーロッパ中世にちなんだ歴史小説が続々出版された頃ドイツ読書界でかなりの間ベストセラーの上位を独占し続けていた、フリードリヒ二世が主人公のホルスト・シュテルンの小説『アプーリアの男』。たぶんイタリア本国ではまだまだマグナ・グラエキア関係の知られざる傑作が書かれているか、あるいはこれから書かれるのであろう。

これから書かれるであろう、と言ったのは、先般三月三十日付『朝日新聞』夕刊の「アート・アトラス」欄にローマ在の美術史家佐藤康夫氏による「西方のギリシア人」展の報告記事が掲載されたからである。

「ヴェネツィアのグラッシ宮で、二十四日から『西方のギリシア人』展が始まった（十二月八日まで）。ピュタゴラスやアルキメデスが足跡を残すこのギリシア植民都市に焦点を当て、造形美術を中心に、西方、とりわけ南イタリアとシチリア島におけるギリシア文明の影響を、最新の研究成果に基づき提示している。」

またイタリア文学者米川良夫氏から仄聞するところによると、フェデリーコ二世、つまりホーエンシュタウフェンのフリードリヒ二世がテーマの大展覧会がイタリアで今秋十月から予定されているという。イタリアは突然、国を挙げてのマグナ・グラエキア熱に駆られているらしい。

なぜか。おそらくECの向こうを張ってか、あるいはこれと協働的に、ヨーロッパがヨーロッパ・モンロー主義的に孤立する以前の、アフリカ、オリエント、ヨーロッパの三者が鼎立していた、キリスト教以前の汎地中海・環地中海世界をもう一度近代世界以後によみがえらせようとするための、本訳書でならバーリの章に語られているような試みのための、助走であろうか。佐藤康夫氏も先の記事のなかで続けて述べておられる。「異民族・異文化間の軋轢が絶えない今日の欧州にあって、この古代ギリシア人の植民活動に相互交流の原形と欧州の文化的共通項を深めるのが本展のライトモティーフといえそうだ。」

いずれにせよこれらの大展覧会と周辺で同時開催されるという地方美術館の関連小展覧会からは、マグナ・グラエキアのさらなる知られざる顔が浮かび上がってくるだろう。

申しおくれたが、音楽や数学の特殊な概念、地名・人名の表記をはじめとする難解箇所を原稿段階から懇切丁寧にチェックして下さった平凡社編集部の二宮隆洋氏、校正段階で同じ作業をして下さった中村鐵太郎氏には心から御礼申し上げる。

なお、本訳書の一部の「ガリポリ、あるいは数の神秘主義」は、筑摩書房「澁澤龍彦文学館」五『綺譚の箱』のための訳文を改訳したものである。また本文中の口絵はかならずしも原著掲載のものではなく、同種のものを写真の鮮明度を考慮して選んであることをお断りしておく。

一九九六年八月三十日

訳者

解説――レヴィヤタンとグラエクリたち
――『マグナ・グラエキア』の「消え失せた顔」

田中 純

グスタフ・ルネ・ホッケは一九六九年から死の前年の一九八四年まで、みずからの生涯にわたる回想録を書き続けていた。没後二〇年近く経った二〇〇四年にようやくそれは、『レヴィヤタンの影のもとに――人生の回想 一九〇八〜一九八四年』という浩瀚な書物として刊行されている。この自伝によれば、ホッケは一九三八年五月に、政治的緊張が高まっていたドイツを一時的に離れようと、前年秋に結婚したばかりの英国人の妻とともにイタリア旅行に出発している。妻を静養のためにカプリ島に残し、当時三〇歳のホッケがひとり、計画もあてもなく、さらには金もないまま向かった先が、本書の舞台、いや主人公と言うべき、マグナ・グラエキアだった。放浪の旅は三週間続いたという。

ドイツに戻ったのち、ホッケがこの一人旅の強烈な印象のもと、数ヶ月間で書き上げ、翌年出版されたのが、本書の原形をなす『消え失せた顔』である。ホッケはそれをあくまで「旅行記」と呼んでおり、マンフレートという架空の青年を登場させた虚構仕立てとはいえ、ホッケ自身の新鮮な体験の報告に重きが置かれていた。本書と比較してみると、ういういしく、みずみずしい筆致は『消え失せた顔』のほうが優っている。本書のまえがきで著者が、そうしたロマンティックな体験の仕方こそが、いまなおマグナ・グラエキアの正当な体験法だとすら思われる、と語る感慨もうなずける。

本書であらたに書き加えられた部分は、「バーリからサレルノへ」以下の各章である。その他についても、第二次世界大戦および戦後一九六〇年までの歴史を背景として、マンフレートの旅を同時代の出来事として語り直そうと、大きな加筆から小さな修正まで、さまざまな改稿が施されている。パルメニデスの哲学をめぐるエレアでの思索や、パエストゥム神殿が秘めているピュタゴラス的音楽の発見など、そこで補われた要素は、『迷宮としての世界』(一九五七年)や『文学におけるマニエリスム』(一九五九年)といった劃期的なマニエリスム研究を踏まえたホッケならではの文化論には違いない。やや浮いて見えてしまう料理屋の娘コンチェッタとの行きずりの一夜をめぐる挿話もまた、新婚時代の旅行記としてではなく、はるか後年の、より虚構性を増した小説だからこそ書きえたのだろうし、さらにそれは、この娘の名に「綺想（コンチェット）」の響きを聴き取る訳者・種村季弘氏の指摘通り、マニエリスムをめぐる寓意劇と見なすべきなのかもしれない。

しかし、そもそも原形が一九三八年に成立した本書を、一九五〇年代のホッケのマニエリスム論を通してばかり眺めることは、その一部をあまりにも拡張解釈し、逆に本来の意図を見失わせるような歪みにいたりかねない。ホッケ自身が一九六〇年の改稿によって、一九三八年に本書の前身が有していた「顔」、少なくともその表情を見失わせる結果を招いている。一九三〇年代末の描写を戦後十年以上経った時点のものに書き換える作業は必ずしも成功しておらず、旅行体験記のみずみずしさばかりか、この著書の背後にあった時代経験の緊張感をも損なっているように感じられるのである。

もちろん、改稿されたことにより、マニエリスムの淵源であるイタリア半島の「踵」——種村氏の言う「魔術的跛者」の急所（種村季弘『畸形の神、あるいは魔術的跛者』、青土社参照）——の精神史をたどった小説としては、本書がよりいっそう充実した内容になっていることは確かである。とはいえ、そのことで逆に『マグナ・グラエキア』から「消え失せた顔」とは、では、いったい何なのか。

回想録でホッケは、『消え失せた顔』において自分は「合理主義的な神話」を推奨した、と書いている。具体的には、C伯爵との会話で詳しく語られている、ピュタゴラスの思想を指すものだろう。ホッケによれば、一九三九年の刊行当時、『消え失せた顔』は思想を同じくする読者や新聞から好意的に迎えられ、ある新聞は「純然たる悪魔的なものに精神力によって打ち勝つ術を教える書物」と評したという。

彼らにとって同時代における「純然たる悪魔的なもの」とは、全体主義国家という「レヴィヤタン」、とくにすでに政権にあったナチにほかならなかった。『消え失せた顔』を書いた一九三八年頃から、ホッケは第三帝国に関する小説の構想を温めていたという。やがて戦時下の一九四二年、シチリアのコーミゾにいた彼は、自分がイタリアの秘密警察から監視を受けていることを知る。ナチの政治思想を精神病に見立て、その報告書であるかのように偽装していた小説草稿は、当局によって解読され、政治的意図を追及されかねなかった。同じ年の秋、ホッケはある夜に目を覚まし、こんなひらめきを得る――

「瞬時に明らかになったのは、このテクストは歴史小説としてのみ書くことが可能であり、すなわち、レヴィヤタンの現在を過去に投影しなければならないということだった。紀元前六世紀の大ギリシアを選ぶこと以上に、わたしにとって自然な選択はなかった。わたしはクロトン［シュバリスの誤り］の僭主テリュスをヒトラーの原型にできたばかりではなく、さらに——タランチュラの毒蜘蛛伝説をもとに——何よりもわたしの心を占めていた事柄であるヒトラー崇拝を精神的な疫病として、血生臭い政治的悪疫として描くこともできた。つまり、重要だったのは、紀元前六世紀の大ギリシアにもとづく自由に創作された場面のなかで、二〇世紀の集団的異常心理の運命を象徴的・詩的に描き出すことだった。それに加え、タランチュラによる舞踏病の流行をめぐる描写は反ユダヤ主義に関する風刺となるはずだった。しかし、解毒剤もまた処方されなければならなかった。それがつまり、ピュタゴラスの〈宇宙的な〉理性の教えである。」（『レヴィヤタンの影のもとに』一六六〜一六七頁）

それは発表のあてなく、いわゆる「内的亡命」のなかで書かれた、暗号化された全体主義国家批判の小説だった。一九四四年までかけて完成された原稿は、戦後の一九四八年に

『踊る神』と題されて出版された。レヴィヤタン＝ナチという「政治神話」（カール・シュミット）にピュタゴラス学派の合理主義的な神話を対抗させるこの小説は、現代を遠い過去に投影して二重写しにする、それ自体がひとつの神話に似た物語である。跡形もなく破壊されたシュバリスに、爆撃で廃墟と化したドイツの都市が無気味に重なる。この神話的小説は大戦直後のドイツで好評を博し、しかし、そこにあまりに深く刻印された時代性のゆえだろうか、やがて急速に忘れ去られてゆく。

『消え失せた顔』においてすでにホッケは、「純然たる悪魔的なもの」に対抗する「合理主義的な神話」を、マグナ・グラエキアが育んだ思想の精髄と言うべきピュタゴラスの哲学に見出していた。『踊る神』で、悪疫から人びとを解放し癒やすのは、ピュタゴラスの説く宇宙の調和を具現する「踊る神」エロスを模した舞踊儀礼である。七〇〇頁を超えるこの長編小説で、マグナ・グラエキアをめぐるひとつの現代的な神話を構築したホッケは、その後、『消え失せた顔』を書き改めるにあたり、「神話的革新という神話」（一五〇頁）に忠実に、『踊る神』とは異なるかたちで、同時代の状況にふさわしい神話の革新を実現しようとしたのかもしれない。『踊る神』がたどった忘却という運命の自覚もまた、そこには作用したに違いない。

種村氏が「ロレンス・ダレルの登場人物を思わせる」（『文学におけるマニエリスム』訳者あとがき）と評するC伯爵が、本書であらたに付け加えられた一節で語る、「壊し屋、根無し草文士、国家敵対的不満分子」としての「グラエクリ」（一〇一頁）とは、レヴィヤタンに対する抵抗者としての、ピュタゴラス的精神の末裔だろう。そして、そもそもこの謎めいて魅力的な、いわば合理主義的神話の秘儀への誘惑者たる伯爵こそは、そんなグラエクリの一員にほかなるまい。

だからこそ、第一次世界大戦後の彼の経歴が、旧版のまま、「戦争直後」（七六頁）という曖昧な言葉でぼかされていることは、グラエクリとレヴィヤタンとの緊迫した対立関係を見失わせてしまうように思われる（原書には「戦争（第二次世界大戦）」のような注記はない）。『消え失せた顔』のC伯爵がピュタゴラスの思想やマグナ・グラエキアの神話的世界の研究を通して対峙していたのは、たとえあからさまに語られることはなかったとしても、同時代のファシズム体制であろう。本書における「戦争直後」が第二次世界大戦後だとしたら、C伯爵の経歴からは第二次世界大戦中の活動がきれいさっぱり抜け落ちてしまう。いや、それを第一次世界大戦直後と解したところで、C伯爵の隠遁した研究者生活は妙に間延びしたものとなるのではないか。

ジャーナリストおよび作家としての長いイタリア滞在を経た一九六〇年時点のホッケであれば、C伯爵の研究者としての姿におのれを重ね合わせることができたに違いない。とすれば、なおさらいっそう、全体主義国家との対決という主題に深く関わる一九三〇年代末から一九四五年までの時代経験に触れることが本書で回避されているのは奇妙であろう。『踊る神』の忘却に似た過程が、『消え失せた顔』から『マグナ・グラエキア』へのホッケ自身の手による改稿でも生じているように見える。「内的亡命」の期間をめぐる（無意識的な？）記憶の抑圧を思わせるものがここにはある。なるほど、大幅に加筆修正された「カステル・デル・モンテ」の章では、ナチを暗示する「聖化された国家の名において犯罪を犯した」（二七九頁）ドイツの観光客たちがこの「魔術的な石の呪縛圏」で味わう「歴史の悪夢」が語られている。しかしそれもまた、一九六〇年の時点における青年マンフレートの外部からの観察と思索にとどまり、ホッケ自身のように戦時中に成人していた同時代人の内面の声を十分に聞かせてはくれない。

わたしは旧版と本書の違いといった細部やホッケの作家としての経歴に拘泥しすぎているだろうか。だが、自伝的な旅行記であると同時に小説であり、しかも、大幅な改稿を経て複数の層からなる再録羊皮紙《パリンプセスト》的なテクストと化している本書を理解するためには、『踊る神』という忘れ去られた書物の存在を含め、こうした背景を知っておくことが必要に思われる。マグナ・グラエキアの思想的風土を、ホッケはあくまで「レヴィヤタンの影のもとで」、切迫した時代の危機に応じて再発見したのだから。

最後に視点を変え、ホッケによるマグナ・グラエキア発見の前史と後史に触れておこう。ホッケの大ギリシア旅行に先立つ一九一〇〜二〇年代にカプリ島やソレント半島で活動した、北方出身の特異なマニエリストあるいは（比喩的な意味での）グラエクリとして、バーゼル生まれの作家ジルベール・クラヴェルがいる。クラヴェルが長く暮らしたポジターノ、ナポリ、カプリ島の一帯には、一九二〇年代半ばを中心として、短期間ながら、アルフレート・ゾーン＝レーテル、ヴァルター・ベンヤミン、ジークフリート・クラカウアーといったドイツの若い知識人たちが集った。十年後のホッケを先取りするように、マグナ・グラエキアの精神的磁力がそこに働いていたと見ることもできるかもしれない。

クラヴェルはポジターノの岬に建つ中世の監視用要塞を改築してそこに住み、隣接する断崖に迷宮状の洞窟住居を穿った（詳しくは拙著『冥府の建築家――ジルベール・クラヴェル伝』、みすず書房参照）。ここを一九二五年に訪れたクラカウアーは、ダイダロスの作った迷宮を連想させるその住まいを評して、こう書いている――「その形態が表わす神話には、神話的な内容が欠けている」。すなわち、クラヴェルの迷宮とは、形骸化した神話をアレゴリカルな記号と化すことによってこそ、より根源的な神話の諸力をそこに発現させようとした、一種のマニエリスム的な営みだったと言ってよい。ヨーハン・ヤーコプ・バッハオーフェンがオルペウス＝バッコス的秘儀の核心と見なした「卵象徴」のかたちをした巨大な自然の洞窟を孕んだこの迷宮は、ホメロス以前の神々のデモーニッシュな象徴的形象をよみがえらせようとする、ピュタゴラス的神話知の空間化であった。

ポジターノの沖合には、セイレーンたちが棲みつき、歌声で船乗りたちを誘惑して殺したという伝説の残る小さな群島「リ・ガッリ」がある。オデュッセウスの誘惑に失敗したセイレーンたちはみずからを恥じて投身自殺したという。ナポリの古名パルテノペは、この地に屍体が流れ着いたとされるセイレーンの名である。本書にもセイレーンの歌声への言及がある（二九四頁）。女の頭と胸、鳥の軀をもつこの怪物たちもまた、マグナ・グラエキアを支配する原母的な太古の神の冥い力（冥府の力）の象徴的形象であろう。

『グラモフォン・フィルム・タイプライター』をはじめとするメディア論の著作で知られるフリードリヒ・キットラーは、セイレーンの歌声がオデュッセウスの耳にどんなふうに聞こえたのかを確かめるため、女性の歌手たちによるひとつの実験を二〇〇四年四月、このガッリ諸島で行なっている。二人の歌手は、島の高台にある草地で、ギリシア語あるいはドイツ語の歌を歌った。海上のキットラーたちのもとに届いた歌声には、子音や無声音は跡形もなく、母音しか聞こえず、それゆえ歌詞の意味はわからなかったという。キットラーはこう結論する――もし、セイレーンたちの歌う歌詞の意味をオデュッセウスが聞き取っていたのだとしたら、彼はじつは島に上陸したに違いない、と。キットラーのこの実験と推理は、ホメロス以前の神話の真実に遡ろうとする点で、まさしくピュタゴラス的なものとは言えないだろうか。

この実験の経緯はキットラー晩年の著書『音楽と数学』（第一巻「ギリシア」第一部「アフロディテ」）に収められている。同じ巻の後半では、マグナ・グラエキアの文化のほか、

「音楽と数学」というテーマに欠かせないピュタゴラスや彼の学派が主題とされている。ホッケの名はまったく言及されないものの、「ヨーロッパのたえずよみがえる伝統」（七七頁）であるマグナ・グラエキアの神話知へと向かう本書の後史をそこに認めることは許されるだろう。キットラーもまた極めつきのグラエクリであった。

ホッケ、クラヴェル、キットラー――彼ら自身がセイレーンの歌声に引き寄せられ、かの地を訪れていたように思われる。「ヨーロッパの消え去った顔」（二九二頁）を多層的に残すマグナ・グラエキアとは、同時に「顔のない無の安らぎ」が君臨する「世界喪失の風土」（六二頁）を孕み、歴史と自然とがまれに見る遭遇を果たした「相反の一致《コインキデンティア・オポシトルム》」の場であった。そして、恐らくはそれこそが、この土地が発する――レヴィヤタンに対抗するグラエクリたちを誘い寄せ育む――魔力の源なのである。

（たなか じゅん／表象文化論・思想史）

平凡社ライブラリー　790

マグナ・グラエキア

ギリシア的南部イタリア遍歴

発行日…………2013年7月10日　初版第1刷

著者……………グスタフ・ルネ・ホッケ
訳者……………種村季弘
発行者…………石川順一
発行所…………株式会社平凡社
〒101-0051　東京都千代田区神田神保町3-29
電話　東京(03)3230-6579[編集]
東京(03)3230-6572[営業]
振替　00180-0-29639

印刷・製本 ……中央精版印刷株式会社
D T P …………平凡社制作
装幀……………中垣信夫

ISBN978-4-582-76790-2
NDC 分類番号943
B 6 変型判（16.0cm）　総ページ372

平凡社ホームページ　http://www.heibonsha.co.jp/

平凡社ライブラリー　既刊より